Jack Vance

VILAIN RONALD

Traduction de l'anglais (États-Unis)
par Patrick Dusoulier

Jack Vance chez Spatterlight

L'Autobiographie
Mon nom est Vance, Jack Vance (2017) *

Les Mystères
– 2016 –
L'homme en cage *
Les Îles de la mort *
Sombre Océan *
Drôles de gens *
– 2017 –
Un plat qui se mange froid
Charmants Voisins
&
Triple meurtre à Riverview *
Le Masque de chair *
Méchante Fille
Lily Street
L'Île aux Oiseaux *
– 2018 –
Vilain Ronald †

* Première parution en français.
† Précédemment publié sous le titre « Méchant Garçon ».

Jack Vance

Vilain Ronald

Vilain Ronald a été publié aux États-Unis par Ballantine, New York, 1973,
sous le titre :
BAD RONALD
© Jack Vance, 1973, 1982, 2002

© Spatterlight, 2018 pour la traduction française
Traduit par Patrick Dusoulier
Couverture réalisée par Howard Kistler
ISBN 978-1-61947-342-3

Amstelveen
Pays-Bas
www.jackvance.com

Jack Vance

VILAIN RONALD

Traduction de l'anglais (États-Unis)
par Patrick Dusoulier

Chapitre I

Elaine Wilby préparait rarement des repas élaborés. Après huit heures passées derrière un bureau, elle n'avait aucune envie de s'échiner encore dans la cuisine, d'autant plus qu'elle ne s'intéressait que très peu à la nourriture. Il lui semblait ridicule d'investir deux ou trois heures dans un plat recherché qui ne serait pas meilleur qu'un bon pain de viande, et qu'on mâcherait, avalerait et digérerait selon le même processus. Ronald n'était pas particulièrement difficile non plus, du moment qu'il avait le droit de se resservir et qu'il y avait un bon dessert. Son ex-mari, lui, avait eu des goûts assez vulgaires. Il appréciait des plats tels que les pieds de porc à la choucroute et les fromages puants, sans parler du whisky et de la bière, et aussi des cigares qui imprégnaient la maison d'une odeur de pieds sales. Il était étonnant que le mariage ait duré aussi longtemps. Mrs Wilby s'était surtout souciée de Ronald : un garçon qui grandit avait besoin des conseils paternels, ou du moins l'avait-elle cru. À présent, elle en était revenue. Ronald se débrouillait fort bien sans aucune intervention de son père, et c'était précisément ainsi que Mrs Wilby l'entendait.

Ce soir, elle avait préparé un dîner dominical particulièrement appétissant – un rosbif accompagné d'une purée de pommes de terre et de petits pois, avec comme dessert le gâteau à la crème de banane glacée que Ronald aimait tant. Tout en découpant la viande, Mrs Wilby songeait que c'était une tâche que Ronald pourrait maintenant assumer. Découper la viande était un art que tout gentleman se devait de maîtriser. Bien sûr, Ronald n'avait que seize ans, bientôt dix-sept, et pourquoi forcer les choses ? Il grandissait déjà bien assez vite comme ça – beaucoup trop vite, en fait, au goût de Mrs Wilby.

Elle l'observa tandis qu'il mangeait. Les choses avaient bien tourné pour Ronald. Ses notes au lycée étaient au-dessus de la moyenne, et pourraient être encore meilleures si seulement il voulait bien se donner un peu plus de mal à ses études. Un joli garçon, songea-t-elle. Pas vraiment beau au sens classique du terme, mais avec un visage plein de noblesse et de sensibilité. Il pourrait se permettre de perdre sept ou huit kilos, mais il n'y avait pas de quoi s'inquiéter. Ronald avait eu une puberté tardive, et cette graisse de bébé finirait par se transformer en muscle solide. Ronald avait les cheveux bruns de son père, dont il avait aussi hérité l'ossature : un large bassin, des épaules peut-être un brin trop étroites, de longs bras et de longues jambes. Son large front, son long nez droit et ses lèvres charnues venaient tout droit du côté d'Elaine, la famille Daskin, tout comme sa courtoisie, sa prévenance et sa franchise. Ronald partageait sa détestation du whisky et des cigares, et il lui avait promis de ne jamais boire ni fumer.

Cette pensée déclencha chez Elaine un enchaînement de souvenirs, et ses lèvres se plissèrent en un sourire sévère. Son subconscient devait être à la manœuvre, quand elle avait préparé un repas aussi festif…

— Sais-tu quel jour nous sommes ? demanda-t-elle.

— Oui, bien sûr. On est dimanche.

— Mais encore ?

Ronald pinça les lèvres comme il avait vu sa mère le faire.

— Ce n'est pas mon anniversaire… ça, c'est samedi prochain. Le tien est le 20 mars… Je ne crois pas qu'aujourd'hui soit une fête particulière… Je donne ma langue au chat.

— Évidemment, tu ne peux pas t'en souvenir. Il y a dix ans jour pour jour, ton père et moi avons décidé de suivre des chemins séparés.

— Déjà dix ans ! Il te manque ?

— Pas le moins du monde.

— À moi non plus. Mais je me demande pourquoi il ne vient jamais nous voir.

Dix ans auparavant, Mrs Wilby avait proposé de renoncer à une pension alimentaire à condition qu'Armand Wilby renonce lui-même à ses droits de visite et de garde alternée – proposition qu'avec sa roublardise de voyageur de commerce, il avait aussitôt acceptée. Et pourquoi embêter Ronald aujourd'hui avec ces détails sordides ?

— Ça ne l'intéresse sans doute pas, dit-elle.

Ronald secoua la tête avec indifférence.

— Bon... en tout cas, je suis content qu'il nous laisse habiter cette maison, même si c'est une vieille monstruosité.

— C'est une demeure victorienne, précisa Mrs Wilby d'une voix égale. Ce n'est pas une monstruosité, comme tu dis.

— C'est ce que disent tous les gars du lycée.

— Ce sont des ignorants.

— Là, je suis bien d'accord avec toi, ils sont tout à fait ordinaires. N'empêche, c'est gentil de sa part.

Mrs Wilby eut un reniflement de dédain. Après tout, il était peut-être nécessaire que Ronald prenne conscience de certaines réalités de la vie.

— La situation n'est pas aussi simple.

— Ah bon ? Comment ça ?

— Quand un couple divorce, expliqua Mrs Wilby, l'épouse a droit au versement d'une somme mensuelle, qu'on appelle une pension alimentaire, pour tout ce qu'elle a dû endurer. En lieu et place de cette pension, nous avons le droit d'occuper gratuitement cette maison.

Ronald hocha poliment la tête. Tout était clair, à présent. C'était quand même remarquable que quelqu'un – que ce fût Armand Wilby, le Président des États-Unis ou même Jésus-Christ – ait osé causer à sa mère d'aussi graves soucis ! Elaine Wilby, une femme solide et bien en chair avec ses cheveux blond cendré noués en chignon, son teint pâle et ses yeux bleus glacés, n'était pas le genre de femme qu'on pouvait traiter à la légère. À la Quincaillerie de Central Valley, où elle travaillait à la comptabilité, son esprit de décision avait donné naissance à tout un cycle de légendes, et même Mr Lang lui accordait un respect mêlé de crainte.

Mrs Wilby nourrissait une grande ambition pour Ronald : une carrière médicale. Elle l'imaginait souvent, grand et fier dans sa blouse blanche, effectuant des guérisons miraculeuses. Ronald Wilby, docteur en médecine ! Mais chaque fois qu'elle laissait ainsi vagabonder son imagination, une pensée lui venait qui lui serrait le cœur : dans deux courtes années, Ronald partirait étudier à l'université, puis ce serait la faculté de médecine et l'internat. Toutes les mijaurées enjuponnées tenteraient de lui mettre le grappin dessus. Sans aucun doute, il se marierait et mènerait sa propre vie, et alors, que lui resterait-il à elle ? Partir tôt le matin au travail et rentrer tard le soir dans une vieille maison déserte, avec la télévision pour seule compagnie.

Ronald avait bien conscience des préoccupations de sa mère. Parfois, quand elle lui refusait une deuxième portion de glace, il disait :

— J'ai bien de la chance que tu te préoccupes de ma santé. Je ne sais pas comment je ferai quand je devrai me débrouiller seul.

Ce à quoi Mrs Wilby répondait :

— Bon, va pour cette fois. Mais il va vraiment falloir te mettre sérieusement au régime.

— Voyons, Maman ! Je ne suis pas gras ! Je suis bien bâti, c'est tout !

— Tu pourrais facilement perdre une dizaine de kilos, mon chéri. L'excès de poids, ce n'est pas sain.

La corpulence de Ronald avait également attiré l'attention de l'entraîneur de l'équipe de football, qui voulait le recruter. Ronald avait dit qu'il y réfléchirait. Il n'avait guère envie de recevoir des coups, et sa mère désapprouverait l'idée, il en était certain. En matière de santé, elle ne prenait aucun risque. Au moindre éternuement, il avait droit à des bouillottes et des couches de vêtements chauds supplémentaires. Chaque égratignure était baignée dans l'alcool, enduite de pommade et enveloppée d'un pansement impressionnant. Les sports étaient des activités vulgaires, dénuées de sens et dangereuses. Comment les gens pouvaient-ils gaspiller de l'argent pour voir des matchs de football alors qu'il y avait tant de misère de par le monde, qui exigeait une attention urgente ? Ronald en était venu à partager ce point de vue. D'un autre côté, il constatait que les athlètes bénéficiaient de quelques avantages très réels. Il y avait une certaine Laurel Hansen, par exemple, qui adorait aussi bien le football que les joueurs qui le pratiquaient, mais qui esquivait toutes les avances de Ronald. Aimerait-elle aller voir un film ? Désolée, une amie l'avait invitée à dormir chez elle. Est-ce que ça lui dirait de passer à la Maison de la Musique pour l'aider à choisir des disques ? Désolée, il fallait qu'elle se lave les cheveux. Et une coupe de glace aux fruits chez Henry après les cours ? Désolée, elle était retenue pour une partie de tennis.

Cette situation blessait gravement Ronald dans son amour-propre, même s'il percevait facilement les limitations intellectuelles de balourds au faciès prognathe tels que Jim Neale et Ervin Loder, tous deux en bons termes avec Laurel Hansen. Ronald, quant à lui, était bien sûr un aristocrate né, un personnage romantique à la Byron, animé par une puissante et tempétueuse imagination. Il avait écrit plusieurs poèmes, parmi lesquels *Ode à l'Aube*, *Les Jardins de mon esprit*, *Le Monde est une illusion*, que sa mère jugeait tous excellents. Quand il se regardait dans la glace en tournant la tête juste comme il fallait, l'empâtement de ses joues et de sa mâchoire s'effaçait, et il avait alors devant lui, le fixant à travers de lourdes paupières, un fringant cavalier au long nez plein de noblesse et au front de rêveur, auquel aucune fille ne pourrait raisonnablement résister. Si seulement il pouvait persuader Laurel d'aller seule quelque part avec lui, il l'enchanterait alors par la splendeur de ses visions ! Car Ronald, grand amateur de littérature fantastique, avait imaginé un domaine merveilleux qui s'étendait derrière les Montagnes des Sept Goules et au-delà de la Mer Acriline : Atranta. Ronald avait parlé à sa mère de ce pays magique et de ses habitants, mais elle avait semblé plutôt sceptique. À la réflexion, il valait peut-être mieux ne pas se confier à Laurel – pour l'instant tout au moins : il ne voulait pas qu'elle le prenne pour un cinglé...

Chapitre II

Pour l'anniversaire de Ronald, Mrs Wilby préparait toujours un dîner spécial composé de ses plats préférés. Cette année, elle serait moins bousculée que d'habitude, car le dix-septième anniversaire de Ronald tombait un samedi. Pendant des mois, il avait rêvé de cadeaux impossibles : un vélomoteur, un petit poste de télé en couleurs pour sa chambre, un bon pour trois jours à Disneyland, un télescope de grande puissance, un kayak, et aussi – celui-ci avec un petit ricanement secret – la culotte de Laurel Hansen. Il avait fait quelques allusions discrètes au vélomoteur, auxquelles sa mère avait rapidement coupé court : les vélomoteurs étaient le plus sûr moyen de se rompre le cou, et ceux qu'on voyait s'en servir formaient un groupe guère reluisant. Et puis, qu'est-ce que Ronald reprochait à son magnifique vélo à trois vitesses, dont il était si fier il y a quelques années encore ?

— Mon vélo est très bien, grommela Ronald. C'est juste que je suis assez vieux maintenant pour conduire – en fait, ça fait déjà un an que j'ai l'âge. J'imagine que tu ne me laisserais pas avoir une voiture... ?

— Tu imagines correctement. Une voiture dans la famille, c'est bien suffisant. Est-ce que tu te rends compte de ce que coûterait l'assurance ?

— Sans doute très cher.

— Effectivement. Cela dit, il est temps que tu apprennes à conduire, en cas de nécessité urgente. Mais chasse de ton esprit ces idées extravagantes de voitures et de vélomoteurs. Une voiture nuirait à tes notes, qui ne sont pas si bonnes que ça pour quelqu'un qui veut aller à l'université et faire des études de médecine.

Ronald haussa tristement les épaules.

— Comme tu voudras.

Le samedi arriva, et Ronald se trouva modérément satisfait de ses cadeaux. Il y avait la nouvelle veste « Safari » à la mode, qu'il avait convoitée ; plusieurs livres : *Les Vies des grands compositeurs*, *Comment construire soi-même son télescope*, *Y a-t-il de la vie sur d'autres planètes ?* de Poul Anderson, et la trilogie du *Seigneur des anneaux* de Tolkien. Une carte de vœux envoyée de Pennsylvanie par Tante Margaret avait gagné de la substance grâce au billet de cinq dollars qui y était joint. Il y avait aussi un portefeuille en faux alligator contenant un bon pour dix leçons de conduite à l'Auto-école du Delta. Ronald se dit que les choses auraient pu être bien pires. La veste lui allait parfaitement : en s'examinant dans la glace, il se trouva fière allure, ce que sa mère confirma :

— La couleur te va, et la veste est bien coupée. Tu es vraiment très élégant.

Le petit déjeuner se déroula selon les exigences de Ronald : jus d'ananas, viennoiseries avec un bol de chocolat chaud, suivies de saucisses de porc et de gaufres à la fraise nappées de crème fouettée. Tout en mangeant, Ronald feuilleta ses livres. *Les Vies des grands compositeurs* était à l'évidence une tentative de sa mère pour l'intéresser à la « bonne » musique, par opposition au « tintamarre » et au « vacarme » que Ronald écoutait en général. En fait, le livre semblait intéressant, et il vit quelques épisodes assez particuliers dans la jeunesse de Mozart que sa mère n'avait certainement pas remarqués.

Il prit le *Comment construire soi-même son télescope*.

— Hmm, fit-il, c'est intéressant ! … J'ignorais ça… Ils disent que le meulage d'un miroir est une opération longue et fastidieuse !

— On n'a rien sans peine, dit Mrs Wilby.

— Je ferais aussi bien d'utiliser un jeu de lentilles, dit Ronald. Ils en vendent chez Edmund Scientific, et je n'aurai pas besoin de passer tout ce temps à frotter et polir.

Mrs Wilby ne fit pas d'autres commentaires. L'astronomie, que ce soit avec des lentilles ou un miroir, serait une excellente activité pour Ronald, qui passait beaucoup trop de temps à rêvasser à Dieu sait quoi. Elle débarrassa la table tandis que Ronald réfléchissait aux avantages d'un télescope. La fenêtre de sa chambre donnait sur la maison des

Murray, située à une centaine de mètres. L'une des fenêtres à l'étage correspondait à la salle de bain des jumelles de la famille, Della et Sharon, et cela pourrait être intéressant de voir ce qui s'y passait le soir. Un télescope vraiment puissant permettrait sans doute de distinguer des détails significatifs même à la distance où se trouvait la maison de Laurel Hanson, à quelque trois cents mètres d'ici. Malheureusement, un bosquet d'eucalyptus en cachait la vue. Serait-il possible de grimper à l'un de ces arbres avec un télescope ? ... Une idée qui valait d'être creusée, en tout cas.

À 15 heures, Mrs Wilby servit un repas d'anniversaire consistant en un steak de poulet pané avec de la purée, et un grand gâteau à la crème de banane acheté à la pâtisserie. Ronald souffla les bougies d'un coup, et décida d'accompagner son gâteau de deux boules de glace à la vanille.

Après le repas, il se demanda ce que Laurel pouvait bien faire en ce moment, et il décrocha le téléphone. Il commença à composer le numéro, mais il hésita. S'il allait simplement rendre visite à Laurel, elle n'aurait aucune possibilité de dire non. Il pourrait lui parler, et peut-être reconnaîtrait-elle le charme et la profondeur de sa personnalité, et qui sait ce qui pourrait résulter de cet épisode ?

Il alla dans sa chambre, où il se passa un coup de peigne et s'aspergea d'eau de toilette *Prince de Tahiti*. Il enfila sa veste « Safari », jeta un coup d'œil dans la glace et s'adressa un petit salut enjoué. Redescendu au rez-de-chaussée, il dit à sa mère :

— Je vais faire un tour. Je reviens dans pas longtemps.

Ronald marcha dans la rue d'un bon pas, en se tenant bien droit pour mieux mettre sa veste en valeur. Une fois dans Orchard Street, il tourna dans Honeysuckle Lane, qui longeait l'arrière de la vieille propriété des Hastings, puis il s'engagea dans Drury Way, tourna à droite et parcourut encore une centaine de mètres jusqu'à la maison de Laurel Hansen. Ralph Hansen, le père de Laurel, dirigeait la Société forestière de la Sierra. Les Hansen, par rapport à la population générale d'Oakmead, vivaient luxueusement dans une grande demeure avec une façade en brique patinée. Des volets blancs encadraient les fenêtres, et le toit de bardeaux était teinté de vert. Mrs Hansen occupait une place de premier plan dans la bonne société d'Oakmead, et se consacrait également avec assiduité au jardinage. Des buissons de roses longeaient l'allée, et une pelouse impeccable était bordée de chrysanthèmes, d'asters, de marguerites et de pétunias.

Ronald remonta l'allée, agacé de sentir son cœur battre plus vite que d'habitude. Il n'avait aucune raison d'être nerveux, se rassura-t-il, vraiment aucune. Arrivé sur le seuil de la porte, il rajusta sa veste, puis il sonna et attendit. Laurel était peut-être seule chez elle. Elle regarderait à la porte, mélancolique et solitaire –, et là, elle verrait Ronald... Tant de choses merveilleuses pourraient se passer... C'est la mère de Laurel qui ouvrit – une jolie femme d'une quarantaine d'années, mince avec des cheveux argentés et des yeux bleu-vert comme ceux de Laurel, des traits fins et délicats comme de la porcelaine. Elle n'avait jamais rencontré Ronald, et elle l'examina de la tête aux pieds.

— Oui ? fit-elle.

Ronald s'éclaircit la gorge et dit de sa plus belle voix :

— Laurel est-elle là ?

Mrs Hansen ne sembla pas remarquer la courtoisie raffinée de Ronald.

— Elle est derrière la maison.

— Me serait-il possible de la voir ?

Mrs Hansen fit un geste indifférent.

— Traversez directement. Vous la trouverez près de la piscine.

Ronald entra dans la maison d'un pas raide, puis il s'arrêta avec l'intention de bavarder un instant, mais Mrs Hansen s'était déjà éloignée dans le couloir. Une femme réfrigérante, songea-t-il, et plutôt hautaine. Il regarda autour de lui : l'habitat naturel de Laurel. Cette intimité était excitante. Elle respirait cet air, elle s'asseyait dans ces fauteuils, elle regardait ces tableaux, elle se réchauffait devant cette cheminée ! Ronald inspira profondément et déploya son âme pour essayer d'absorber cet environnement : il avait le sentiment de la connaître déjà un peu mieux.

Il entendit des pas légers derrière lui : c'était Mrs Hansen, les sourcils légèrement haussés. Elle dit d'une voix claire :

— Laurel est derrière la maison.

— Ah, oui, fit Ronald précipitamment. J'admirais la pièce.

Mrs Hansen ne sembla pas l'entendre.

— Par ici.

Elle emmena Ronald au bout du salon, où deux portes coulissantes donnaient sur le patio.

— Laurel ! lança Mrs Hansen. Quelqu'un qui veut te voir.

Laurel, qui s'ébattait dans la piscine avec ses amis, ne réagit pas.

Mrs Hansen dit à Ronald :

— Vous allez devoir trouver un moyen d'attirer son attention.

— Merci beaucoup, dit-il.

Il s'avança vers la piscine. La situation n'était pas du tout à son goût. Il se sentait blessé et en voulait à Laurel. Elle aurait dû être seule à la maison, triste et morfondue en attendant son appel. Mais au lieu de ça, regardez-la donc, pleine d'insouciance et s'amusant avec ses amis. Il y avait deux filles, Wanda McPherson et Nancy Rucker, et deux garçons : Jim Neale, qui jouait au poste d'arrière dans l'équipe de football, et Martin Wooley. Le père de Jim Neale possédait le débit de boissons d'Oakmead, ce qui aurait dû être fatal au statut social de Jim – et pourtant, le voilà qui nageait dans la piscine des Hansen avec un aplomb parfait ! Non seulement ça, mais en plus, Laurel grimpait sur son dos et se juchait sur ses épaules pour plonger, ce que Ronald observa avec dégoût et désapprobation. Martin Wooley, président des élèves de terminale, n'avait pas le physique athlétique de Jim Neale. En fait, c'était une grande perche dégingandée dont on voyait les côtes. Il avait une tignasse en bataille, son nez pendait comme une stalactite et sa bouche était tordue en un rictus sardonique. La popularité dont il jouissait était un mystère complet pour Ronald, mais il était là, se prélassant à côté de la piscine avec Wanda et Nancy qui buvaient chacune de ses paroles.

Ronald s'avança jusqu'au bord.

— Bonjour tout le monde.

Wanda, Nancy et Martin eurent la politesse de reconnaître sa présence d'un hochement de tête, tandis que Laurel se contenta d'un petit geste désinvolte de la main. Jim, lui, l'ignora complètement. Ronald le vit nager sous l'eau, saisir les chevilles de Laurel, passer la tête entre ses jambes et la soulever. Laurel poussa des petits cris quand il la fit basculer en arrière. Elle portait un bikini blanc. Fasciné, Ronald l'observa tandis qu'elle grimpait l'échelle, toute dégoulinante. Laurel était une fée blonde : mince, exquise, parfaite, aussi appétissante qu'un bol de fraises avec de la glace vanille. Ronald n'avait jamais vu une beauté aussi fascinante. Mais comment sa mère pouvait-elle autoriser une tenue pareille ? Ce bikini ne cachait rien ! Elle aurait tout aussi bien pu être nue !

Ronald s'approcha de Laurel, qui lui lança un regard en coin et lui dit d'une voix presque dénuée d'inflexion :

— Alors, Ronald, comment va, aujourd'hui ?

— Oh, très bien. Je me promenais dans le coin et j'ai pensé faire un saut par ici, histoire de voir ce que tu faisais.

— Je viens de nager un peu.

— Je vois. (Ronald hésita, puis il demanda :) Tu es prise ce soir ? Je veux dire, est-ce que ça te plairait d'aller au cinéma ?

Laurel secoua la tête.

— Je fais autre chose.

Ronald enfonça les mains dans ses poches et contempla le bassin en fronçant les sourcils.

— Eh bien… qu'est-ce que tu dirais de demain soir ?

— Nous avons des invités.

— Ah… Bon, une autre fois, peut-être.

Laurel ne dit rien. Jim Neale passa à côté d'eux en flottant sur le dos. Laurel fit un pas en avant et posa le pied sur sa poitrine pour l'enfoncer sous l'eau.

— Ça, c'est pour m'avoir fait boire la tasse ! dit-elle. Maintenant, on est quittes !

Jim battit des bras pour l'éclabousser. Ronald fit un bond en arrière.

— Hé ! lança-t-il avec indignation. Je suis là, moi aussi.

— Ce n'est que de l'eau, dit Jim. D'ici une heure, elle sera évaporée.

— Il y a même des gens qui en boivent, ajouta Martin.

Ronald se força à sourire.

— Je n'ai aucune objection contre l'eau, mais je préférerais qu'elle s'évapore ailleurs.

Laurel grimpa sur le plongeoir, se mit en position et plongea. Ronald alla s'installer dans une chaise longue, en élégant homme du monde amusé par les espiègleries des enfants. Il était incapable de quitter Laurel des yeux. Les petits morceaux d'étoffe blanche étaient encore plus révélateurs que s'il n'y avait rien eu du tout !

Il resta assis une demi-heure, sans que personne ne lui accorde la moindre attention. Mrs Hansen sortit sur le patio.

— Mrs Rucker vient juste de téléphoner. Ils sont en train d'allumer le barbecue. Vous avez intérêt à vous dépêcher si vous voulez qu'il reste des steaks pour vous.

En bavardant gaiement, le groupe se rendit dans les vestiaires. Ronald resta dans sa chaise longue.

Au bout d'une minute, il se leva, contourna la maison, et sortit dans la rue par un petit portail sur le côté.

Tête baissée et épaules voûtées, il retourna à grands pas le long de Drury Way. Au bout d'une cinquantaine de mètres, il s'arrêta pour jeter un coup d'œil vers la demeure des Hansen. Si les émotions pouvaient être concentrées en un puissant rayon, si la haine pouvait être portée à incandescence, la maison aurait explosé en une boule de feu, et tous ses occupants paniqués en seraient sortis en hurlant pour se rouler dans l'herbe. Qu'elles meurent toutes, ces créatures futiles et insignifiantes ! Il n'en sauverait aucune... sauf Laurel. Elle, il l'emmènerait sur une île lointaine, ou dans une cabane perdue au milieu des neiges, où ils seraient seuls tous les deux ! Ah, comme elle regretterait sa conduite ! Comme elle le supplierait de lui pardonner ! Il lui dirait : « Tu te souviens de cette fois où tu es partie, me laissant seul au bord de la piscine ? Ce n'est pas le genre de choses que j'oublie ! »

Malheureusement, une telle vengeance était difficile à organiser.

En respirant fort, Ronald poursuivit son chemin dans Drury Way, où la lumière du soleil couchant brillait à travers les peupliers de la propriété des Hastings. Arrivé dans Honeysuckle Lane, il jeta encore un coup d'œil par-dessus son épaule et vit le groupe qui s'entassait dans la vieille Volkswagen de Jim Neale. Ronald fit la grimace. Il aurait dû dégonfler les pneus, ou arracher un câble d'alimentation. Sauf que Jim Neale aurait deviné l'identité du coupable, ce qui aurait posé quelques problèmes...

Après le barbecue, Jim allait sans doute emmener Laurel faire un tour dans sa voiture. Jim était audacieux, Laurel était frivole : Ronald savait ce qui allait se passer. Il éprouvait une étrange nausée, comme si sa gorge vibrait de rage et de tristesse. Rien à faire pour l'instant, mais un jour, d'une façon ou d'une autre, il se vengerait !

Il s'engagea dans Honeysuckle Lane, et le soleil couchant dans son dos projetait devant lui une ombre immense, qui le divertit un moment de ses pensées moroses : comme cette ombre était grotesque, à réagir ainsi au moindre de ses mouvements !

Il aperçut Carol Mathews qui roulait vers lui à vélo. Carol avait onze ans, elle était aussi blonde que Laurel Hansen et habitait non loin d'ici, dans May Street. Le soleil éclairait son visage et illuminait ses magnifiques yeux verts. Aveuglée par la lumière, elle ne vit pas Ronald et se dirigea droit sur lui. Il saisit le guidon et le vélo bascula. Ronald attrapa Carol avant qu'elle ne tombe à terre, et il la tint contre sa poitrine.

— Et alors, dit-il d'un ton rageur, tu ne peux pas faire attention ?

— Je suis désolée ! s'écria-t-elle en reprenant son souffle. Je ne t'avais pas vu !

Carol était déjà adolescente. Ronald sentait ses seins contre sa poitrine. Il commença à éprouver une émotion complexe. Ces blondes se croyaient tout permis. Elles pensaient pouvoir s'en tirer comme elles voulaient ! Il pencha la tête et embrassa Carol sur la bouche. Elle le regarda d'un air ébahi, puis elle essaya de se dégager.

— Lâche-moi !

— Juste deux secondes, dit Ronald. Tu ne vas pas t'en tirer comme ça.

— Non, non ! Lâche-moi !

— Pas si vite.

Comme animée d'une volonté propre, la main de Roland se glissa sous la jupe de Carol, qui poussa un cri d'indignation. Ronald lui plaqua une main sur la bouche. Il jeta un coup d'œil à droite et à gauche : personne en vue. Il gronda dans l'oreille de Carol :

— Tu veux crier, c'est ça ? Tu n'as pas intérêt !

Carol le fixa de ses yeux verts embués de larmes, et secoua la tête. Ronald retira sa main et elle inspira un grand coup.

— S'il te plaît, laisse-moi partir ! Je ne l'ai pas fait exprès…

— Ce n'est pas à ça que je pense maintenant.

En lui plaquant de nouveau la main sur la bouche, Ronald l'entraîna vers le terrain derrière la vieille demeure des Hastings, malgré tous les efforts de la fillette qui se débattait et donnait des coups de pied. Quand il la relâcha, Carol dit dans un souffle :

— Non, je ne veux pas aller là…

Elle voulut crier, mais Ronald la bâillonna encore avec la main. Elle lui mordit la paume, et reçut une gifle en retour.

Carol se débattit et tenta désespérément de parler à travers la main de Ronald. Elle semblait dire :

— Je ne peux pas respirer ! Je ne peux pas respirer…

Ronald relâcha légèrement la pression.

— Ne t'avise pas de crier ! Tu m'entends ? Allez, dis-moi que c'est d'accord !

Carol refusa obstinément de répondre et tenta de se dégager. Ronald lui donna une autre taloche et la tira en arrière. Il examina le vieux jardin envahi de végétation. Carol gémit :

— Qu'est-ce que tu vas faire ?

— Tu verras bien.

— Non !

Carol éleva de nouveau la voix, et Ronald la fit taire immédiatement et approcha son visage à quelques centimètres du sien. Sur un ton calme et menaçant, il lui dit :

— Tu n'as pas intérêt à me mordre encore, et pas intérêt non plus à crier !

Carol le regarda fixement, tel un pauvre lapin hypnotisé. Ronald retira sa main et Carol ferma les paupières de toutes ses forces, comme si cela pouvait oblitérer d'un coup toute cette situation. Ronald la jeta à terre au pied d'un vieux saule pleureur.

— Détends-toi, dit-il. On va bien s'amuser, tu vas voir. Vraiment.

La bouche de Carol se crispa et des larmes commencèrent à ruisseler sur ses joues.

— S'il te plaît, ne fais pas ça ! Non ! Non, non, non !

— Tais-toi ! Et après, tu auras intérêt à ne le dire à personne !

* * *

Étendue à terre, Carol sanglotait doucement. Des feuilles et de l'herbe s'étaient accrochées à ses cheveux. Elle avait l'air abattue et désemparée. Voilà, songea Ronald, comment Laurel serait dans des circonstances similaires. C'aurait même été encore mieux…

Il décida de se montrer gentil. Il lui caressa les cheveux.

— Allez, allez. On s'est bien amusés, non ?

— Non.

— Bien sûr que si ! Recommençons demain.

— Non !

— Pourquoi pas ? Je…

Ronald releva la tête et tendit l'oreille dans la pénombre du crépuscule. Quelqu'un appelait :

— Carol ! Carol !

Une voix de femme.

— C'est ma mère ! Je vais tout de suite rentrer chez moi !

Carol commença à se lever, mais Ronald la repoussa.

— Attends deux secondes. Est-ce que tu vas le dire ?

Carol serra très fort les lèvres et secoua la tête. C'était un signe de ressentiment et d'obstination plutôt qu'un engagement à se taire.

— Allez, quoi ! dit Ronald d'un ton cajoleur. Tu n'aimerais pas le refaire, disons demain, peut-être ?

— Non. Et tu ne le feras pas non plus, parce que tu seras en prison.

Elle s'écarta de lui en sanglotant amèrement, et réussit à se redresser sur les genoux.

Ronald la repoussa brutalement en arrière.

— Juste un instant. Tu dois promettre de garder le secret.

Carol se débattit pour essayer de se dégager, et tenta de crier. Ronald la plaqua aussitôt au sol et lui posa la main sur la bouche, mais elle lui mordit la paume et réussit enfin, haletante, à pousser un cri terrible. Ronald la saisit à la gorge.

— Tais-toi ! siffla-t-il entre ses dents. Tais-toi ! Tais-toi !

Carol luttait désespérément à coups de poing et de pied. Ronald lui serra le cou jusqu'à ce qu'elle se tienne tranquille, et quand il relâcha enfin prise, elle ne bougeait plus.

— Carol, dit-il en scrutant son visage. Carol ?

Ronald éprouva une étrange sensation glacée. Il dit d'une voix pressante :

— Carol ! Tu fais semblant, là ? … Moi aussi, je blaguais. Soyons bons amis. (Et il ajouta, plein d'espoir :) Si tu ne dis rien à personne, je ne dirai rien non plus.

Carol ne répondit pas. Ses yeux, à moitié ouverts, reflétaient la grisaille du crépuscule. Sa langue dépassait mollement de sa bouche.

— Elle est morte, marmonna Ronald. Zut, zut, zut. Elle est morte.

Il se leva d'un bond et scruta les ombres qui l'entouraient.

— Il ne faut pas que je panique, dit-il. Il faut que je réfléchisse.

Il tendit l'oreille : tout était silencieux, à part le bruit lointain de la circulation en ville. Ici, sous le vieux saule pleureur, tous les sons étaient étouffés.

— Je suis différent, se dit-il. J'ai toujours su que j'étais différent. Je suis supérieur aux gens ordinaires : plus déterminé et plus intelligent. Et maintenant, je dois le prouver. Bon, très bien ! J'accepte le défi que me lance le Destin !

Il inspira profondément, relâcha son souffle. Il fallait que ses nerfs soient d'acier, et sa volonté aussi forte que celle d'une super-créature d'un autre monde ! Par conséquent, procédons par ordre : d'abord, cacher le corps. Il regarda autour de lui, dans le jardin plongé dans la pénombre, et s'approcha prudemment d'un appentis où il trouva une vieille pelle. Exactement ce qu'il lui fallait. Il choisit un emplacement à côté de la cabane et commença à creuser, après avoir retiré sa veste « Safari » pour ne pas la salir. Attention ! Une voiture dans Honeysuckle Lane !

Un crissement de freins. La voiture s'arrêta. Ronald courut jusqu'à la clôture pour jeter un coup d'œil dans la rue.

C'était un break marron et blanc, que Ronald reconnut vaguement. Le faisceau des phares perçait les ténèbres pour éclairer un objet au milieu de la chaussée : le vélo de Carol. Ronald crut sentir son cœur remonter dans sa gorge.

Le conducteur descendit et avança dans la lumière des phares : un homme imposant avec un visage de chef apache. Ronald le connaissait : Donald Mathews, le père de Carol. Était-il à la recherche de sa fille ? Non, il rentrait probablement de son travail. Un moment, il resta là à regarder le vélo, manifestement mécontent de ce qu'il pensait être un acte de négligence de la part de Carol. Il finit par le prendre et le chargea à l'arrière de sa voiture, puis il reprit son chemin.

Il n'y avait pas une minute à perdre. Ronald poussa le corps dans la fosse et commença à le recouvrir de pelletées de terre. Ah, un instant ! La culotte déchirée de Carol. Dans le trou et enterrée avec le reste. Il piétina la terre pour bien la tasser, puis il répandit dessus quelques feuilles et brindilles. Il remit la pelle dans l'appentis après l'avoir soigneusement essuyée pour éliminer les empreintes. Il prit ensuite une grande feuille de palmier et commença à balayer le sol partout où il était passé, dans l'espoir d'effacer ses traces de pas. Bon, maintenant, il valait mieux qu'il parte. Il sauta par-dessus la clôture dans Honeysuckle Lane, puis il partit en courant jusqu'à Orchard Street. Là, il s'arrêta un instant pour reprendre son souffle et faire le point. Il n'y avait pas de circulation dans la rue. Ronald reprit son chemin d'un pas plus mesuré, l'esprit agité de toutes sortes de pensées. Il en rejetait certaines, les considérant comme indignes de considération. L'affaire était terminée. Un épisode déplorable – un accident, en réalité. Il s'en était très bien sorti. Aucun doute qu'il aurait dû déplacer la bicyclette avant que Mr Mathews ne la trouve, mais il était impossible de penser à tout. À partir de maintenant, en ce qui le concernait, l'incident était clos – fini, terminé, nul et non avenu, non-existant. Il le chasserait entièrement de son esprit, comme s'il ne s'était jamais produit.

Arrivé devant chez lui, il grimpa les marches du perron et s'arrêta à nouveau. Sa mère avait les sens remarquablement aiguisées : il devait à tout prix se comporter de façon normale. Léger, détendu, affable – en bref, comme à son habitude.

Il entra dans la maison. Sa mère était assise dans le salon et regardait un documentaire à la télévision.

— Hello, Maman, fit Ronald.

— Hello, mon chéri. Où étais-tu ?

— Oh… ici et là. Surtout chez Laurel Hansen. J'aurais dû emporter mon maillot de bain : tout le monde était dans la piscine.

— Laurel Hansen ? N'est-ce pas la petite blonde ?

Ronald pinça les lèvres. Il n'aimait pas cette expression « la petite blonde ». Carol n'était pas si petite que ça. En fait… mais c'était un fil de pensée qu'il n'avait absolument pas l'intention de poursuivre, ni maintenant ni jamais.

— Je te trouve les joues un peu rouges, mon chéri, dit Mrs Wilby. Et qu'est-ce que tu as sur la tête ?

Ronald se passa la main dans les cheveux.

— Ce n'est qu'une feuille, dit-il en riant. Et j'ai dû attraper un coup de soleil au bord de la piscine.

— C'est dommage que tu n'aies pas pensé à prendre ton maillot. Mais tu auras d'autres occasions. Où est ta nouvelle veste ? Tu ferais bien de la suspendre à un cintre pour qu'elle ne se froisse pas… Qu'y a-t-il ?

Ronald était pétrifié.

Chapitre III

— Ma veste… Elle est chez les Hansen. Comme j'avais chaud, je l'ai enlevée… J'y retourne tout de suite pour la chercher.

— Ce n'est pas la peine, mon chéri. Il fait nuit. Je suis sûre qu'elle sera en sécurité jusqu'à demain.

— Je ferais aussi bien d'y aller maintenant. En plus, j'ai quelque chose à dire à Laurel.

Mrs Wilby lança un coup d'œil inquisiteur à Ronald. Ça ne lui ressemblait pas de se montrer aussi énergique. Mais il se faisait sans doute du souci pour sa belle veste neuve. Elle retourna à son documentaire sur les chasseurs de têtes de Nouvelle-Guinée.

Ronald repartit en courant dans Orchard Street, le sang battant dans ses tempes. Il tourna dans Honeysuckle Lane, et s'arrêta net en voyant les lumières des phares et un groupe d'hommes derrière la propriété des Hastings. Fasciné, il s'approcha furtivement d'une trentaine de mètres. Deux des véhicules étaient des voitures de police. De brillants faisceaux de lampes torches balayaient le terrain de la propriété. Mr Mathews n'avait vraiment pas perdu de temps.

Ronald fit demi-tour et retourna précipitamment chez lui. Il ouvrit la porte, entra dans le salon en titubant et se laissa tomber sur le canapé. Mrs Wilby le regarda avec consternation.

— Voyons, qu'y a-t-il ? Tu n'as pas retrouvé ta veste ?

Ronald se trouva incapable de répondre. Les mots restaient coincés dans sa gorge. Il leva les bras et se frappa les tempes de frustration.

— Allons, que se passe-t-il ? Ronald ! Arrête de faire ça ! Les choses ne peuvent pas être aussi terribles !

— Elles sont pire que terribles, répondit Ronald d'une voix rauque.

C'est le pire du pire qui pouvait arriver. Je ne sais pas comment te le dire...

Mrs Wilby dit d'une voix métallique :

— Tu ferais peut-être mieux de commencer par le commencement.

— Je rentrais de chez les Hansen, expliqua Ronald, quand j'ai croisé une fille – Carol Mathews. Elle m'a demandé de l'accompagner dans la vieille propriété des Hastings pour l'aider... l'aider à trouver son chien. J'y suis allé, et alors... eh bien, elle a commencé à... à me faire des avances. À se montrer sexy, comme tu dirais. Bon, toujours est-il qu'elle voulait que je fasse la chose avec elle, et... eh bien, je l'ai faite. Et ensuite, elle a dit qu'elle raconterait tout si je ne lui donnais pas un peu d'argent, et je lui ai dit que je ne voulais pas. Elle a commencé à crier, et j'ai essayé de l'en empêcher, et là... on s'est battus, et par accident... Bon, elle est morte.

Il y eut un long silence.

— Ronald, dit enfin Mrs Wilby dans un souffle. Oh, Ronald, c'est épouvantable. Épouvantable.

Ronald poursuivit plus rapidement.

— J'avais très peur. J'étais horrifié. Tout ça n'était qu'un accident, je t'assure, Maman. Je n'avais pas l'intention de le faire, tout s'est passé si vite. Je n'y pouvais rien.

— Je comprends très bien, Ronald... Mais qu'est-ce que tu as fait, ensuite ?

— Eh bien, j'ai trouvé une pelle et je l'ai enterrée. Et puis je suis rentré à la maison. Mais j'ai oublié ma veste. Et quand je suis retourné là-bas, il y avait la police. Mr Mathews a trouvé la bicyclette de Carol dans la rue, et il a dû se dire que sa fille était là.

Elaine Wilby se cala dans son fauteuil. La structure de sa vie s'écroulait autour d'elle... et la vie de Ronald aussi. Il ne bénéficierait d'aucune pitié. On l'arrêterait et on l'enfermerait avec des criminels et des dégénérés.

Ronald dit d'une voix creuse :

— Je ne sais pas quoi faire... Je ne veux pas aller en prison, quitter la maison et toi... Qu'est-ce qu'ils me feraient ?

— Il faut que je réfléchisse, dit Mrs Wilby.

Au bout d'un moment, Ronald dit :

— Personne ne m'a vu. J'ai effacé toutes mes traces. Il n'y avait plus de…

Il s'interrompit. Il avait saisi le guidon du vélo de Carol. Il avait peut-être laissé ses empreintes digitales sur le métal.

Mrs Wilby secoua la tête d'un air las.

— Ils ont la veste. Avec la griffe, la police pourra remonter jusque chez Gorman, et la vendeuse se souviendra que je l'ai achetée. C'était la dernière en stock. Oh, Ronald, comment as-tu pu faire une chose pareille ?

— Je ne sais pas, Maman. Je ne sais vraiment pas. J'ai simplement perdu la tête. Si elle n'avait pas dit qu'elle allait tout raconter et qu'elle voulait de l'argent, si elle n'avait pas commencé à crier…

— Cela ne fait aucune différence pour la police. Ce sera demain dans les journaux. Tout est fini pour nous ! Et aussi la magnifique carrière que nous projetions pour toi.

Ronald demanda d'une voix hésitante :

— Tu crois que je devrais aller voir la police pour leur dire comment ça s'est passé ?

Mrs Wilby secoua la tête. C'était un véritable cauchemar. Comment une chose pareille pouvait-elle lui arriver ? Les circonstances étaient irréelles ! Déraisonnables ! Injustes ! Elle ne les méritait pas, pas plus que ce pauvre benêt de Ronald qui, après tout, n'était guère plus qu'un petit garçon, son petit garçon à elle, qui comptait sur sa maman pour l'aider et le protéger. Mais comment ?

— Je ne sais vraiment pas quoi faire, dit-elle d'une voix dénuée de passion. Je n'ai pas l'argent qui permettrait de t'envoyer loin d'ici. Ta Tante Margaret… non, jamais elle n'accepterait de s'impliquer dans une telle situation. Ton père…

Mrs Wilby se tut. L'idée même était trop futile pour être exprimée à voix haute.

— C'était vraiment un accident, Maman ! Ah, comme je voudrais ne jamais avoir rencontré cette fille !

— Oui, mon chéri, je comprends très bien… Tu n'iras pas en prison. Nous avons un jour ou deux avant qu'ils ne remontent la piste de la veste.

— Mais qu'est-ce que nous pouvons faire ?

— Je ne sais pas vraiment.

— Ah, comme je voudrais que rien ne se soit passé, gémit Ronald. Si seulement je pouvais…

— Ronald, tais-toi. Il faut que je réfléchisse.

Cinq minutes s'écoulèrent, tandis que Ronald s'agitait en reniflant et en émettant des gargouillements pour signifier ses remords et son désespoir. Mrs Wilby restait immobile telle une statue.

Elle s'anima enfin. Ronald lui lança un regard plein d'espoir, mais elle secoua la tête d'un air sombre.

— C'est un effroyable gâchis. Je ne sais vraiment pas quoi faire.

— Est-ce qu'on ne pourrait pas partir tous les deux quelque part ? Dans les montagnes, peut-être, ou dans un endroit où personne ne penserait à nous chercher ?

Mrs Wilby renifla.

— C'est tout à fait impraticable, Ronald. Je n'ai nullement l'intention de vivre la vie d'une fugitive. Et plus important encore, je n'ai pas d'argent liquide dans la maison.

— Je pourrais travailler et nous faire vivre tous les deux, dit Ronald d'une voix creuse.

Mrs Wilby rit tristement.

— Très franchement, je ne sais pas quoi faire. Rien ne semble réalisable. J'imagine que je pourrais t'envoyer quelque part.

— Oh, Maman ! Je ne veux pas partir tout seul !

Mrs Wilby poussa un soupir.

— Je sais, mon chéri. Je ne veux pas que tu t'en ailles. Le plan le moins critiquable serait de te cacher quelque part jusqu'à ce que j'aie rassemblé un peu d'argent. Et ensuite, nous irions sur la côte Est, ou peut-être en Floride, pour recommencer notre vie à zéro.

— Ça me semble une bonne solution, dit Ronald en retenant ses larmes à l'idée de son existence heureuse désormais enfuie à jamais. Je suis d'accord pour tout, du moment qu'ils ne m'emmènent pas loin de toi.

— Ça n'arrivera pas, mon chéri. Je me demande simplement où nous pourrions t'installer.

— Il y a la cabane derrière la maison. Je pourrais rester là.

Mrs Wilby secoua la tête.

— C'est le premier endroit où la police regarderait.

— Le grenier, alors. Tu te souviens de la tanière que je m'y étais faite quand j'étais petit ?

— Ils fouilleront le grenier, très soigneusement, et tous les autres endroits évidents. Et le grenier est vraiment bien loin pour t'apporter tes repas et remporter le pot de chambre qui sera indispensable. Il nous faut un endroit où tu puisses vivre décemment et proprement, ce qui implique qu'il y ait des toilettes... Il y a notre salle de bain du bas, bien sûr.

— La salle de bain du bas ? Ça ne me semble pas vraiment pratique.

— Au contraire, dit Mrs Wilby, ce sera très commode. (Elle se leva.) Mais d'abord, nous avons beaucoup de travail devant nous.

* * *

La porte d'entrée de la maison des Wilby donnait sur un couloir. Le salon était à gauche, la salle à manger à droite. Droit devant, un large escalier donnait accès à un palier, d'où une seconde volée de marches menait à l'étage. Sous cet escalier se trouvait une salle de bain, qui comportait une penderie et un lavabo, avec un W.C. tout au fond sous le palier. Trois mois auparavant, Mrs Wilby et Ronald avaient retapissé le couloir d'entrée et la salle de bain, pour leur donner un aspect plus gai et moderne. À présent, ils déposèrent la porte de ses gonds, puis ils retirèrent la moulure et le montant. Ensuite, ils plantèrent des tasseaux tout le long de l'encadrement et sur le sol, en s'efforçant de faire le moins de bruit possible. Dans l'ouverture, ils installèrent un panneau de placoplâtre qui leur restait de la réfection de la chambre de Ronald. Avant de clouer le panneau, ils apportèrent dans la salle de bain un lit de camp, quelques couvertures et un radiateur électrique. Le mur du fond était contigu à l'office, où étaient stockées les provisions. Ils retirèrent les lattes et le plâtre pour mettre le contreplaqué à nu, et ils découpèrent une petite trappe discrète au ras du sol, que Ronald expérimenta pour s'assurer qu'il pouvait facilement entrer et sortir en rampant. Ils purent alors clouer le panneau de placoplâtre, qu'ils recouvrirent soigneusement de papier peint.

L'absence de plinthe au bas de la porte posait un problème, qu'ils résolurent en en récupérant un morceau dans une chambre du haut.

La salle de bain du rez-de-chaussée avait maintenant disparu. Il était quatre heures du matin.

Désormais, il ne fallait pas que Ronald puisse être vu. Tablant sur le fait que leur voisine, Mrs Schumacher, dormait certainement et ne risquait pas de l'épier, Mrs Wilby transporta le battant de porte et les divers débris jusqu'au dépotoir derrière le garage, où ils ne risquaient pas d'être remarqués au milieu du bric-à-brac qui y était déjà entreposé.

Pendant ce temps, Ronald transporta dans sa tanière ses livres d'anniversaire, sa radio avec ses écouteurs, un pyjama, une robe de chambre, des pantoufles et divers objets.

Mrs Wilby nettoya soigneusement le couloir d'entrée, et en guise de raffinement final, elle accrocha un tableau à l'emplacement de l'ancienne porte. Elle considéra que l'illusion était parfaite : la cachette était indétectable.

La grisaille de l'aube commençait à pointer à l'est.

— Tu ferais mieux d'y aller maintenant, dit Mrs Wilby. Et n'oublie pas : tu dois apprendre à être silencieux ! Ne tire jamais la chasse d'eau sauf si tu es sûr qu'il n'y a personne pour t'entendre !

— Une dernière chose, dit Ronald d'un air décidé. Je veux mes carnets d'Atranta. Autant que j'aie quelque chose sur quoi je puisse travailler. Et j'ai aussi un peu faim.

— Va chercher tes carnets, et puis installe-toi. Il commence à faire jour.

Ronald rapporta les carnets de sa chambre.

— Je crois que c'est à peu près tout ce dont j'ai vraiment besoin.

Sa mère sembla à peine l'entendre.

— À partir de maintenant, nous ne pouvons prendre aucun risque. Deux coups frappés seront le signal de danger ! Ce qui signifie : aucun bruit ! Pas le moindre son ! Quand l'alerte sera passée, je frapperai quatre coups. Et maintenant, mets-toi en sécurité. Je vais préparer ton petit déjeuner et je te le passerai.

Tristement, Ronald jeta un dernier coup d'œil à cette cuisine et cette salle à manger où sa mère et lui avaient partagé tant de bons repas. Malgré la maîtrise dont elle faisait preuve, Mrs Wilby faillit céder à ses émotions. Il dit adieu à tout ça, songea-t-elle, et de fait, c'est bien un adieu, car les choses ne seront plus jamais pareilles, pour lui comme pour moi !

D'une voix étouffée, Ronald demanda :

— À ton avis, combien de temps ça va durer ?

— Je ne sais pas, mais nous devons être réalistes. Je dirais quelques mois.

L'air sombre, Ronald jeta un coup d'œil par-dessus son épaule vers la porte secrète.

— Quelques mois ?

— Au moins. Peut-être même six. Je sais que c'est difficile, difficile pour nous deux, mais on ne peut pas faire autrement.

— Ça m'est égal, Maman, vraiment… J'espère simplement que ça ne sera pas trop long.

— Je l'espère aussi. Dès que nous aurons suffisamment d'argent, et qu'il n'y aura plus de danger, nous partirons. En attendant, nous devrons être patients et très, très prudents. La police sera sur le qui-vive, et nous ne pouvons prendre aucun risque. Ça me fait penser que j'ai encore une chose à faire. Allez, entre dans ta tanière.

Ronald se rendit dans l'office, où il fit glisser le panneau secret et entra en rampant dans sa cachette, puis il remit le panneau en place. Mrs Wilby examina la pièce afin de s'assurer que l'accès était à la fois invisible et bien sécurisé. Elle se pencha en avant.

— Ronald ! Tu m'entends ?

— Oui.

La voix de Ronald était légèrement étouffée.

— À partir de maintenant, tu restes caché ! N'appelle pas, ne frappe pas, ne fais aucun bruit sauf si je te donne le signal que tout va bien.

— Et mon petit déjeuner ?

— Dans quelques minutes.

Mrs Wilby monta dans la chambre de Ronald et ouvrit la boîte dans laquelle il conservait ses économies : vingt-deux dollars. Elle prit l'argent et laissa la boîte sur son bureau. Elle ouvrit plusieurs de ses tiroirs dont elle mit le contenu en désordre, et elle en laissa un entrouvert. Elle alla ensuite dans sa chambre et s'allongea sur le lit afin de froisser la courtepointe et laisser une empreinte sur l'oreiller. Le lit était si confortable et elle était tellement épuisée qu'elle aurait bien voulu rester là pour se reposer, mais elle se força à se relever. Apparemment, il n'y avait rien d'autre à faire pour l'instant. Elle avait au moins un motif de soulagement : on était dimanche, et elle n'avait pas besoin d'aller travailler.

Elle retourna au rez-de-chaussée où elle prépara un bon petit déjeuner pour Ronald – flocons d'avoine, bacon, œufs, toasts et lait chocolaté –, qu'elle posa sur un plateau. Après avoir frappé quatre coups sur le panneau secret, elle le fit coulisser et glissa le plateau dans le refuge.

De retour dans la cuisine, elle fit la vaisselle et du café, et alla s'asseoir dans la salle à manger pour attendre.

CHAPITRE IV

Quelques minutes après 10 heures, on sonna à la porte. Mrs Wilby était toujours assise à sa table devant une tasse de café refroidi. Elle se leva. Voilà, ça commence. Plus que jamais, elle devait garder la tête froide. À travers la fenêtre de la salle à manger, elle aperçut un homme vêtu d'une veste de whipcord beige qui se dirigeait vers l'arrière de la maison.

À pas lents, presque lourds, Mrs Wilby sortit dans le couloir où elle frappa deux petits coups discrets sur le mur. Elle tendit l'oreille : aucun bruit à l'intérieur. Elle ouvrit la porte d'entrée.

Deux hommes se tenaient sur le seuil. L'un était corpulent avec un visage rose, et portait un costume marron tout froissé. L'autre était plus grand et plus jeune, un beau garçon aux yeux noisette vêtu d'un uniforme de shérif-adjoint.

— Mrs Wilby ? s'enquit le plus âgé des deux.

Mrs Wilby se dit qu'elle n'avait jamais vu des yeux aussi gris et aussi durs.

— Oui, c'est moi. Que voulez-vous ?

— Nous appartenons au bureau du Shérif. Je suis le sergent Lynch. (Il présenta ses papiers.) Pouvons-nous entrer ?

Mrs Wilby s'écarta sans un mot, et les deux hommes entrèrent. Ils avaient une démarche très souple pour des hommes aussi forts et imposants, songea-t-elle.

Elle les conduisit dans la salle à manger et écarta les rideaux pour laisser le soleil entrer dans la pièce.

— Que voulez-vous ? Est-ce que…

Elle avait du mal à prononcer les mots. Les deux hommes

l'observaient avec des expressions calmes. Ils semblaient détachés plutôt qu'hostiles.

Lynch dit :

— Nous sommes ici pour une tâche désagréable, Mrs Wilby. Ronald Wilby est bien votre fils ?

Mrs Wilby acquiesça. Elle avait répété cette scène plusieurs fois.

— Pourquoi cette question ?

— Voulez-vous bien l'appeler, je vous prie ?

Mrs Wilby alla s'asseoir dans le fauteuil de peluche verte.

— Pourquoi posez-vous ces questions ? (Et elle se força à ajouter :) Qu'est-ce que Ronald a fait ?

— Hier en fin de journée, une jeune fille a été violée et assassinée. Les indices dont nous disposons suggèrent que Ronald pourrait savoir quelque chose sur cette affaire. C'est certainement un choc pour vous, mais la situation est telle que je vous l'ai décrite, et je dois à présent vous demander d'appeler Ronald. Et je vous conseillerais également d'avoir un avocat présent pendant que nous l'interrogerons.

— Ronald n'est pas là, dit Mrs Wilby. Il est sorti hier soir, et il n'est pas rentré à la maison.

Pendant dix secondes, les deux hommes se contentèrent de la regarder fixement, et Mrs Wilby se demanda si la culpabilité pouvait se lire sur son visage. Le shérif-adjoint prit enfin la parole :

— À quelle heure est-il rentré chez vous hier après-midi ?

— Je ne me souviens pas précisément. Vers 6 heures, sans doute, ou peut-être un peu plus tard.

— Avait-il l'air troublé ? A-t-il évoqué un quelconque problème, un incident dans lequel il aurait été impliqué ?

— Non, pas de façon explicite.

— Que voulez-vous dire par-là ?

Mrs Wilby répondit d'une voix lasse :

— Il ne semblait pas dans son état normal. Je lui ai demandé s'il avait des soucis, et il m'a dit que non. Il était allé chez une amie, et j'ai pensé qu'il s'était passé quelque chose dont il préférait ne pas parler, et je n'ai pas insisté.

— Qui est cette amie à qui il a rendu visite ?

Mrs Wilby resta passive. L'adjoint répéta la question.

— Il est allé chez Laurel Hansen, dans Drury Way.

— Et il était perturbé quand il est rentré. Que vous a-t-il dit ?

Mrs Wilby se posa la main sur le front. Au bout d'un moment, elle dit :

— Je ne peux pas croire que Ronald ait fait une chose pareille. Ça ne lui ressemble pas. Il a toujours été très doux.

— Vous avez toute ma sympathie, Mrs Wilby, dit Lynch.

— Comment pouvez-vous être certains que c'est Ronald qui a fait ça ?

— Nous avons plusieurs éléments de preuve, répondit Lynch. Sa fuite n'est certainement pas l'acte qu'on peut attendre d'une personne innocente.

Mrs Wilby resta silencieuse.

— Avez-vous une idée de l'endroit où il a pu aller ?

— Absolument aucune.

Lynch jeta un rapide coup d'œil vers l'adjoint, qui se leva. Lynch demanda :

— Verriez-vous un inconvénient à ce que nous fassions le tour de la maison ? Il s'est peut-être simplement caché – dans le grenier ou dans un placard, ce genre d'endroit.

Mrs Wilby haussa les épaules avec résignation.

— Regardez tant que vous voulez.

Les deux hommes montèrent à l'étage. Mrs Wilby se renfonça dans son fauteuil et ferma les yeux, écoutant les bruits de pas tandis que les policiers inspectaient la chambre de Ronald, son placard, les trois autres chambres, la salle de bain et le grenier. De retour au rez-de-chaussée, ils traversèrent la salle à manger pour se rendre dans la cuisine, puis sur la terrasse arrière, où Lynch échangea quelques mots avec l'homme qui s'y était posté. Quelques instants plus tard, Mrs Wilby entendit quelqu'un ouvrir la porte grillagée permettant d'accéder au vide sanitaire sous la maison.

Lynch et le shérif-adjoint revinrent dans la salle à manger.

— Vous sentez-vous à même de répondre à quelques questions, Mrs Wilby ? Je ne vous embêterai pas plus que nécessaire, je vous le promets.

— Posez vos questions, dit Mrs Wilby d'un ton glacial.

Rien ne saurait plus éveiller leurs soupçons qu'une amabilité excessive.

— Vous êtes divorcée du père de Ronald ?

— Oui.

— Ronald est-il en bons termes avec son père ?

— Disons qu'il est indifférent. Il est peu vraisemblable qu'il se soit adressé à lui, si c'est à cela que vous pensez.

— Où Ronald aurait-il bien pu aller ? Vous n'avez pas une petite idée ?

— Non, aucune.

— N'oubliez pas, intervint l'adjoint, que c'est dans l'intérêt de tout le monde que cette affaire soit tirée au clair le plus vite possible.

— Sauf dans celui de Ronald, rétorqua Mrs Wilby avec amertume.

— Si Ronald a commis cet acte, et il semble bien que ce soit le cas, alors il faut le retrouver avant qu'il ne recommence. Je suis sûr que vous êtes d'accord là-dessus.

— Oui, naturellement. Mais c'est mon fils, et je ne suis pas convaincue qu'il ait fait ce que vous dites. Qui était la jeune fille ?

— Carol Mathews. Elle habitait dans May Street. Vers six heures du soir, elle a quitté la maison d'une amie à vélo, apparemment en passant par Honeysuckle Lane, derrière la vieille propriété des Hastings. En revenant de Drury Way, Ronald a dû également prendre par Honeysuckle Lane.

— Cela ne prouve rien, déclara Mrs Wilby. Ça pourrait être n'importe qui. Ronald a peut-être vu ce qui se passait, le véritable criminel l'a peut-être menacé, ou lui aura fait peur d'une façon ou d'une autre.

— Nous avons trouvé la veste de Ronald là où la jeune fille a été enterrée. Il y avait du sang sur le revers. Il a laissé des empreintes de pas sur la tombe et aux alentours, et elles semblent correspondre aux chaussures de basket que nous avons trouvées dans sa chambre. Nous allons devoir les emporter avec nous, naturellement. Elles constituent un élément de preuve. Je n'ai aucun doute que la terre incrustée dans les semelles correspond à celle du lieu du crime. Et puis… (il sortit de sa poche une feuille de papier)… il y avait ceci dans sa chambre.

Mrs Wilby prit le feuillet. Elle savait ce qui y était écrit : elle l'avait dicté elle-même à Ronald.

Ma chère Maman :

J'ai fait une chose affreuse, et maintenant je dois partir très loin d'ici. Surtout, ne cherche pas à me retrouver ; je veux commencer une nouvelle vie. Si je peux, je t'écrirai. Je suis terriblement désolé de te faire de la peine.

Avec tout mon amour,
ton fils,
Ronald

Mrs Wilby ferma les yeux, presque convaincue que Ronald avait vraiment écrit ce billet et qu'il était parti très loin, là où elle ne le reverrait plus jamais. Ah, si seulement elle pouvait remonter vingt-quatre heures en arrière !

Les deux policiers gardèrent un silence poli jusqu'à ce que Mrs Wilby rouvre les yeux. Lynch demanda :

— Ronald a-t-il jamais parlé d'un endroit qu'il aimerait particulièrement visiter ?

— Non, dit Mrs Wilby d'une voix blanche. Ronald est parti. S'il a vraiment fait ce que vous dites…

Elle hésita. Cet acte était irréel. Plus ils en parlaient, plus il devenait abstrait. Elle poursuivit :

— J'imagine que la nouvelle va paraître dans les journaux, et que tous les amis de Ronald seront au courant ?

— Je ne vois pas comment l'éviter, dit Lynch. Vous avez toute ma sympathie, Mrs Wilby. Ce sont toujours les parents qui souffrent le plus – des deux côtés.

Jusque-là, Mrs Wilby n'avait pas songé un instant au drame que vivait la famille Mathews.

— Je ne crois pas les connaître.

Curieusement, elle se sentait incapable de prononcer leur nom.

— Donald Mathews gère le Happy Valley Saloon, dans South Main Street. Soit dit en passant, c'est un établissement très respectable. Autrefois, son fils Duane vous livrait le journal.

Mrs Wilby se contenta de hocher la tête avec indifférence.

— Quelle somme d'argent Ronald pouvait-il avoir sur lui ? demanda Lynch.

— Je ne sais pas vraiment. Une vingtaine de dollars, une trentaine, peut-être.

Les policiers se levèrent.

— Si Ronald entre en contact avec vous, nous comptons bien que vous nous en informerez aussitôt.

Mrs Wilby garda le silence. Elle se flattait d'être d'une honnêteté scrupuleuse, et elle trouvait de plus en plus difficile de mentir.

Les policiers prirent congé. Quelques minutes plus tard, Mrs Wilby les vit sur le seuil de la maison de Mrs Schumacher, qui les fit entrer. Là, s'ils voulaient entendre des ragots, ils allaient être servis ! Mrs Wilby songea à son travail et à ses collègues. Elle serra résolument les mâchoires. Rien à faire contre ça. S'il y avait des regards et des chuchotements derrière son dos, il faudrait simplement qu'elle les supporte et fasse comme si de rien n'était. Dès que possible, Ronald et elle s'en iraient discrètement dans un lieu lointain et effaceraient Oakmead de leur mémoire. Jusque-là – ma foi, elle pouvait au moins écarter sa crainte de la solitude.

Mrs Wilby éprouvait une vague nausée, provoquée par la tension et la fatigue. Elle parcourut la maison de pièce en pièce, en jetant un coup d'œil par les fenêtres. Les policiers étaient partis. Ils allaient presque certainement maintenir une surveillance de la maison, et elle-même serait sans doute également surveillée. Elle allait devoir se montrer habile et rusée, surtout quand elle ferait ses courses, parce qu'elle allait encore devoir acheter pour deux. Et Mrs Schumacher restait une menace. Aucun doute que la police lui avait demandé d'ouvrir l'œil – comme si Mrs Schumacher avait besoin d'être encouragée !

Mrs Wilby retourna enfin dans l'office et s'agenouilla devant la porte secrète. Après avoir frappé quatre coups, elle fit glisser le panneau de quelques centimètres.

— Ronald ?

— Oui, Maman ?

— La police est venue.

— Je les ai entendus, dit-il avec un certain agacement. Ils n'ont pas l'air très gentils.

— Ce sont simplement des policiers qui font leur travail. Pour eux, tu es comme n'importe qui d'autre. Nous allons devoir être très prudents.

— Je m'en rends bien compte, Maman. Je suis vraiment désolé de causer tous ces ennuis. C'est juste que je n'y pouvais rien. Tout s'est passé si vite...

— Je sais bien, tout ça. Donne-moi ton plateau.

— J'aimerais mon déjeuner, maintenant. J'ai vraiment faim. Est-ce qu'il reste du gâteau ?

— Je ne sais pas comment tu vas faire dans la journée quand je serai à mon travail. Mais n'oublie pas – en aucun cas tu ne dois sortir ! Mrs Schumacher va avoir le nez collé à la vitre pour surveiller, et la police aussi va garder un œil sur la maison. S'ils te voient, tous nos plans n'auront servi à rien.

— Je ferai très attention. Est-ce que je peux tirer la chasse, maintenant ?

— Attends un peu. Je vais monter à l'étage. Quand tu m'entendras tirer la chasse, tu pourras y aller. Comment est l'air, là-dedans ?

— Un peu étouffant.

— Le ventilateur au-dessus des toilettes ne marche pas ?

— Si, mais il ne sert pas à grand-chose. Il n'y a pas d'endroit pour faire entrer de l'air.

— Nous allons devoir trouver une solution. En attendant, tu devras te résigner à un peu d'inconfort. Bon, je vais aller tirer la chasse, et puis je te ferai ton déjeuner.

Chapitre V

Une semaine s'écoula, puis une deuxième. Mrs Wilby vaquait à ses occupations habituelles avec toute la placidité dont elle était capable. À la Quincaillerie de Central Valley, on l'admirait pour sa dignité et son courage dans l'épreuve – une admiration qu'elle ne méritait pas vraiment, car elle s'était si profondément plongée dans sa nouvelle existence que c'est à peine si elle remarquait les gens autour d'elle ou leurs jugements. Deux personnes seulement étaient réelles : Ronald et elle. Elle œuvrait dans un seul but : réunir assez d'argent pour pouvoir partir loin de la Californie, peut-être au Canada, même si elle ne savait pas très bien comment elle pourrait y parvenir.

Chez elle, Mrs Wilby passait un temps considérable à trouver des façons d'économiser. Les besoins de Ronald étaient à présent minimes, se réduisant à la nourriture et de quoi se distraire. Il voulait un petit poste de télévision avec des écouteurs, ce que Mrs Wilby refusait de lui acheter en invoquant le coût d'un tel appareil. En fait, elle considérait que la télévision fournirait des stimulations beaucoup trop érotiques pour un garçon dans sa situation, et Ronald avait prouvé qu'il n'avait pas vraiment besoin de ça.

Mrs Wilby n'avait jamais gaspillé d'argent en nourriture, et elle dépensait maintenant encore moins. Ronald s'en plaignait peu, du moment qu'il avait un bon dessert. Mrs Wilby commençait à craindre qu'il ne devienne obèse, à cause de ce manque d'activité et ce régime plutôt riche en sucres et féculents. Elle lui fit part de ses préoccupations et lui recommanda non seulement de manger moins, mais de pratiquer aussi des exercices physiques réguliers. Ronald repoussa aussitôt la suggestion.

— C'est trop difficile de faire de l'exercice ici ! C'est beaucoup trop petit !

— Pas du tout. Tu peux courir sur place et faire toutes sortes de mouvements de gymnastique. Tu ne veux quand même pas devenir obèse ?

— Si je fais de l'exercice, ça me donnera faim, grommela Ronald. Et je mangerai plus.

— Dans ce cas, je serai obligée de réduire tes portions et de supprimer les desserts. Quand nous partirons dans l'Est, il faut que tu sois svelte et en bonne santé.

Ronald marmonna quelque chose d'inaudible, mais il commença néanmoins à faire de l'exercice. Assez curieusement, il se mit à s'intéresser au processus, et bientôt, Mrs Wilby entendit le bruit régulier de ses pas tandis qu'il courait sur place. De fait, elle se sentit obligée de le mettre en garde.

— Quand je ne suis pas là, ne cours pas et ne saute pas, parce que le bruit est très repérable, et il y a aussi des vibrations. Le facteur pourrait le remarquer, ou l'employé qui relève les compteurs. Contente-toi de faire tes pompes et tes mouvements de gymnastique – tout ce qui est parfaitement silencieux.

— Quand nous aurons une nouvelle maison, j'aimerais une pièce que je puisse transformer en gymnase, dit Ronald. Je pourrais même me mettre aux haltères.

Mrs Wilby était tombée par hasard sur une épreuve d'haltérophilie à la télévision, qu'elle avait regardée avec un dégoût fasciné.

— Je ne suis pas sûre que ce soit une bonne idée. Ces gens ont toujours l'air tellement grotesques… Exerce-toi simplement pour développer un corps sain, et oublie les haltères.

Au grand soulagement de Mrs Wilby, Ronald ne manifestait jamais le désir de quitter son refuge, même tard le soir quand il aurait pu le faire sans danger. Mrs Wilby avait peur que s'il sortait ne fût-ce qu'une fois, un précédent serait établi et Ronald voudrait aller et venir plus fréquemment, jusqu'à ce que, la malchance aidant, quelqu'un le repère et prévienne la police. Il valait infiniment mieux jouer la sécurité. Ils avaient déployé de tels efforts et sacrifié tant de choses ! Ce serait de la folie de baisser la garde ne serait-ce qu'un instant.

Le problème ne se posa jamais. Ronald se sentait en sécurité et trouvait sa tanière confortable. La pièce était maintenant convenablement ventilée : il avait percé un trou à travers les lattes et le plâtre du mur à côté des toilettes, ce qui permettait une amenée d'air depuis le grenier. Ses repas étaient à son goût, même si la quantité était parfois un peu insuffisante, mais d'un autre côté, il n'était plus obligé d'essuyer la vaisselle. En fait, il n'avait plus aucune responsabilité, à part celle de rester parfaitement silencieux et de surveiller son poids.

Cela dit, bien sûr, tout n'était pas rose. L'attitude de sa mère ne lui plaisait pas du tout. Elle avait parfois un ton de voix juste un petit peu péremptoire, et elle avait tendance à répéter les instructions les plus élémentaires, comme si elle le considérait encore comme un enfant. Ce qui était à peu près le cas, songea Ronald avec lucidité. Sa mère était compétente en toutes choses, mais elle n'avait jamais pu accepter le fait qu'il grandisse. La situation avait néanmoins ses bons côtés. On n'exigeait rien de lui qui soit trop agaçant, et moyennant suffisamment de cajoleries, il arrivait en général à obtenir les bons petits plats qu'il voulait. Les choses auraient pu être bien pires, et si sa mère voulait le dorloter un peu comme un bébé, pourquoi lui gâcher son plaisir ? Ronald trouvait qu'il se montrait généreux et altruiste, et il espérait que sa mère l'appréciait. Elle aimait bien s'occuper de lui, et jusqu'à ce que cette malheureuse situation soit enfin réglée, elle aurait largement l'occasion de le faire. En attendant, son petit domaine était confortable et sûr.

Ronald devint obsédé par les exercices physiques. Sa mère se rendit à Stockton où elle acheta quelques accessoires bon marché et un manuel de culturisme, ce qui lui fit grand plaisir. À sa demande, elle lui fournit également une boîte d'aquarelle, un bloc de papier de bonne qualité, des feutres et des stylo-billes de différentes couleurs, ainsi que des carnets, un compas et une règle, et une douzaine de crayons. Ronald expliqua qu'il songeait depuis longtemps à écrire et illustrer une histoire du pays magique d'Atranta, et que le moment lui semblait bien choisi.

Mrs Wilby éprouvait peu d'enthousiasme pour ce projet. Elle aurait préféré que Ronald étudie la biologie, les mathématiques et l'anatomie, afin de se préparer à la carrière qu'il entreprendrait une fois qu'ils se seraient établis ailleurs. Ronald convenait que l'idée était bonne, mais quand sa mère lui rapporta des livres sur ces sujets, il ne manifesta guère d'intérêt.

Un samedi, six semaines après sa première visite, le sergent Lynch revint chez Mrs Wilby. Entendant une voiture s'arrêter devant la maison, elle regarda par la fenêtre, puis elle alla précipitamment frapper deux coups sur le mur du couloir d'entrée.

Lynch sonna et Mrs Wilby ouvrit, en conservant un air impassible.

— Puis-je entrer ? demanda Lynch. Ce sera plus confortable que de rester sur le pas de la porte.

Sans un mot, Mrs Wilby le conduisit dans le salon. Lynch s'assit sur le canapé.

— Avez-vous réussi à trouver Ronald ? demanda Mrs Wilby.

Lynch secoua tristement la tête.

— Pas la moindre trace. Pas même un murmure. C'est comme s'il s'était volatilisé, pour ainsi dire. Auriez-vous eu de ses nouvelles, par hasard ?

Mrs Wilby eut un petit rire presque ironique.

— Où qu'il soit, j'espère qu'il mène une existence honnête et droite, pour compenser ce qui s'est passé ici.

— Je l'espère aussi, Mrs Wilby. Ce serait une sorte de réhabilitation pratique, si les choses se passaient ainsi. Malheureusement, cela arrive rarement, mais ce n'est pas le moment d'en discuter.

Lynch se cala confortablement et croisa les jambes. Il semblait très à l'aise, et n'était apparemment pas pressé de prendre congé. Mrs Wilby était tendue et nerveuse, guettant le moindre bruit que Ronald pourrait faire par inadvertance. S'il tirait la chasse, par exemple !

Mais tout resta silencieux. Lynch se leva.

— C'est une bien grande maison pour vous toute seule. La solitude ne vous pèse pas un peu ?

Mrs Wilby réussit à sourire.

— Croyez-le ou non, après toute une journée de travail, j'apprécie le calme. Je peux faire exactement ce que je veux et quand je le veux, ce qui vaut bien un peu de solitude.

— Vous avez peut-être raison, là. Bon, je pense que nous n'avons rien d'autre à nous dire, et je ferais aussi bien de m'en aller. N'oubliez pas de m'appeler si vous avez des nouvelles de Ronald.

Mrs Wilby ne put s'empêcher de poser une question :

— Avez-vous vu son père ?

— Oui. Il était très perturbé, comme vous pouvez l'imaginer. Mais il ne sait absolument pas où Ronald peut être, ou c'est du moins ce qu'il affirme. (Lynch eut un petit sourire.) Naturellement, nous prenons les déclarations d'un parent avec une certaine circonspection.

— Je suis sûre que vous connaissez votre métier, dit assez sèchement Mrs Wilby.

— Je ne suis pas le sergent Lynch pour rien. Et si je ne produis pas des résultats, je pourrais bien redevenir très bientôt un simple adjoint. Ainsi va la vie. Au revoir, Mrs Wilby.

— Au revoir.

Mrs Wilby resta un moment à la fenêtre. Elle vit Lynch monter dans sa voiture et s'éloigner. Elle parcourut à nouveau la maison en regardant par toutes les fenêtres. Personne ne semblait l'observer. Comme elle détestait toutes ces manigances et ces mensonges aux forces de l'ordre ! Elle qui n'avait jamais eu une contravention de sa vie ! Quelle situation lamentable ! Mais si cela lui permettait de garder Ronald auprès d'elle au lieu qu'il soit dans une cellule pleine de dégénérés sexuels, n'importe quel sacrifice valait la peine. Quelle était l'expression que le sergent Lynch avait utilisée ? « Une sorte de réhabilitation pratique ». Exactement ce qu'elle était en train de réaliser. Ronald était essentiellement un rêveur éloigné des réalités concrètes, qui avait besoin de sa mère pour s'occuper de lui, et qui en aurait probablement toujours besoin. Cette idée procurait à Mrs Wilby un frisson de plaisir. C'était bien agréable de se sentir nécessaire dans un monde aussi froid et impersonnel.

Elle se rendit dans l'office et frappa quatre coups contre le panneau, que Ronald ouvrit. Ils y avaient fixé depuis longtemps une charnière et un loquet, et la porte secrète fonctionnait maintenant de façon très commode.

— La police était là à l'instant, dit Mrs Wilby. Je pense que c'était une simple visite de routine, mais encore une fois, cela montre à quel point nous devons être prudents !

— Nous sommes trop malins pour eux, déclara Ronald. Tu es vraiment une merveilleuse actrice !

— Je ne suis rien de la sorte, répondit sèchement Mrs Wilby.

Cette suffisance amusée n'était absolument pas le ton qu'elle voulait que Ronald adopte. Elle se demandait s'il comprenait vraiment la gravité de la situation. De fait, il ne manifestait absolument pas la nervosité ni la mélancolie qui leur auraient rendu la vie plus difficile, certes, mais qui l'auraient rassurée. Au contraire, il semblait parfaitement heureux de manger, de lire, de dormir, de faire ses exercices et de travailler à son histoire imaginaire. Elle décida de se montrer plus ferme. Elle insisterait pour qu'il étudie les sciences et les mathématiques. Mais pas maintenant. Pour l'instant, elle ne se sentait pas d'humeur à discuter. Elle avait été tellement tendue pendant la visite du sergent Lynch qu'elle en avait oublié de prendre sa pastille digestive, ce qu'elle fit aussitôt. Elle sentait encore des crispations à l'estomac. Il ne manquerait plus qu'elle ait un ulcère !

Elle prépara le dîner pour deux, puis elle calcula le temps qu'il lui faudrait avant de pouvoir envisager de partir. Elle avait d'abord tablé sur six mois maximum, mais l'argent s'accumulait si lentement ! Ils auraient besoin d'au moins deux mille dollars, c'était vraiment le strict minimum. Un an ? Dans un an, le scandale serait oublié et l'indignation retomberait. Ils pourraient s'éclipser discrètement, sans que personne ne les remarque.

Ainsi donc, l'objectif était un an. C'était considérable, mais plus ils resteraient longtemps à Oakmead et meilleures seraient leurs chances de prendre un bon départ dans leur nouvelle vie. Pauvre petit Ronald chéri ! Il avait été un bambin si malicieux ! Qui aurait pu prévoir cette terrible tragédie, qui aurait pu briser son existence si elle n'avait pas été à même de l'aider ! Une année passerait très vite. Elle aurait les deux mille dollars nécessaires, ou peut-être même trois mille – si elle arrivait à réduire encore un peu plus les dépenses. Par exemple, l'assurance-vie. Puisqu'ils adopteraient de nouvelles identités, à quoi servirait l'ancienne assurance ? Elle allait la liquider tout de suite. Quant à l'assurance-santé de Ronald, elle ne servait plus à rien. Elle allait l'annuler, et également la sienne, ce qui économiserait encore trente-cinq précieux dollars par mois. Les besoins de Ronald en matière de vêtements, distractions et autres étaient à présent pratiquement nuls. Elle-même portait des vêtements solides et bon marché, et si elle avait besoin de quelque chose de neuf, elle s'essaierait à la couture. Elle allait aussi mettre fin à son abonnement au journal, et elle ne renouvellerait pas les abonnements aux magazines. Elle avait entendu dire que la farine de soja constituait un apport de protéines nutritif et peu coûteux. Cela vaudrait la peine d'essayer, le prix de la viande étant ce qu'il était. Le téléphone ? Mrs Wilby réfléchit, et décida finalement de le conserver : elle avait parfois besoin d'appeler son bureau. Mais elle pourrait facilement transformer l'abonnement en ligne partagée, avec une utilisation limitée. Les petits ruisseaux faisaient les grandes rivières ! Un jour, peut-être, quand Ronald serait devenu riche et célèbre, ils feraient tous les deux un grand voyage en Europe. Elle avait toujours rêvé de visiter Venise et Paris, et les nobles demeures anglaises. Et alors, peut-être, ils riraient en repensant aux heures sombres qu'ils traversaient en ce moment. Ou voudraient-ils vraiment évoquer le sujet ? Hum… Sans doute pas.

CHAPITRE VI

Le pays magique d'Atranta comprenait six domaines : Kastifax, Hangkilt, Fognor, Dismark, Plume et Chult, chacun dominé par un Duc-magicien. Chaque duc vivait dans un immense château hérissé de donjons, tourelles et barbacanes, avec dans les sous-sols de redoutables cachots et oubliettes. Au centre d'Atranta se trouvait la merveilleuse Zulamber, la Cité des Perles de Turquoise, où régnait Fansetta, une merveilleuse princesse de perle et d'or. Les Ducs-magiciens se livraient d'interminables guerres, recourant à des armes magiques et des armées constituées de goules et de gnomes – et quand ils n'étaient pas ainsi occupés, ils complotaient contre la princesse Fansetta. Une très ancienne légende prophétisait que l'homme qui saurait gagner l'amour de Fansetta règnerait sur Atranta tout entier. C'est pour cette raison que la chasteté de Fansetta, sa vie et son âme même étaient constamment en danger.

Venu de la terre lointaine de Vordling pour fuir son tyran, et lui-même un prince, est arrivé Norbert. Grâce à ses talents et son audace, Norbert a vaincu Urken, Duc-magicien de Kastifax, et a pris possession de son château magique et de tous ses sortilèges.

Fansetta, princesse de Zulamber, la Cité aux Perles de Turquoise, a vu Norbert à travers sa lentille magique et en est tombée amoureuse, bien qu'elle croie qu'il est Urken…

Ronald n'avait pas encore développé son récit au-delà de ce stade, car il existait trop de possibilités passionnantes. De plus, un très gros travail préliminaire était nécessaire. Premièrement, une histoire détaillée d'Atranta, avec la généalogie de tous les duchés de magiciens ; les fluctuations de leurs pouvoirs au fil des années ; la fondation antique de la cité de Zulamber et la mise en place des Gardiens avec leurs Sept Sortilèges ; l'histoire des différentes princesses qui avaient régné sur Zulamber. Toutes étaient fantasques, et leurs existences n'avaient pas été aussi délicieuses qu'on pourrait le croire, car Zulamber, l'unique grande cité d'Atranta, était un nid d'intrigues et d'exploits audacieux. Deuxièmement, la Grande Carte d'Atranta, qui recouvrait le mur en face du lit de camp, n'était pas encore complète, bien que Ronald y eût déjà consacré de nombreuses heures de soins attentifs. L'échelle était de un centimètre pour trois kilomètres. Ronald utilisait les plumes les plus fines et les gradations de couleurs les plus subtiles pour représenter chaque élément de cet étrange et merveilleux paysage : le gradient et l'altitude de chaque butte, colline, crête et falaise ; le cours de chaque rivière et ruisselet ; l'étendue du Désert du Désespoir, de la Lande des Tempêtes, et des Cascades de la Peur. Il dessinait chaque route, chaque chemin et chaque sentier. Il traçait chaque ville et chaque hameau, et indiquait tous les monuments, champs de bataille, châteaux, fortins, grottes et mégalithes. En parallèle, il compilait un index listant les lieux et leurs coordonnées. Un travail énorme, mais qui lui procurait une grande satisfaction. Après tout, il n'était pas pressé, et il n'avait jamais eu autant de loisir. Du loisir ? Ha ! Parlons-en… Entre ses exercices physiques, la Grande Carte, l'Histoire et ses croquis des châteaux des Ducs-magiciens, il lui restait à peine de temps pour écouter la radio, et encore moins pour lire les manuels poussiéreux que sa mère lui apportait. Il lui arrivait même de se demander s'il voulait vraiment devenir médecin. Quel dommage que sa mère ne gagne pas plus d'argent… Sa Tante Margaret mourrait peut-être, et leur lèguerait toute sa fortune. Malheureusement, ses cousins Earl et Agnes hériteraient de tout. Hum… Les choses pourraient être différentes, songea Ronald, si Earl et Agnes mouraient avant Tante Margaret. Mais ils habitaient loin d'ici, en Pennsylvanie. Earl et Agnès étaient sans doute déjà au courant de son « acte horrible » et de sa « disparition ». Ah, si seulement ils savaient ! Agnès était assez jolie fille. Cousine ou pas, il ne détesterait pas l'avoir avec lui pour partager sa tanière. Il faudrait qu'elle se tienne tranquille, bien sûr, mais ils pourraient avoir du bon temps ensemble. Ce serait encore mieux d'avoir cette sale petite traîtresse de Laurel Hansen. Comme il la haïssait... Comme il aimerait mettre la main sur elle ! Fansetta, la Princesse de Perle, lui ressemblait pas mal, et subirait sans aucun doute son juste châtiment à un moment ou à un autre de l'histoire – probablement infligé par Gangrod, l'un des Ducs-magiciens les plus cruels et sadiques. Naturellement, Norbert viendrait la sauver, à moins qu'entretemps il ne soit tombé amoureux de Shallis, une jeune mendiante aux cheveux noirs, d'une beauté exquise malgré ses haillons, sa crasse et certaines habitudes sordides. Shallis ressemblait elle aussi un peu à Laurel, maintenant qu'il y pensait. Apparemment, il était obsédé par Laurel... Laurel, Laurel, cette sale petite vipère ! C'était essentiellement à cause d'elle qu'il se trouvait ici dans sa tanière ! Personne ne le croirait s'il l'expliquait. Cette mijaurée de Laurel ne le croirait pas non plus, et s'en ficherait de toute façon. Un jour, elle allait souffrir, autant qu'il avait souffert... et même encore plus ! Il est vrai que, d'un autre côté, son refuge était tout à fait confortable, et il n'avait aucune responsabilité pour le distraire des choses qu'il avait envie de faire. Il aurait aimé des portions plus grandes pour ses repas, et des desserts plus élaborés – il commençait à se lasser des gelées de fruits –, mais c'était un aspect secondaire. Sa mère avait raison, il ne fallait pas qu'il devienne gras. Pas trop, en tout cas. Malgré tout ses efforts, il avait pris un peu de poids. Bien sûr, il pourrait ramper hors de son repaire pendant l'absence de sa mère et se trouver quelque chose à manger. Mais il ne voulait pas quitter sa tanière. S'il en sortait ne fût-ce qu'une fois, cela changerait tout. Il perdrait son sentiment de confort. Et puis sa mère l'avait bien mis en garde : quelqu'un pourrait le voir. On doit toujours écouter sa mère. Il resterait ici où il avait son travail, ses exercices, ses repas. Une existence qui ne nécessitait aucun effort. Il était satisfait.

CHAPITRE VII

Un samedi de novembre, Mrs Wilby se rendit dans l'après-midi au supermarché pour y faire ses courses. Elle s'arrêta devant le rayon des produits pharmaceutiques pour chercher un nouveau produit digestif dont elle avait vu la publicité à la télévision – celui qu'elle prenait en ce moment ne la soulageait pas comme elle l'aurait voulu. Elle vit approcher dans l'allée une femme à peu près de son âge, très mince et qui semblait nerveuse. Elle avait des cheveux noirs et des yeux sombres très expressifs. Elle était en compagnie d'un jeune homme à l'air assez solennel, qui devait avoir un an de plus que Ronald – son fils, à l'évidence. En apercevant Mrs Wilby, il murmura quelque chose à sa mère.

Trouvant le prix du médicament excessif, Mrs Wilby se retourna pour poursuivre ses achats, et son chariot heurta celui de la femme.

— Excusez-moi, dit-elle.

Elle s'apprêtait à continuer quand la femme lui dit d'une voix anxieuse :

— N'êtes-vous pas Mrs Wilby ?

— Oui, c'est bien moi.

Mrs Wilby n'arrivait pas à mettre un nom sur ce visage. Ronald avait peut-être connu son fils, un jeune homme de taille moyenne qui se tenait bien droit et dont le visage osseux respirait l'intelligence.

— Je suis Mrs Mathews. Voici mon fils Duane, mais j'imagine que vous le connaissez déjà. Il vous livrait le journal, autrefois.

— Ah, oui, bien sûr… dit Mrs Wilby. Je m'en souviens très bien.

Elle se sentait affreusement mal à l'aise. Mrs Mathews était bien la dernière personne avec qui elle voulait bavarder, et pas seulement parce que son mari était un tenancier de bar.

— J'ai souvent pensé à vous appeler, poursuivit Mrs Mathews avec un débit précipité. Je sais ce que vous devez ressentir avec cette effroyable affaire. Vous devez souffrir encore bien plus que nous, et je voulais vous dire que vous avez toute notre sympathie.

Mrs Wilby trouva enfin ses mots.

— Je suis très touchée de votre sollicitude, Mrs Mathews, et vous avez raison : c'est une tragédie que nous partageons. J'ai décidé que je ne pouvais tout simplement pas me morfondre, et que je devais continuer à vivre. Et c'est ce que j'essaie de faire.

Les yeux de Mrs Mathews brillèrent, et elle fit un rapide pas en avant. Mrs Wilby craignit qu'elle ne se mette à fondre en larmes, ou qu'elle tente de la prendre dans ses bras, ce qui, dans un cas comme dans l'autre, l'aurait plongée dans un profond embarras. Mais Mrs Mathews se maîtrisa et dit simplement :

— Les voies du Seigneur sont impénétrables. Il ne fait rien sans raison, et ce serait présomptueux de notre part de mettre en doute Sa sagesse.

— Oui, j'imagine que c'est très juste.

— Cela dit, pour vous comme pour nous, j'aurais souhaité que dans Son infinie miséricorde, Il ait organisé les choses autrement.

Mrs Wilby acquiesça en baissant la tête. Elle aurait bien aimé que Mrs Mathews continue ses courses et la laisse faire les siennes. Son chariot était rempli de nourriture : trois livres de steak haché, cinq livres de riz, deux poulets, deux miches de pain, une livre de margarine, deux grands cartons de lait chocolaté, trois laitues qui étaient en promotion, et il lui semblait que Duane Mathews examinait ses achats avec un certain intérêt.

— Je suis tellement heureuse d'avoir pu vous parler, dit Mrs Wilby.

Et avec un sourire à l'adresse de Duane, elle s'éloigna dans l'allée.

Ce soir-là, elle fut plus abrupte qu'à l'ordinaire avec Ronald, qui grommelait devant son dessert.

— Est-ce qu'on doit avoir de la gelée de fruits tous les soirs ? Je croyais que tu allais rapporter de la glace.

De fait, c'est ce que Mrs Wilby avait promis, mais après sa rencontre avec Mrs Mathews, elle était partie sans acheter tout ce qu'elle avait noté sur sa liste.

— Ronald, s'il te plaît, arrête de te plaindre. Je fais de mon mieux, et tu ne m'aides pas en jouant les difficiles.

La remarque contenait l'idée implicite que si Ronald était déçu de ne pas avoir de glace, il ne pouvait s'en prendre qu'à lui-même.

Ronald ne dit plus rien, mais sa soirée était complètement gâchée. Après le dîner, il resta allongé sur son lit à écouter la radio. Sa mère n'aurait pas dû se montrer aussi sèche. Après tout, il s'était excusé pour cette fichue histoire, et plusieurs fois encore. Elle ne savait pas l'apprécier à sa juste valeur, exactement comme tous les autres. Pour ce qui était de Carol Mathews, après mûre réflexion, elle était aussi fautive que lui. Si elle ne s'était pas montrée aussi obstinée et vindicative, les choses se seraient passées différemment. Il n'était peut-être pas très logique non plus de rejeter la responsabilité sur Laurel Hansen, mais logique ou pas, c'était ainsi qu'il ressentait les choses, et un jour peut-être… Il poussa un grand soupir. Non, il n'avait pas envie de s'attirer de nouveaux ennuis. Une fois qu'ils seraient installés en Floride, il ne lui resterait plus qu'à l'oublier complètement.

* * *

Pour Thanksgiving, Mrs Wilby fit rôtir une petite dinde et prépara des patates douces nappées de jus d'ananas et garnies de marshmallows, comme Ronald les aimait. Il aurait été merveilleux de pouvoir ouvrir tous les rideaux et faire sortir Ronald pour qu'ils puissent avoir un vrai dîner de Thanksgiving ensemble… mais mieux valait s'abstenir. Si Ronald était autorisé à sortir une fois, il pourrait vouloir recommencer sous n'importe quel prétexte, et tôt ou tard, quelqu'un découvrirait leur secret. Ronald eut donc son repas de Thanksgiving servi sur un plateau, mais avec le droit de manger autant qu'il voudrait. Mrs Wilby, pour sa part, mangeait très peu. Son ulcère à l'estomac – c'est ainsi qu'elle en était venue à diagnostiquer son problème – lui causait un grand inconfort, et elle devrait peut-être consulter un médecin, même si elle rechignait à la dépense. Noël était proche, ce qui signifierait des frais, quels que soient ses efforts pour l'éviter. Des cartes de vœux et des timbres, un cadeau pour la fête du bureau, des cadeaux pour Ronald, un sapin de Noël – bon, peut-être pas de sapin cette année. En fait, elle s'en passerait fort bien, et quant aux cadeaux de Ronald, ils seraient en nombre très limité. Il n'y avait pas seulement la dépense à prendre en considération, mais aussi le fait que quand ils quitteraient Oakmead, ils ne pourraient emporter que le strict nécessaire. D'ailleurs, un mois ou deux avant leur départ, elle pourrait essayer discrètement de vendre son mobilier et ses appareils ménagers… Non, à la réflexion, ce n'était pas une bonne idée. Beaucoup trop dangereux, si la police la surveillait encore. Elle n'avait repéré aucun indice d'une telle surveillance, mais il était difficile de croire qu'ils abandonneraient aussi facilement. S'ils apprenaient qu'elle vendait son mobilier, ils sauraient qu'elle avait l'intention de partir. Probablement pour rejoindre Ronald, penseraient-ils, et ils garderaient un œil attentif sur tous ses mouvements.

Elle expliqua à Ronald que cette année, Noël devait être une fête très modeste, et Ronald n'émit aucune protestation. En fait, il n'avait envie de rien, à part un petit poste de télé, et peut-être un abonnement à *Playboy* – deux espoirs aussi vains l'un que l'autre.

— Ne m'offre rien, insista-t-il. C'est plus important que nous économisions de l'argent. Mais j'aimerais que tu t'achètes quelque chose, une chose dont tu as envie, pour que j'aie l'impression que tu passes un bon Noël.

Mrs Wilby fut touchée.

— Nous n'aurons pas de bon Noël tant que nous ne serons pas loin d'Oakmead, là où personne ne nous connaîtra. Si tu veux vraiment me faire plaisir pour Noël, commence à étudier. Tout ce temps de loisir forcé pourrait être utilisé à bon escient, si seulement tu voulais bien t'en donner la peine.

Ronald dit humblement :

— Je sais que tu as raison. Après les vacances, je m'y mettrai sérieusement. Ce serait bête de négliger mon éducation.

— Absolument ! Je ne sais pas comment nous ferons pour que tu retournes dans un lycée. En général, ils exigent un dossier scolaire. Nous essaierons peut-être un établissement privé où ils ne seront pas aussi à cheval sur la paperasse.

* * *

Noël fut finalement moins triste que prévu. Mrs Wilby acheta un petit sapin en plastique pour décorer la tanière de Ronald, et elle fit rôtir une autre dinde, qui coûtait moins cher et durerait plus longtemps qu'un steak ou un rôti de porc – ce que Ronald aurait préféré. Comme elle ne pouvait se résoudre à ne lui faire aucun cadeau, elle lui acheta un flacon d'eau de Cologne *Wild Cossack*, un recueil de mots croisés et un puzzle très compliqué.

Ronald la remercia avec effusion.

— Vraiment, je ne voulais rien, mais tous ces cadeaux sont formidables ! J'espère que tu t'es aussi acheté quelque chose.

— Oui, mon chéri. J'avais terriblement besoin de sous-vêtements, et je me suis offert quelques jolies choses.

— Super ! Je suis bien content. Tu aurais dû avoir encore plein d'autres cadeaux !

Le dîner de Mrs Wilby se déroula dans une triste solitude. Comme c'était différent d'autrefois, quand Ronald et elle avaient partagé ensemble la joie de Noël ! N'ayant rien d'autre à faire, elle mangea plus que d'habitude, et peu après le repas, elle fut saisie de violentes nausées, qui durèrent par intermittence toute la soirée.

Le lendemain, elle décida qu'elle ne pouvait pas supporter plus longtemps ses douleurs abdominales, et elle alla voir le médecin.

* * *

Tard dans l'après-midi, Mrs Wilby rentra chez elle. À travers le mince panneau de plâtre qui couvrait l'ancienne porte, Ronald entendit ses pas sur les marches du perron. Il entendit la porte d'entrée s'ouvrir et se refermer, puis ce fut le silence. Manifestement, sa mère se tenait immobile dans le couloir. Bizarre, songea Ronald qui avait développé un sens particulièrement aigu des atmosphères et des humeurs. Une idée alarmante lui vint à l'esprit : était-ce vraiment sa mère qui était là ? Il se leva avec agilité, tel un grand félin, et colla son oreille contre le panneau. Une ou deux minutes plus tard, la personne entra dans la salle à manger. Oui, c'était bien sa mère, le rythme de ses pas était caractéristique, même si elle semblait lasse et découragée.

Mrs Wilby jeta un coup d'œil par toutes les fenêtres, selon son habitude immuable, mais ensuite, au lieu de frapper quatre coups contre le mur, elle s'assit à la table. Dans sa tanière, Ronald écoutait avec une inquiétude grandissante, mais il n'osait pas appeler pour demander ce qui se passait. Il devait attendre que sa mère frappe les quatre coups. Il finit par s'asseoir sur son lit. Cette situation n'était pas normale.

Sa mère se rendit enfin dans l'office, où elle frappa quatre fois contre la porte secrète, que Ronald ouvrit rapidement.

— Il y a un problème ?

Mrs Wilby répondit d'une voix calme et maîtrisée :

— Oui, dans une certaine mesure. Le médecin m'a dit que j'avais quelque chose à la vésicule biliaire, et je vais devoir me faire opérer.

Ronald resta accroupi en silence tandis qu'il réfléchissait aux implications.

— Tu veux dire que tu vas devoir aller à l'hôpital ?

— Oui. Pour au moins une semaine, sans doute un peu plus.

Ronald réfléchit encore.

— Quand dois-tu y aller ?

— Lundi prochain.

— Eh bien, j'espère qu'après ça, tu iras beaucoup mieux, dit Ronald avec un enjouement forcé

— Oh, j'irai mieux, je ne me fais pas de souci pour ça. C'est la question d'argent qui m'inquiète. Ce genre d'intervention coûte les yeux de la tête, et nous n'avons plus d'assurance-santé.

Ronald réfléchit un instant.

— Combien ça va coûter ?

— Je ne sais pas exactement. Sept ou huit cents dollars, sans doute.

— Hum.

Ronald ne savait pas quoi dire.

Sa mère reprit d'une voix terne :

— Je vais te trouver une plaque chauffante et t'acheter une grande quantité de provisions. Tu devras te débrouiller seul pendant mon absence.

— Absolument. Tout ira bien, Maman. Tu n'as aucun souci à te faire.

— Sauf pour l'argent.

Ronald fit la grimace. Il avait horreur du mot « argent ».

— Ma foi, le plus important, c'est ta santé, quel que soit le prix à payer.

— Je m'en rends bien compte. Nous n'aurons plus qu'à faire de notre mieux.

CHAPITRE VIII

Le lendemain, Mrs Wilby se rendit à Stockton, où la Grande Épicerie Discount vendait des denrées alimentaires et des conserves en demi-gros à des prix très raisonnables. Elle fut si impressionnée par les possibilités d'économies qu'elle acheta une caisse entière de boîtes de porc aux haricots et une de crêpes farcies, une caisse de macaronis au gratin en plats préparés, et des demi-caisses de pêches, de poires et de petits pois en conserve. Elle remarqua des boîtes de cinq kilos de lait en poudre, que Ronald devrait désormais boire parce que le lait chocolaté coûtait beaucoup trop cher et devait être désormais considéré comme un luxe.

Le magasin l'éblouit presque par l'étendue de ses promotions, et elle décida d'y retourner une fois qu'elle serait sortie de l'hôpital. En s'y prenant bien, elle calcula qu'elle pourrait réduire leur budget d'alimentation de près d'un tiers, alors même qu'il était déjà serré. Ronald n'aurait sans doute pas le toupet de se plaindre, mais histoire de l'amadouer, elle acheta un assortiment de sodas lyophilisés et une douzaine de paquets de biscuits au chocolat. Dans une quincaillerie voisine, elle acheta un réchaud bon marché, sur lequel Ronald pourrait se préparer ses repas, et puis elle rentra chez elle.

Là, un autre problème se présenta : comment transporter dans la maison sa cargaison de provisions sans éveiller la curiosité de Mrs Schumacher ?

Mrs Wilby attendit jusqu'à la nuit tombée, quand à travers les fenêtres éclairées elle put voir Mrs Schumacher préparer le dîner. Elle fit alors rapidement la navette entre la voiture et le perron, et quelques minutes plus tard, tous ses achats étaient à l'intérieur.

Comme elle s'y attendait, Ronald fronça le nez en voyant le lait en poudre. Mrs Wilby lui dit sèchement :

— C'est ça ou rien ! Ça contient les mêmes minéraux et éléments nutritifs que le lait, à part l'eau, qui est un ingrédient bien cher payé au prix du lait.

Mrs Wilby fit passer le réchaud et une ample provision de nourriture à travers la porte secrète, et se sentit un peu plus tranquille.

— Tes repas ne seront pas bien excitants, mais tu pourras au moins te nourrir jusqu'à mon retour.

Ronald éprouva une soudaine appréhension.

— Je n'aime vraiment pas te voir partir pour si longtemps.

— Il est impossible de faire autrement, rétorqua Mrs Wilby. Je t'en prie, Ronald, ne rends pas les choses plus difficiles. C'est un choix très simple entre aller à l'hôpital, ou tomber gravement malade. Ça ne me plaît pas plus qu'à toi.

* * *

Le lundi matin, Mrs Wilby partit pour l'hôpital après avoir prodigué à Ronald ses dernières recommandations.

— Maintenant, mon chéri, ne t'inquiète surtout pas. Tu as tes livres, tes études et ta radio pour te tenir occupé. Le temps va passer très vite si tu évites de te morfondre. Naturellement, tu ne dois sous aucun prétexte quitter ton refuge. Par exemple, je ne veux pas que tu en sortes pour regarder la télévision, ou ce genre de choses. Mrs Schumacher est toujours aux aguets, et elle pourrait remarquer la lumière, ou te voir te déplacer. Je t'ai laissé huit oranges, huit pommes et huit belles carottes crues : tous les jours, tu dois manger une de chaque, et n'oublie pas de prendre ton comprimé de vitamines. Ne néglige pas tes exercices, et attelle-toi à tes études. C'est vraiment très important si tu veux devenir quelqu'un de bien. Tout est clair, maintenant ?

Ronald répondit d'une voix étouffée :

— Oui, Maman.

— Très bien, alors. Je vais y aller. Et sois bien sage. Referme ta porte secrète dès que je serai partie.

Ronald ne dit plus rien. Il entendit les pas de sa mère dans la cuisine, puis dans la salle à manger, et enfin dans le couloir. La porte d'entrée s'ouvrit, se referma. Elle était partie. Il était seul.

Ronald referma le panneau secret, puis il s'allongea sur son lit et écouta. La maison était très calme, comme si elle retenait son souffle. C'était un silence de solitude, très différent de celui qui régnait quand sa mère était à son travail.

Ronald prit un des livres que sa mère voulait qu'il étudie : *Introduction à l'algèbre*. Ça avait l'air difficile et très ennuyeux. Un autre livre était *Le Monde du vivant*, dans lequel il trouva quelques illustrations intéressantes. Le troisième s'intitulait *Des hommes contre la mort*, et décrivait la vie d'une douzaine d'éminents médecins, chercheurs et biologistes. Ronald fit la moue et reposa le livre. Il ne voulait pas devenir médecin. Que voulait-il être ? Il n'avait pas encore décidé.

La matinée passa très lentement. Pour le déjeuner, Ronald se fit des sandwichs au beurre de cacahuète avec de la gelée de fruits, et pour le dessert, il mangea deux paquets de gâteaux au chocolat. Il se fit un verre de lait en poudre qu'il but sans enthousiasme. Et voilà, déjeuner terminé.

Il se mit au travail sur Atranta. Il y avait les six châteaux de magiciens à dessiner et colorier. Il fallait également détailler les plans intérieurs, depuis les cachots et chambres de torture jusqu'aux mansardes. Ronald avait également l'intention de dessiner des vues du grand hall de chaque château, et un portrait en pied de chaque Duc-magicien. Après de laborieux essais, il avait déjà réalisé des croquis au crayon des châteaux, qu'il trouvait très réussis. Il avait moins de succès avec les visages et les silhouettes. Il fallait simplement qu'il s'exerce jusqu'à ce qu'il attrape le coup de main. Chaque jour, il s'entraînerait en copiant les publicités de mode du journal.

L'après-midi fut interminable. Ronald commença à s'agiter. Ses occupations habituelles ne l'intéressaient pas. Il fit quelques exercices sans enthousiasme, puis il examina la Grande Carte d'Atranta et passa quelques minutes à tracer un sentier à travers la Lande des Sombres Nuées.

Bien qu'il lui fût impossible de voir au-dehors, Ronald ressentait les qualités particulières du matin, de l'après-midi, du soir et de la nuit. Un aspect indéfinissable de sa tanière se modifiait à mesure que la journée avançait, et quand la pénombre du crépuscule entoura enfin la maison, Ronald en eut parfaitement conscience. Il ouvrit prudemment la porte secrète et jeta un coup d'œil dans l'office. L'impression de vide était excessivement forte. Sa présence même ne se faisait pas sentir : il était un fantôme. Ronald se mit à frissonner. Il referma le panneau et prépara son dîner sur le réchaud : crêpes farcies et haricots, avec du pain et du beurre, un verre de ce détestable lait reconstitué, deux autres gâteaux au chocolat et une banane.

À présent, la nuit était tombée. Ronald songea à sa mère, et se demanda si l'opération était terminée. Il savait qu'elle pensait à lui. Il jeta de nouveau un coup d'œil à la porte secrète. Sa mère pêchait vraiment par excès de prudence. Il n'y avait certainement aucun risque à sortir de sa cachette, à condition de faire bien attention. Il faisait nuit noire, et certainement personne ne pourrait le voir. Ce serait amusant de se dégourdir un peu les jambes. Pourquoi pas ? Sa mère n'en saurait jamais rien.

Il souleva le panneau, et il commençait à ramper au-dehors quand il remarqua la lueur qui se projetait devant lui par l'ouverture. Il recula précipitamment et referma la trappe. Quel étourdi il faisait ! Mais il y avait probablement plus de peur que de mal. Il faudrait que Mrs Schumacher surveille vraiment attentivement pour qu'elle ait remarqué quelque chose.

Il éteignit sa lampe, souleva de nouveau le panneau et rampa dans l'office. Il se redressa lentement à quatre pattes, puis il se mit debout. Osant à peine respirer, il jeta un coup d'œil dans la cuisine. Un peu plus loin dans la rue, un réverbère brillait faiblement à travers les fenêtres, un peu moins brillant que le clair de lune, mais cela convenait parfaitement à l'humeur de Ronald. Il entra dans la cuisine en frémissant d'excitation. Les fenêtres des Schumacher étaient sombres : ils étaient sans doute sortis pour la soirée.

Ronald se glissa furtivement dans la salle à manger : un endroit autrefois familier, mais qui était à présent un territoire étrange et interdit. Ronald s'arrêta un instant, tremblant d'un sentiment bizarre. Il se sentait fort et mystérieux, comme un être surnaturel doté de pouvoirs effrayants. Personne ne connaissait son existence. Il pouvait faire tout ce qu'il voulait, personne ne pourrait l'en empêcher. Il était hors de portée de tout contrôle par des humains !

À pas de loup, il entra dans le salon. Par les fenêtres de devant entraient des rayons obliques de lumière pâle. Le gros œil sous-marin de la télévision le fixait à travers la pièce. Le canapé, les fauteuils et le secrétaire étaient à leur place habituelle : des entités élémentales, figées et immuables.

Je suis seul, songea Ronald. Je suis invisible. Je suis un esprit de l'ombre, surhumain ! J'ai connu la passion plus qu'humaine, j'ai commis l'acte interdit ! Les scrupules humains ne m'arrêtent plus, je ne connais plus aucune peur humaine ! C'est alors qu'une effroyable révélation remonta des profondeurs de son esprit : il n'éprouvait aucun remords pour ce qu'il avait fait à Carol Mathews. Comment pourrait-il regretter de s'être aussi merveilleusement amusé ? En fait, son seul regret était d'avoir commis des erreurs ! Ronald respira profondément. Il s'approcha des fenêtres pour scruter l'obscurité de la nuit. Quelque part là-bas se trouvait Laurel Hansen : probablement chez elle, mais qui sait ? Elle rentrait peut-être en ce moment même d'une course quelconque, ou d'une visite chez une amie. Pour le coup, voilà qui serait amusant ! Ah, Laurel, que de souffrances tu m'as infligées ! Et Laurel, Laurel – toutes les choses que je te ferais si je pouvais te trouver et t'emmener seule quelque part !

Mais il n'osait pas s'aventurer dans la nuit. La lumière du réverbère éclairerait son visage. Quelqu'un pourrait le voir et le reconnaître, et alors toute la ville serait en émoi. On le pourchasserait, on le traquerait, et on finirait par l'acculer… Non, non, mieux valait ne pas quitter la maison !

Il resta ainsi un quart d'heure dans le salon, puis il retourna dans la salle à manger. Il s'assit à la table et respira l'odeur de bois ciré et l'essence sublimée de dix mille repas.

Ronald resta un moment à jouir du silence. Il se leva enfin, traversa la cuisine – qui avait elle aussi son odeur distincte – et se trouva de nouveau dans l'office, où il ouvrit le panneau et rampa dans sa tanière. Une fois le panneau refermé, il put allumer la lumière et revenir à la vie humaine ! Ici était le cerveau de la maison, son cœur battant, l'intelligence et la passion, dans cette chambre intérieure secrète, où il vivait invisible et inconnu !

Il s'allongea sur son lit et contempla le plafond. Il lui vint à l'esprit qu'il manquait encore un détail à sa pièce secrète pour qu'elle soit complète. Il allait y remédier dès que possible – sans en dire un mot à sa mère.

* * *

Le lendemain, Ronald se réveilla tôt, avec une certaine excitation à l'idée d'événements dont il percevait l'imminence sans pouvoir toutefois la définir.

Tout en prenant son petit déjeuner – céréales et bananes –, il examina le sol de son refuge, qui était recouvert de dalles en vinyle jaunes et blanches. Après son repas, il réfléchit quelques minutes, puis il ouvrit sa porte secrète et jeta prudemment un coup d'œil au-dehors. La cuisine était baignée de soleil, et une demi-douzaine de mouches bourdonnaient contre les carreaux de la fenêtre. Ronald sortit en rampant, puis il traversa la cuisine et sortit sur la terrasse derrière la maison.

Au fil des années, Mrs Wilby y avait accumulé tout un assortiment d'outils. Ronald choisit un ciseau, un marteau, une chignole, une scie passe-partout et une scie ordinaire. En se déplaçant à quatre pattes, il les rapporta à travers la cuisine et l'office jusqu'à sa cachette.

À l'aide du ciseau, il décolla quelques dalles du sol et gratta le mastic pour mettre à nu les anciennes lames de parquet. Avec la chignole, il perça plusieurs trous jusqu'à ce qu'il repère une traverse. Il se mit alors au travail, d'abord avec la scie passe-partout, puis la scie ordinaire. Les deux outils étant rouillés et émoussés, le processus fut très lent, d'autant plus qu'il se sentait obligé d'étouffer le bruit avec un torchon.

Ronald travailla toute la matinée, en prenant son temps. N'osant pas se servir du marteau et des clous, il utilisait des vis chaque fois que nécessaire. Quand il eut terminé, il avait aménagé une trappe dans le plancher qui lui permettrait d'accéder au vide sanitaire, et de là au monde extérieur à travers la porte grillagée au pied de l'escalier derrière la maison.

Ronald rassembla soigneusement les copeaux de bois et les débris tombés par terre sous la maison. Cette trappe, conclut-il, était difficile à déceler, à moins qu'on n'ait déjà une idée de son existence.

Il remit les outils sur la terrasse arrière, puis il retourna dans sa tanière où il se prépara un bon déjeuner. La trappe lui donnait maintenant un degré de flexibilité supplémentaire, en cas de besoin – besoin dont il n'aurait su définir pour l'instant la nature, mais il était toujours préférable d'être paré à toutes les éventualités.

Vers une heure de l'après-midi, Ronald traversa la salle à manger en rampant, et il ne se releva qu'une fois dans le couloir. À travers la fenêtre de la salle à manger, il observa Mrs Schumacher qui sortait de sa maison pour ajuster le système d'arrosage de sa pelouse. Les Schumacher étaient très fiers de leur magnifique gazon bien vert, qu'ils arrosaient et tondaient constamment – toujours là où ils pouvait voir directement dans la salle à manger des Wilby. Sa mère n'avait pas exagéré la nécessité d'être vigilant.

Il se glissa discrètement dans le salon, et là, allongé à plat ventre sur le tapis, il regarda un match de football à la télévision, tout en se rafraîchissant avec une boisson à l'orange et en mangeant des sandwichs au beurre de cacahuète. Il avait baissé le son jusqu'à ce ne soit plus qu'un faible murmure.

Quand la nuit commença à tomber, il éteignit le poste de peur que l'écran lumineux ne soit repéré depuis la rue. Il retourna à quatre pattes dans son refuge et fit chauffer un plat de macaronis au gratin pour son dîner. Il ajouta du chocolat en poudre à son lait reconstitué, ce qui en améliora grandement le goût.

Il s'allongea sur son lit et se mit à réfléchir avec une certaine satisfaction à la situation présente. Les choses n'allaient pas si mal que ça. Pas besoin d'aller en classe, pas de corvées domestiques, tout son temps pour se détendre. Il repensa à Carol Mathews et siffla entre ses dents. Il éteignit la lumière et ouvrit le panneau secret. Une fois de plus, il se glissa hors de sa tanière pour se déplacer dans la maison tel un fantôme. La nouvelle trappe augmentait sa puissance. S'il voulait, il pourrait sortir de la maison sans que personne n'en sache rien… Il se tint à la fenêtre du devant pour observer la rue. Il se demanda s'il y avait également un espace sous la maison des Hansen. Il fit la grimace. Ce réverbère était son ennemi ! Cela étant, s'il portait des vêtements sombres et marchait rapidement vers le nord, loin de la lumière, personne ne le remarquerait. Et quand bien même quelqu'un le verrait, qui pourrait le reconnaître ? En effet, ses cheveux avaient poussé et il avait l'air d'un hippie.

Mais il manquait tout simplement du courage nécessaire pour s'aventurer hors de la maison. Imaginons qu'il trouve Laurel, ou une autre fille, et que... bon, que quelque chose arrive, et que sa mère l'apprenne... Elle ne serait pas très contente. Ronald réfléchit. Elle n'appellerait pas la police, bien sûr, mais elle le punirait certainement d'une façon très désagréable – en le privant de dessert pendant des mois et des mois.

Non, l'affaire comportait trop de risques. En fait, au départ, il n'avait peut-être jamais envisagé sérieusement de sortir. D'un autre côté, si une fille venait à passer devant la maison... ma foi, là, ça vaudrait peut-être la peine de tenter de la capturer. Ronald jeta un coup d'œil dans la rue.

À l'autre bout de la pièce, le téléphone sonna. Ronald sursauta, pris de panique. Il fit un pas vers l'appareil pour décrocher et mettre fin à cet horrible bruit. Il s'arrêta juste à temps. Qu'il sonne donc ! C'était probablement un faux numéro, ou quelqu'un qui ne savait pas que sa mère était malade. Oui, qu'il sonne. Ce bruit n'était pas une menace.

Mais comme cette sonnerie était détestable ! Quelque part, quelqu'un avait l'oreille collée à l'écouteur. Qui pouvait appeler ? Ronald ne le saurait jamais. Quelque part, quelqu'un conclut qu'il n'y avait personne à la maison, et raccrocha. Le téléphone redevint enfin silencieux. La maison semblait plus vide que jamais, et quelque peu sinistre. Ronald retourna dans son repaire, referma le panneau, alluma la lumière et écouta la radio allongé sur son lit.

CHAPITRE IX

Mrs Wilby rentra enfin de l'hôpital. Ronald entendit la clé tourner dans la serrure, le grincement de la porte qui s'ouvrait. Il referma rapidement son panneau secret et colla l'oreille contre le mur, pour s'assurer que c'était bien sa mère et non un étranger.

Il reconnut le rythme de ses pas. Ils étaient plus lents, moins alertes que d'habitude. Mrs Wilby était encore très faible, et déprimée par le montant de la facture.

Elle se rendit directement dans l'office et frappa quatre coups contre la porte secrète.

— Ronald, je suis rentrée. Ronald ?

Il souleva le panneau.

— Je suis là. Comment te sens-tu ?

— Oh, pas trop mal. Je suis encore un peu faible, et je ne suis pas censée reprendre le travail avant lundi prochain au plus tôt. Comment t'es-tu débrouillé ?

— Très bien. Je me suis senti seul, mais j'imagine qu'on ne pouvait pas faire autrement.

— Non, absolument pas, dit simplement Mrs Wilby. J'ai eu de la chance de m'en occuper à temps. J'avais ce qu'on appelle une cholélithiase, des calculs dans la vésicule biliaire, et le chirurgien a dû me l'enlever. La facture est astronomique. J'en suis malade rien que d'y penser.

— Ne t'inquiète pas pour ça, conseilla Ronald. Le plus important, c'est ta santé.

— Je le sais bien. Mais il n'empêche, cette dépense retarde notre départ, et je voudrais tellement pouvoir quitter cette ville, recommencer une vie ailleurs… Tu as bien étudié ?

Ronald plissa les lèvres.

— Oui, pas mal.

— Humf. (Le ton de Mrs Wilby était sceptique, mais elle n'insista pas.) Je ne vois pas de moyen de gagner plus d'argent. Nous n'avons rien à vendre… Nous allons simplement devoir serrer les dents, et économiser sur tout ce que nous pourrons.

— Ça veut sans doute dire encore du lait en poudre ?

On pouvait déceler dans la voix de Ronald une pointe de récrimination et d'apitoiement sur soi, et même une trace de sarcasme.

— Oui, dit Mrs Wilby, ça veut dire encore du lait en poudre, et tout ce qui pourra nous faire économiser quelques *cents*. Tu dois faire un effort toi aussi, Ronald.

— Toi, tu ne bois pas de lait, alors ça ne te gêne pas du tout, bougonna Ronald. Ce truc a un goût de craie.

— Je vais renoncer au café et au thé, qui ne sont pas vraiment nécessaires. Les privations seront dures pour nous deux. Tu dois regarder les choses en face, Ronald. Nous devons mettre de côté le moindre *cent*, et partir d'ici dès que ce sera possible, parce que c'est en ce moment que tu devrais être à l'école pour préparer ta carrière. Tu dis que tu as étudié ?

— Oui, bien sûr.

— As-tu fait les exercices du livre d'algèbre ?

— Ce n'est pas tellement nécessaire. J'étudie les exemples et je m'assure que je les ai bien compris. Il n'y a pas vraiment de raison de faire tout ce travail fastidieux.

— Tu vas commencer au début du livre, et faire tous les problèmes ! Ensuite, tu me passeras ton cahier et je corrigerai. Tu as tout le loisir possible et imaginable pour ça. C'est une honte que tu n'en tires pas profit !

— Je fais de mon mieux, grommela Ronald. J'ai ma gymnastique, mes dessins, et… et plein d'autres choses qui prennent du temps.

Mrs Wilby eut un petit rire sarcastique.

— Je te suggère d'organiser ton emploi du temps autour de tes études, au lieu d'en faire une activité annexe quand tu as terminé tout le reste. Il faut que tu te ressaisisses, Ronald. Je sais bien que c'est pénible pour toi, mais tu dois rester psychologiquement fort ! Cela signifie te comporter de sorte que tu puisses être fier de toi, et moi aussi. T'es-tu baigné depuis que je suis parti ?

Ronald était censé se laver à l'éponge une fois par jour dans la cuvette.

— Je me lave quand je me sens sale. Ça n'est pas très confortable de se laver dans cette petite cuvette. Je me sens tout humide et collant.

— Ronald, c'est de la plus haute importance que tu ne te laisses pas aller. Même sous les tropiques, un gentleman anglais met un smoking pour le dîner. C'est pour lui une question de dignité et d'éducation. Bon, je sais bien que tu n'es pas un gentleman anglais, mais tu peux certainement t'inspirer de cet exemple. Ça m'ennuie de te dire ça, Ronald, mais ta tanière ne sent pas très bon. Il faut faire quelque chose. Baisse la tête, que je te voie un peu.

— Qu'est-ce que tu as besoin de voir ma tête ?

— Ronald, ne discute pas ! Fais ce que je te dis !

En bougonnant, Ronald passa la tête dans l'ouverture. Mrs Wilby eut un petit reniflement de dégoût.

— Reste comme ça, je vais chercher des ciseaux.

— Qu'est-ce que tu vas faire ?

— Je vais te couper les cheveux. Et ensuite, je vais t'acheter un rasoir, et tu pourras te débarrasser de ces poils de barbiche autour de ta bouche.

— Attends un peu ! Les cheveux longs sont à la mode, maintenant, comme les barbes et les moustaches !

— Je ne pense pas que tu aies vraiment besoin de te soucier de la « mode ».

Ronald ne dit plus rien, et Mrs Wilby coupa une bonne quantité de ses mèches pendantes.

— Et maintenant, dit-elle, passe-moi tes draps et ton oreiller, et tout ton linge sale, et je vais laver tout ça à fond. En attendant, passe la serpillère sur le plancher. Je vais te donner un seau d'eau savonneuse avec du désinfectant. Et après ça, tu vas me faire le plaisir de te laver à fond.

Dans un silence boudeur, Ronald nettoya le plancher, et il fut quelque peu surpris de voir l'eau devenir noire de crasse. D'où tout cela pouvait-il venir ? Un vrai mystère.

Il se lava et enfila un pyjama propre. Sa mère lui apporta des draps frais, et il fit son lit. Il devait bien reconnaître que ça sentait meilleur dans la pièce, et que ce pyjama bien repassé était plus agréable qu'un pyjama froissé et poisseux. Mais son objection principale était l'attitude de sa mère. Elle se comportait comme si toute cette histoire était de sa faute. Bon... d'accord, ça l'était peut-être, mais cette affaire était désormais loin dans le passé, et ce n'était pas juste de continuer à lui faire des reproches pour tout. L'existence commençait à lui peser. Les livres de classe, les études, la nourriture médiocre, cette insistance irrationnelle pour que tout soit propre et net... Et pourquoi cette hâte d'aller au Canada, dans le Maryland ou en Floride ? Est-ce que ça en valait vraiment la peine, si ça voulait dire qu'ils ne pouvaient pas manger correctement ni même acheter du lait chocolaté de temps en temps ? Il n'avait pas encore décidé s'il voulait devenir médecin. S'il y renonçait, alors tous ces efforts pour étudier l'algèbre et faire ces exercices fastidieux seraient une pure perte de temps. Ça ne semblait pas raisonnable de dépenser de l'énergie pour se préparer à une carrière qu'il ne suivrait peut-être jamais ! Mais il était impossible d'avoir une discussion rationnelle avec sa mère. Ronald soupira, et se demanda si elle attendait de lui qu'il fasse les problèmes d'algèbre aujourd'hui. Elle venait juste de rentrer de l'hôpital ! Ils devraient fêter ça, oublier les questions d'argent pendant un jour ou deux !

— Maman, appela-t-il doucement.

Mrs Wilby entra dans l'office.

— Ronald, tu ne dois jamais, *jamais* refaire une chose pareille ! Nous n'avons pas beaucoup de visiteurs, mais il arrive de temps en temps que quelqu'un vienne ici. N'appelle jamais comme ça, même si tu es sûr que nous sommes seuls – parce que tu pourrais t'être trompé. Bon, alors, qu'est-ce que tu veux ?

— Je me disais que ce serait bien de marquer le coup pour ton retour de l'hôpital. Pourquoi pas un repas de fête, quelque chose comme ça ? Tu pourrais faire un bon gâteau, peut-être des côtes de porc avec des pommes de terre au beurre...

— Ronald, dit Mrs Wilby, sais-tu combien coûte une livre de beurre ? Et quant à ce qu'il faudrait payer pour des côtes de porc – où il n'y a d'ailleurs pratiquement que de l'os... Les prix sont tellement exorbitants !

— Juste pour une fois, on pourrait ne plus penser aux prix. Je suis tellement heureux que tu sois rentrée à la maison.

— Ce ne serait pas une fête pour moi. Je ne peux pas manger de nourritures riches, pas de graisses ni d'huile. Le médecin m'a mise à un régime strict. Je ne me sens pas encore vraiment bien.

— Ah…

— Je vais aller me reposer un peu, et pendant ce temps-là, profites-en pour travailler à ton algèbre. Tu as déjà perdu assez de temps comme ça avec tes dessins. Il est temps de revenir sur terre. On ne peut pas faire une carrière avec des rêves, tu sais. Tu dois travailler avec les gens, et les servir. C'est une tâche difficile, et tu ferais mieux de t'y mettre dès maintenant.

* * *

Une semaine plus tard, Mrs Wilby retourna à la Grande Épicerie Discount de Stockton, où elle remplit un autre chariot d'aliments bon marché. Ronald adorait le beurre de cacahuète, un substitut à la viande économique et nourrissant. Elle en acheta trois pots de cinq kilos, et aussi cinq litres de ketchup, un sac de haricots secs, une autre caisse de macaronis au gratin, vingt-cinq livres de riz, une caisse de conserves de thon, une caisse de saucisses en boîte, et des demi-caisses de divers autres produits qui lui semblaient une bonne affaire, avec en particulier deux boîtes de dix kilos de lait en poudre.

Elle retourna chez elle avec une certaine satisfaction, malgré sa lassitude. Elle avait dépensé pas mal d'argent, mais elle avait constitué un beau stock de nourriture saine, de quoi tenir plusieurs mois, quitte à compléter par des hamburgers et des légumes frais, bien sûr… Elle se souvint d'avoir lu que certaine plantes sauvages fournissaient d'excellentes feuilles comestibles similaires aux épinards : le pissenlit, la moutarde et la luzerne. Elle allait devoir vérifier la disponibilité de ces plantes quand ce serait la saison.

Une fois encore, elle attendit que la nuit soit tombée avant de décharger ses provisions, et quand elle eut tout transporté dans la maison, elle se sentit épuisée. Sa maladie lui avait sapé une grande partie de ses forces, et elle n'était plus toute jeune. Mais elle ne pouvait pas se détendre, elle ne pouvait pas se relâcher d'un pouce avant qu'ils ne soient confortablement installés en Floride. Par conséquent, dès demain, retour au travail. Et Ronald allait devoir se concentrer sur ses études. Elle n'avait toléré que trop longtemps son oisiveté.

Chapitre X

Ronald détestait l'histoire. Il avait horreur de la biologie. Il haïssait les maths. Néanmoins, chaque jour sauf le dimanche, il était censé fournir la preuve qu'il avait effectué ce que sa mère considérait comme une quantité de travail raisonnable. Elle était très exigeante. Il devait rédiger des résumés de ce qu'il avait étudié, dans une écriture correcte et en utilisant ses mots à lui. Elle ne tolérait pas l'imprécision ni le verbiage. Quand il faisait une erreur en mathématiques, elle lui donnait dix autres problèmes du même genre à faire, et elle insistait pour que la présentation soit impeccable. Ronald pestait et boudait, et trouvait que c'était bien plus dur qu'au lycée.

Sa mère semblait avoir changé. Elle était beaucoup moins attentive à ses besoins et ses préférences, et parfois même un peu sèche. Ce n'était pas qu'elle l'aimait moins – de cela, il était certain –, mais elle semblait préoccupée et soucieuse, et elle avait vieilli de dix ans presque du jour au lendemain. Son visage avait un peu perdu de son expression imperturbable, ses joues s'étaient légèrement creusées, et sa mâchoire semblait s'être allongée. Mrs Wilby avait toujours été très fière de son teint clair : sa peau était à présent cireuse et jaunâtre. Ronald savait que sa mère s'inquiétait beaucoup trop des histoires d'argent. Elle se surmenait, faisant des heures supplémentaires parfois jusque tard dans la soirée ou tapant des documents juridiques pour l'une de ses connaissances, qui était greffier au tribunal. Ronald aurait voulu qu'elle lève le pied, qu'elle se détende un peu. Il leur faudrait peut-être quelques mois de plus avant de pouvoir partir, mais quelle importance ? Lui-même se sentait très à l'aise et ne se plaignait de rien – à part la nourriture et les études qui lui prenaient souvent trois ou quatre heures de son temps.

Un matin de début mai, Ronald entendit sa mère descendre l'escalier plus lentement que d'habitude, et quand elle lui servit son petit déjeuner, elle ne lui donna aucune instruction concernant ses études, ce qu'il trouva bizarre. Il s'allongea par terre pour jeter un coup d'œil par l'ouverture secrète.

— Maman ?

— Oui, Ronald ?

— Si tu es fatiguée, pourquoi ne resterais-tu pas à la maison aujourd'hui pour te reposer ?

— J'aimerais bien, mon chéri, mais mon travail s'est accumulé, et je ne peux pas prendre ma journée. Si Mr Lang me pensait incapable de tenir mon poste, il pourrait embaucher quelqu'un d'autre, et je me retrouverais à la rue. J'irai mieux ce soir. J'ai dû attraper un microbe quelconque, et c'est pour ça que je ne suis pas très en forme.

— Tu ferais mieux d'aller voir le médecin, Maman.

— Non, non, ce n'est rien. J'ai pris mes cachets, et à midi, je serai remise d'aplomb.

Quelques minutes plus tard, elle partit travailler. Ronald entendit la porte d'entrée se refermer, le bruit des pas qui s'éloignaient tandis qu'elle descendait l'escalier du perron. Quelques instants plus tard, il y eut le toussotement du démarreur, le ronronnement du moteur, et puis ce fut le silence.

La journée s'écoula. Ronald fit un peu de musculation, résolut quelques problèmes de cet algèbre qu'il haïssait tant, puis il se força à lire un chapitre du manuel de biologie et rédigea le résumé que sa mère exigeait. Il déjeuna de sandwichs au beurre de cacahuète arrosés d'un verre de lait reconstitué – auquel il avait fini par s'habituer –, avec comme dessert un bol de gelée au citron. Pendant l'après-midi, il fit la sieste, puis il travailla sur les portraits en pied des six Ducs-magiciens. Les costumes étaient extrêmement pittoresques, chacun basé sur les couleurs héraldiques propres au duché concerné. Il s'absorba dans son travail et le temps passa rapidement. En fait, quand il jeta un coup d'œil à son réveil électrique, il constata qu'il était déjà 17 heures – heure à laquelle sa mère devrait rentrer, à moins qu'elle n'ait été retardée par des courses ou autres.

À 18 heures, il fronça les sourcils et tendit l'oreille, mais il n'entendit aucun bruit, et sa mère ne rentra pas de toute la soirée. Ronald resta prostré sur son lit à se faire du souci, jusqu'à ce que, malgré l'inquiétude, il finisse par s'assoupir vers 23 heures.

À 9 heures le lendemain, n'ayant toujours aucune nouvelle de sa mère, Ronald ouvrit la porte secrète et, après un moment de réflexion, il sortit en rampant.

Le ciel était sombre et il faisait un temps sinistre. Des rafales de pluie fouettaient les fenêtres. Ronald rampa jusqu'au salon et composa d'un doigt hésitant le numéro du bureau où sa mère travaillait.

— Quincaillerie de Central Valley à votre service, dit une voix enjouée.

Ronald s'éclaircit la gorge.

— Je voudrais parler à Mrs Wilby, s'il vous plaît.

— Mrs Wilby n'est pas là aujourd'hui. Voulez-vous lui laisser un message ?

— C'est la fourrière. C'est au sujet de son chat. J'ai appelé chez elle, mais elle ne répond pas.

— Mrs Wilby est souffrante. Elle est en ce moment à l'hôpital, et je ne sais pas quand vous pourrez la joindre.

— Merci.

Ronald raccrocha. Ainsi donc, sa mère était malade. Encore. Il se dit qu'effectivement, elle n'avait pas semblé très en forme.

Il retourna en rampant dans la cuisine, où il s'assit sur le linoléum et écouta la pluie. La maison semblait vide, distante, pas du tout confortable. Il ouvrit le réfrigérateur et en examina la contenu. Huit œufs, des hamburgers, une demi-livre de margarine, des carottes, du céleri et deux tomates dans le bac à légumes, et divers petits restes. En se tenant accroupi afin d'être hors du champ de vision de Mrs Schumacher, Ronald se fit cuire un hamburger et quatre œufs, qu'il dévora assis par terre, en les accompagnant de quatre tranches de pain tartinées de margarine et de beurre de cacahuète, et il fit passer le tout avec un grand verre de lait. Il avait négligé de regarder dans le freezer ! Là, il découvrit un grand pot à moitié rempli de glace à la vanille, dont sa mère lui servait chichement une ou deux cuillerées de temps en temps, histoire de le gâter un peu. Ronald ouvrit une boîte de pêches qu'il versa dans un bol, et il vida le pot de glace par-dessus. Ce fut son dessert, et le meilleur repas qu'il ait fait depuis Noël. Repu et engourdi, il retourna dans sa tanière, où il s'allongea sur son lit en se demandant combien de temps sa mère serait malade. Cela n'avait pas vraiment de sens de faire des exercices d'algèbre tant qu'elle ne serait pas là pour les regarder. Elle ne voudrait certainement pas trouver en rentrant toute une pile d'exercices à corriger. Il allait prendre un peu de vacances en attendant son retour. C'était à l'évidence le programme le plus raisonnable.

* * *

Quatre jours s'écoulèrent sans qu'il ait aucune nouvelle de sa mère. Ronald commença à redouter le moment de son retour. Elle serait rongée de frustration d'avoir dû dépenser autant d'argent à l'hôpital. Cela signifierait un régime encore plus spartiate qu'avant : haricots, riz, lait en poudre et feuilles de pissenlit. Pas de beurre de cacahuète, pas de hamburgers bien juteux, pas de glaces ni de gâteaux… Une bien triste existence. Mais il n'avait pas le choix en la matière.

Ronald préférait faire la cuisine dans son repaire, où il pouvait se détendre. Pour s'éviter des efforts, il y transporta une bonne quantité des provisions qu'il préférait. Il ne restait plus de pain, et il mangea des crackers jusqu'à ce que le paquet soit vide.

Le matin du sixième jour, Ronald entendit des pas sur le perron. Il se leva d'un bond et colla son oreille contre le mur. Il y eut le bruit de la clé dans la serrure, et la porte s'ouvrit. Il entendit une voix d'homme :

— … telles étaient les instructions de Mr Wilby. Il tient à vendre le plus rapidement possible, et tous les meubles et objets divers dont vous ne voulez pas iront à une œuvre de charité.

— Je ne pense pas vouloir quoi que ce soit, à part quelques photos de famille, dit une voix de femme. J'ai déjà tout le mobilier dont j'ai besoin, et de toute façon, ça ne vaudrait pas le coût du transport jusqu'en Pennsylvanie.

— Là, vous avez bien raison. Elle ne semble pas avoir possédé grand-chose. Et pour ce qui est des livres ?

— Je ne pense pas les vouloir non plus.

— La porcelaine ? L'argenterie ? Cette horloge ?

— Oui, je vais prendre la vieille horloge. Elle appartenait à mon père, et Elaine l'a eue en cadeau de mariage quand elle a épousé Mr Wilby.

— Je vais la mettre de côté. Autre chose ?

— Laissez-moi juste jeter un coup d'œil dans sa chambre, au cas où je reconnaîtrais des bijoux de famille. Mais je ne crois pas que je veuille quoi que ce soit, à part les photos.

— En voici une. Qu'est-ce que vous en dites ?

— Ah, mon Dieu, non. C'est son fils Ronald. Pour rien au monde je ne voudrais quelque chose qui me le rappelle. Pauvre Elaine. Elle a eu une existence tragique.

— Je suis bien d'accord avec vous. C'était un cancer, n'est-ce pas ?

— Non, c'était quelque chose d'assez différent. Elle avait été opérée de la vésicule, et l'un des calculs s'est glissé dans le canal biliaire, ce qui a affecté le fonctionnement du foie.

— Ah, ça alors ! J'ignorais totalement que des calculs pouvaient être aussi dangereux !

— Ils le sont dans ce genre de cas, parce que la personne se croit guérie. La pauvre Elaine a eu une crise terrible à son travail, et avant que les médecins n'aient pu faire quoi que ce soit, elle a succombé.

— C'est bien mieux qu'une longue agonie.

— Oui, assurément. J'espère partir aussi vite.

— Quel malheur. C'était une femme encore relativement jeune. Bon, eh bien, allons jeter un coup d'œil aux chambres.

Ils montèrent l'escalier. Leurs pas résonnèrent au-dessus de la tête de Ronald, qui était immobile et terrifié. Sa mère, sa merveilleuse mère : elle était morte ! Et il était seul, sans personne pour s'occuper de lui ! Sa chère mère qui l'aimait tant ! Des larmes jaillirent de ses yeux. Il aurait voulu hurler son chagrin, se frapper la tête avec les poings, se réfugier sous sa couverture… Qu'allait-il faire, maintenant ? Personne pour lui parler, pour lui préparer ses repas ou prendre soin de lui. Ronald mordit le drap pour étouffer ses sanglots. L'homme et la femme – sa Tante Margaret, à l'évidence – étaient en train de redescendre.

Ils s'arrêtèrent un instant dans le couloir. L'homme dit :

— Si c'est tout ce que vous voulez, vous pouvez aussi bien l'emporter maintenant. Demain, je ferai venir le camion des Bons Samaritains, et ils pourront tout évacuer.

— Cette vieille maison est tellement bizarre, dit Tante Margaret. Vous pensez vraiment qu'elle va intéresser quelqu'un ?

— Vous seriez étonnée ! Avec quatre grandes chambres, la cuisine spacieuse, la salle à manger et le salon ? Il y a des tas de gens avec une famille qui trouveront que c'est exactement ce qu'ils cherchent.

— Ce n'est pas vraiment ma tasse de thé. Je préfère les constructions un peu plus modernes. Ah, un dernier point. Je vais jeter un coup d'œil à l'argenterie, et peut-être... (Ronald l'entendit ouvrir les tiroirs dans la salle à manger.) Non, ce n'est que du plaqué. Ça ne vaut pas la peine de le rapporter en Pennsylvanie.

— Je vous comprends. Eh bien, pouvons-nous y aller, maintenant ?

— Oui. Cette maison me donne la chair de poule.

La porte s'ouvrit, se referma. Ronald les entendit descendre les marches du perron. Il resta immobile telle une statue. L'intérieur de son corps semblait congelé et sans réaction. Et maintenant – que faire ? Où aller ? Il n'avait pas d'argent, rien à manger... Un camion viendrait demain pour emporter tous les vieux objets familiers, et il ne les reverrait jamais plus. Ronald rampa par la porte secrète et transporta dans sa tanière toutes les provisions achetées par sa mère à Stockton, ainsi que tout ce qu'il put trouver de comestible dans l'office. Comme ça, au moins, ils ne pourraient pas lui prendre sa nourriture.

Que voudrait-il garder d'autre ? Dans son placard là-haut, il y avait son beau costume et ses plus belles chaussures. Ronald ressortit, et pour la première fois depuis son emmurement, il monta dans sa chambre. Elle était exactement telle qu'il l'avait laissée, chère à son cœur mais aussi incroyablement lointaine, comme le rêve qu'un vieil homme peut avoir de son enfance. Il examina ses babioles et ses souvenirs. Ils appartenaient à un monde qui avait inclus sa mère. Ce monde avait disparu. La pièce avait perdu sa signification.

Il remplit une valise de vêtements, en y ajoutant deux ou trois objets qu'il ne pouvait supporter de laisser derrière lui : le couteau suisse que sa mère lui avait offert pour ses quatorze ans, l'ours en peluche qui avait été son premier jouet... Il transporta la valise et une pile de ses livres favoris jusqu'à son refuge, puis il referma le panneau et s'allongea sur son lit pour réfléchir. Tôt ou tard, quand il aurait épuisé ses provisions, il serait obligé de partir. Ronald refoula ses larmes. Le monde était vaste, les routes étaient longues et menaient très loin, vers des lieux étrangers et implacables que Ronald n'avait vraiment aucune envie de visiter. Il bourra son oreiller de coups de poing.

— Ah, bon sang, bon sang ! gémit-il doucement. Pourquoi les choses ne peuvent-elles pas être comme avant ? Je ne veux pas quitter ma maison !

CHAPITRE XI

Tôt le lendemain matin, Ronald fit encore une fois le tour de la maison à la recherche de ce qu'il pourrait vouloir garder. Il envisagea un instant de prendre le poste de télévision, mais il était trop gros pour passer par l'ouverture secrète. Il récupéra toutes les ampoules électriques ainsi que les rouleaux de papier hygiénique et les serviettes en papier. Il décida également de garder la vieille boîte à outils – on ne savait jamais, ça pourrait être utile. Comme il n'y avait plus assez de place dans son repaire, il souleva la trappe du plancher et la cacha sous la maison, dans un coin sombre.

Il monta dans la chambre de sa mère pour l'explorer, et faillit se trouver piégé. Alors qu'il jetait un coup d'œil par la fenêtre, il vit le camion des Bons Samaritains s'arrêter devant la maison. Il redescendit les marches quatre à quatre, bondit à travers la salle à manger et la cuisine et plongea dans son refuge. Vite, abaisser le panneau – et il se retrouva en sécurité.

Un instant plus tard, la porte d'entrée s'ouvrit et des pas résonnèrent dans le couloir. L'homme qui était venu la veille dit :

— Prenez tout. Videz complètement la maison. J'ai une chose à vous demander, ou plutôt deux : faites bien attention aux parquets, ils sont encore en bon état et je ne voudrais pas avoir à les refaire. Et deuxièmement, ne laissez pas de bazar. Nettoyez bien quand vous aurez fini.

— On fera de notre mieux, monsieur, mais on va pas évacuer les ordures. On est pas des éboueurs.

— Il n'y a pas beaucoup d'ordures, sans doute pas du tout. Et si vous n'êtes pas capables de coopérer avec moi, ce n'est même pas la peine de commencer le travail. Je trouverai toujours quelqu'un d'autre pour le faire.

— Faut pas vous fâcher comme ça, monsieur. Je veux juste dire qu'on est là pour transporter les meubles, pas pour nettoyer la maison.

— Prenez tout, sauf la télévision. Elle est déjà réservée pour un autre endroit. Bon, j'y vais, maintenant. Fermez bien à clé derrière vous en partant.

L'agent immobilier avait l'intention de garder le poste de télévision pour lui, songea Ronald.

L'équipe des Bons Samaritains travailla jusqu'à midi. Ronald écoutait attentivement leurs allées et venues. Quand tout redevint silencieux, il sortit de sa tanière.

La maison était sinistre : entièrement nue à part le poste de télévision. Maintenant que sa mère était partie, Ronald la préférait comme ça. Mais qu'allait-il devenir, qu'allait-il faire ?

Ronald regarda le poste avec des idées de sabotage, mais la voiture de l'agent immobilier s'arrêta à ce moment-là devant la maison, et Ronald bondit pour regagner sa cachette.

L'homme entra, et ressortit quelques instants plus tard. Ronald émergea de nouveau : comme il s'y était attendu, la télévision avait disparu.

Il s'assit sur le parquet dénudé. Le soleil de l'après-midi déclina lentement jusqu'à ce que le crépuscule arrive de l'est. Ronald avait l'esprit vide de toute pensée. Il n'éprouvait plus d'inquiétude quant à l'avenir : il n'y avait plus d'avenir pour lui. Quand il serait à court de nourriture, il quitterait la maison pendant la nuit et irait à pied à Mileta, à une quinzaine de kilomètres d'Oakmead. Là, il ferait du stop pour se rendre à Berkeley, où il se fondrait dans la foule des vagabonds anonymes. Et un jour – mais cela ne servait à rien d'essayer de voir aussi loin dans le brouillard. Pour l'instant, il se sentait aussi triste et terne que le ciel du soir. Il s'assoupit, et s'éveilla dans l'obscurité où seul un rayon de lumière venant du réverbère faisait briller le parquet... Ronald resta immobile, ne sachant plus très bien où il était. La maison semblait très vieille et bruissait de murmures de voix inaudibles. Il ne faisait qu'un avec ces voix, il n'avait rien à craindre... Transi et courbatu, il retourna dans son refuge.

* * *

Le lendemain matin, Ronald se réveilla plus tôt que d'habitude. Il resta allongé sur son lit, douloureusement conscient du silence. Jamais plus il n'entendrait les pas énergiques de sa mère descendant l'escalier, ni les bruits dans la cuisine tandis qu'elle préparait ses repas. Les yeux de Ronald s'embuèrent de larmes.

Après un bon petit déjeuner, il se sentit mieux. La vie devait continuer. Il avait une ample provision de papier et d'encres de couleur, sans aucune distraction agaçante telle que l'algèbre, l'histoire et la biologie. Il allait pouvoir travailler avec une bien meilleure concentration, et passer autant de temps qu'il voudrait sur les détails et les élaborations.

Il commença par effectuer ses exercices de gymnastique, un acte devenu à présent presque compulsif. Il était incapable de se détendre tant que ses muscles n'avaient pas été étirés et tordus. Et puis il avait pris un peu plus de poids qu'il n'aurait voulu.

Vers 10 heures, des pas se firent entendre sur le perron. La clé tourna dans la serrure, et la porte s'ouvrit. Plusieurs personnes entrèrent dans la maison, et parmi elles une femme.

Ronald entendit une voix qu'il reconnut : celle de l'agent immobilier.

— Le salon est sur votre droite. Comme vous pouvez le voir, il a de beaux volumes et de jolis plafonds hauts. Ils ne mégotaient pas sur l'espace, à l'époque où cette maison a été construite.

— De quand date-t-elle, exactement ? demanda un homme.

— Je dirais le tournant du siècle. C'est une maison ancienne, mais parfaitement solide et en bon état. On savait construire, en ce temps-là.

— Les parquets sont très jolis, dit une femme. La cheminée tire bien ?

— Je ne saurais vous dire, Mrs Putnam. Je ne vois pas pourquoi il y aurait un problème. Elle a une bonne hauteur, suffisante pour un bon tirage. Nous pouvons faire du feu, si vous voulez.

— Oh non, ne vous donnez pas cette peine.

— Et maintenant, voici la salle à manger, joliment lambrissée de séquoia – il n'y a pas de bois qui prenne une aussi jolie patine avec le temps. Un grand buffet intégré, et une jolie vue vers l'est pour profiter du soleil du matin. Une pièce très gaie. Si cette maison m'appartenait, j'investirais dans un beau lustre, et ce serait alors un endroit vraiment splendide.

— Oui, c'est très bien, dit Mrs Putnam.

— Et voici la cuisine, poursuivit l'agent immobilier. Elle est très spacieuse, beaucoup de place pour travailler, et il y a un office attenant, encore une fois le genre de chose qu'on ne trouve plus aujourd'hui.

— La cuisinière ne vaut pas grand-chose, dit Mrs Putnam, et ce réfrigérateur est une véritable antiquité.

— Vous auriez sans doute besoin de moderniser un peu. C'est tout à fait compréhensible. C'est ce que je ferais moi-même, et soit dit entre nous, c'est pour ça que le prix est aussi intéressant. Le propriétaire tient à vendre. À l'arrière, il y a une deuxième terrasse.

— Mais pas de salle de bain au rez-de-chaussée ?

— Non, uniquement à l'étage. En ce temps-là, ha ! ha ! c'était un luxe d'avoir des sanitaires à l'intérieur.

— Ma foi, dit Mr Putnam, je ne sais pas trop. Ça ne me semble pas très pratique.

— Allons jeter un coup d'œil en haut, dit l'agent. Quatre grandes chambres, et une très grande salle de bain. Exactement la maison qu'il faut pour une famille nombreuse.

— Je ne pense pas que ça vaille la peine, Mr Roscoe. Nous n'avons qu'un fils, et il parle déjà de s'engager dans l'armée. Nous serions complètement perdus dans une maison aussi vaste.

— Très bien. J'ai simplement pensé qu'elle pourrait vous plaire. Nous n'avons pas souvent de belles demeures comme ça sur le marché, et j'ai décidé de vous donner la priorité.

— Merci beaucoup, Mr Roscoe, mais je pense que nous voulons quelque chose de plus moderne, dans le style ranch, avec un beau patio.

— J'ai quelques maisons dans ce genre-là que je peux aussi vous montrer, et dans leur gamme de prix, ce sont de bonnes affaires. Plus précisément, combien de…

La porte d'entrée se referma, coupant le reste de la question de Mr Roscoe. Ronald les entendit descendre les marches, et le silence finit par revenir.

Ronald resta assis en fronçant les sourcils. Il ne voulait pas que des gens viennent fouiner dans sa maison, qu'ils l'embêtent avec leurs bruits, leurs allées et venues. Il ne pouvait rien faire pour les en empêcher, bien sûr. Peut-être que la maison serait invendable...

Mr Roscoe revint vers trois heures de l'après-midi avec un autre client : une jeune femme, d'après le son de sa voix. Ronald se demanda comment elle était. Elle semblait vive, énergique et attrayante, et les propos galants de Mr Roscoe confirmèrent cette impression. D'après la conversation, Ronald comprit que son mari possédait une station-service, que la maison lui plaisait, mais que ses enfants étaient très jeunes, et elle craignait qu'ils ne tombent dans l'escalier. Mr Roscoe tenta d'écarter cette idée, mais la jeune femme resta déterminée. Mr Roscoe l'emmena rapidement ailleurs.

Ronald continua de songer à la voix de cette jeune femme et à son possible aspect physique. Ce qui manquait à sa tanière, c'était une glace sans tain qui lui permettrait de voir sans être vu. Il examina les murs. Il y avait peut-être un moyen... Le buffet intégré de la salle à manger était attenant à son refuge. Au fond de la niche centrale était installé un vieux miroir terni. En rampant, Ronald se rendit dans la salle à manger pour l'inspecter. Ce n'était pas une glace sans tain, bien sûr, mais... cela valait quand même le coup d'essayer. Il alla d'abord récupérer sa boîte à outils sous la maison, puis il prit quelques mesures et perça un trou dans le mur de son repaire derrière le buffet. Il retira les lattes et le plâtre jusqu'à faire apparaître l'épais carton derrière le miroir. Il vérifia encore une fois ses mesures, puis il découpa un trou dans le carton, révélant le revêtement gris à l'arrière de la glace. Avec le plus grand soin, il gratta une petite portion de la surface argentée. Ah ha ! Ronald colla son œil à la minuscule fenêtre et eut le plaisir d'avoir une vue sur la salle à manger – très limitée, certes, mais c'était mieux que rien. Cette fenêtre était tellement discrète que Ronald estima raisonnable de retirer encore un peu de revêtement, pour élargir son champ de vision. Quand il n'utiliserait pas le judas, il le recouvrirait d'une petite feuille d'aluminium et d'un cache pour éviter qu'une quelconque lumière ne s'échappe de sa cachette – ce qui, bien sûr, ferait s'écrouler tout son monde secret autour de lui, ou pire encore.

Le lendemain fut tranquille : Mr Roscoe ne vint pas. Ronald était partagé quant à l'absence de Mr Roscoe. Il détestait ces intrusions, mais d'un autre côté, aucun doute que les visiteurs rendaient sa journée intéressante.

Le jour suivant, Mr Roscoe compensa son absence en amenant trois groupes d'acheteurs potentiels. Ronald, debout derrière son judas, les examina tandis qu'ils traversaient la salle à manger, mais en aucun cas il n'approuva ce qu'il vit et entendit.

Le lendemain, Mr Roscoe montra la maison à une certaine Mrs Wood, une femme d'une quarantaine d'années très élégamment vêtue. Elle exprima son approbation pour ce vaste espace d'un autre temps, et pour les quatre chambres que la taille de sa famille rendait indispensables. Elle semblait assez agréable, malgré sa discussion vigoureuse avec Mr Roscoe à propos du prix. Tout en souriant, celui-ci se montrait ferme.

— Je ne peux pas le baisser ne serait-ce que d'un dollar. Le propriétaire m'a indiqué son prix, et c'est son dernier mot. La seule marge de manœuvre dont je dispose est ma commission, que je tiens naturellement à conserver. Je vous assure que le prix est tout à fait correct. Pour ce montant, vous ne trouverez pas une seule maison comparable dans tout Oakmead, croyez-moi. Je le sais bien, c'est mon métier.

— La maison offre des possibilités, dit Mrs Wood, et avec mes trois filles, j'ai besoin de ces chambres… Vous devez quand même reconnaître que la cuisine est en très mauvais état. En fait, il faudrait une bonne couche de peinture partout. Mais c'est vrai que les parquets sont magnifiques, et j'aime beaucoup cette impression d'espace.

— On ne construit plus rien comme ça, de nos jours.

— Eh bien, je vais en parler à mon mari. Nous avons déjà regardé cinq ou six maisons, et elles sont toutes trop petites ou trop chères, quand ce n'est pas les deux. Le prix de celle-ci me semble élevé, quoi que vous en disiez. La maison n'est pas si pratique que ça, et la décoration a besoin d'être entièrement refaite.

Mr Roscoe haussa les épaules.

— Je suis navré, Mrs Wood. J'ai les mains liées. Il n'y a vraiment rien que je puisse faire.

— Ma foi, nous allons donc continuer de chercher.

Deux heures plus tard, Mr Roscoe revint avec un couple de quinquagénaires corpulents, qu'il appelait Mr et Mrs Florio. Mr Florio, un homme rondelet aux manières plutôt solennelles, déclara que la maison était exactement ce qu'ils cherchaient.

— Un bel endroit à l'ancienne, dans un voisinage paisible, des impôts locaux raisonnables – que demander de plus ? Regarde donc ces belles boiseries dans la salle à manger !

— Oui, dit Mrs Florio, elles sont jolies. J'aime bien tout cet espace, mais il y a des choses qui ne vont pas, et que seule une femme peut remarquer. La cuisine a besoin d'une nouvelle cuisinière, et il faut remplacer l'évier. Nous pourrions nous servir de notre réfrigérateur et donner cette vieille monstruosité. Il n'y a aucun endroit correct en bas pour entreposer les provisions, à part l'office que je trouve bien. Et imagine de devoir grimper l'escalier chaque fois qu'on a besoin d'aller aux toilettes ?

— Oh, on pourrait réaménager la terrasse arrière, pour y installer des W.C. Et je ne vois pas le problème avec cette cuisinière. Elle chauffe, non ?

— Elle ne me convient pas. Tu crois que je voudrais montrer ma cuisine à Rosa et Mary, et à Mrs Vargas, avec des choses comme ça dedans ?

— Bon, on pourrait peut-être changer tout ça. Après tout, l'argent, quelle importance ?

— Quelle importance l'argent, dis-tu. Jusqu'à ce que je te demande de m'en donner un peu.

— Écoute, ça ne coûterait pas tant que ça, je te dis ! Deux, trois mille dollars tout au plus.

— Et vous auriez une fort jolie maison, approuva Mr Roscoe.

— Ma foi, nous allons en discuter, conclut Mrs Florio.

Et l'affaire en resta là.

Le client suivant était une divorcée, Mrs Cindy Turpin, tout récemment arrivée à Oakmead.

— Vous savez, j'adore l'allure de cet endroit ! C'est du pur San Francisco : vous les avez vues, n'est-ce pas, toutes ces belles maisons blanches avec leurs bow-windows ?

— Oui, je connais bien, dit Mr Roscoe. Elles sont remarquables.

— J'ai grandi dans une maison exactement comme celle-ci, dans Russian Hill, et je sais que mes petits aimeront autant cet endroit.

Nous pratiquons tous la danse folklorique, et nous aurons toute la place qu'il faut pour nous ébattre à notre aise !

— Vous avez une famille très talentueuse ! Quel âge ont vos enfants ?

— Voyons… Jacob a quatorze ans, Cornelia douze, Todd dix, et Guinevere huit. Ils ont tous exactement deux ans d'écart. Ils sont si mignons dans leurs costumes ! Je les accompagne à la guitare, naturellement.

— C'est une famille magnifique. Et ils auront toute la place nécessaire, ici.

— Absolument ! Il faut que je fasse venir Jeff – c'est mon ex-mari – pour qu'il la voie. C'est lui qui achète la maison pour moi.

— Vous feriez mieux de vous dépêcher, parce que j'ai plusieurs autres acheteurs intéressés. Il n'y a pas beaucoup de maisons de style San Francisco sur le marché.

— Oh, je sais bien ! Je vais l'appeler dès ce soir !

Ils restèrent encore un instant dans la salle à manger. Ronald les observa à travers le miroir. Mrs Turpin était une femme qui ne tenait pas en place, avec de longs bras et de longues jambes, un visage rond aux traits épais et de grands yeux humides. Ronald fronça les sourcils. Avec leurs danses, ils allaient faire tout un chahut qui le dérangerait. Mais d'un autre coté… hum. Ronald se passa la langue sur les lèvres. Ça pourrait être intéressant.

* * *

Au cours des trois jours suivants, Mr Roscoe vint avec cinq groupes différents, dont une famille noire, ce qui inspira à Ronald une haine violente envers l'agent immobilier. Voilà donc ce qu'il voulait faire de cette maison où une famille honorable avait vécu toute sa vie ? Il se demanda si Mr Roscoe vendrait à des Noirs la maison à côté de la sienne !

Le couple de Noirs, Mr et Mrs Wayne, comme la plupart des autres acheteurs potentiels, avait une grande famille. À ce stade, Ronald était devenu un expert avisé dans l'art de l'achat et de la vente d'un bien immobilier. Il avait remarqué que plus une personne admirait un aspect ou un autre de la maison, moins il y avait de chances qu'elle l'achète, dans la mesure où cet enthousiasme ne manquerait pas de conforter le prix demandé, que tout le monde considérait comme déraisonnable.

Brusquement, les visites cessèrent. Une semaine s'écoula sans que se manifeste Mr Roscoe ou l'un de ses clients. Puis un jour, un inspecteur des termites fit son apparition. Il examina le pourtour de la maison, en sondant le sol ici et là avec un pic à glace, puis il procéda à d'autres investigations dans le vide sanitaire. Ronald se demanda ce que cette visite présageait. La maison avait peut-être été vendue ?

Ce même jour, Ronald procéda à un examen minutieux du salon. Son judas dans la salle à manger lui avait fourni pas mal d'informations édifiantes, et il se demandait si un dispositif similaire ne pourrait pas être aménagé dans le mur opposé, celui du salon. À première vue, la situation semblait peu prometteuse. L'escalier obstruait tout, à part le pan de mur à côté des toilettes, et il n'y avait pas de miroir accroché. Cependant, à environ un mètre cinquante du sol, une étagère murale destinée à exposer des bibelots faisait le tour du salon. Ronald calcula qu'en retirant une partie de la moulure sous l'étagère, il pourrait créer une fissure suffisante. Si jamais quelqu'un la remarquait, on penserait que le bois avait joué ou qu'un clou avait cédé.

Une fois de plus, Ronald alla chercher ses outils, et peu après, il réussit à obtenir une vue si excellente qu'il retourna rapidement dans le salon, tel un énorme crabe à quatre pattes, pour vérifier l'aspect de la fissure. Mais tout était en ordre : dans l'ombre de l'étagère, elle était parfaitement camouflée. Pour couvrir ses deux judas quand il allumerait dans sa tanière, Ronald fabriqua deux caches. Il suffirait de les oublier une fois pour que ce soit la catastrophe ! Il ne pouvait pas se permettre la moindre étourderie !

Le lendemain, un homme entra dans la maison. Il était grand et mince, avec des yeux bleus très clairs, un visage aimable et des cheveux bruns, légèrement grisonnants, coiffés en brosse. Ronald l'examina à travers le judas du salon. La tenue de cet homme – complet gris, chemise à rayures bleues et blanches, cravate discrète – suggérait une fonction officielle. C'était peut-être un employé municipal, ou un représentant de la compagnie du gaz venu vérifier quelque chose. Ou alors un détective ? Ronald sentit son cœur bondir dans sa poitrine. Quelqu'un l'avait-il vu se déplacer dans la maison ? Il finit par se détendre. Difficile d'imaginer qu'un homme à l'air aussi inoffensif puisse être un policier.

L'homme fit lentement les cent pas dans le salon. Dix minutes plus tard, une deuxième voiture s'arrêta devant la maison. L'homme alla ouvrir, et trois adolescentes entrèrent, suivies de cette femme dont Ronald avait pu observer le calme et la détermination une quinzaine de jours plus tôt : elle s'appelait Mrs Wood, et c'était elle qui avait marchandé si âprement avec Mr Roscoe. L'homme était manifestement son mari.

— Eh bien, nous voici, dit-elle gaiement. Ça fait longtemps que tu attends ?

— Non, quelques minutes seulement, répondit Mr Wood. Alors, les filles, ça vous plaît ?

— Ma foi... c'est mieux que les autres maisons, dit l'aînée. Mais vous ne trouvez pas que c'est un peu sinistre ?

Ronald estima qu'elle devait avoir dans les dix-sept ans.

— Je vois ce que tu veux dire ! s'exclama la cadette, qui devait avoir quinze ans. La maison dégage vraiment une sacrée atmosphère !

La plus jeune, qui avait douze ou treize ans, fronça le nez.

— Ce n'est pas une atmosphère. C'est juste une drôle d'odeur, comme des vieux vêtements, ou quelque chose qui est mort.

— Ça sent simplement le renfermé, déclara Mrs Wood. Ça partira dès que nous aurons ouvert les fenêtres pour aérer. Vous êtes allées voir les chambres ?

— Non, pas encore.

Les jeunes filles gravirent les marches quatre à quatre, et Ronald les entendit bavarder joyeusement tandis qu'elles exploraient l'étage. Une mauvaise odeur, vraiment... Ce n'était pas gentil de dire ça. Bande de petites pimbêches archi-gâtées... Mais il avait hâte qu'elles redescendent, parce qu'elles étaient remarquablement jolies. Frémissant d'excitation, Ronald allait d'un judas à l'autre tandis que Mr et Mrs Wood parcouraient la maison en discutant de divers aspects. Ronald comprit que Mr Roscoe avait téléphoné la veille pour annoncer que le propriétaire avait baissé son prix, et étaient-ils toujours intéressés ?

Les jeunes filles redescendirent.

— Eh bien, dit Mr Wood, qu'est-ce que vous en pensez ?

— C'est pas mal, dit la plus jeune qui était mignonne et gaie. (Petite bêcheuse ! songea Ronald.) Au moins, nous aurions chacune notre chambre.

La plus âgée, qui était calme et douce, et comme son père plutôt effacée, dit :

— Nous pourrions repeindre la maison, pour qu'elle soit beaucoup plus gaie.

— C'est un sacré défi, déclara la cadette qui semblait la plus vive et peut-être la plus intelligente. Aucun doute là-dessus.

— L'endroit a l'air un peu sinistre, c'est vrai, dit Mr Wood, mais c'est toujours le cas pour les maisons vides. Une fois que nous aurons installé nos meubles, étalé nos tapis et accroché de nouveaux rideaux, ça fera une grosse différence.

— Je voudrais bien qu'on se débarrasse de cette vieille cuisinière, elle est assez horrible, dit la plus jeune dont le nom semblait être Babs ou Bobby.

— Nous allons devoir établir un budget pour voir ce qui est faisable, dit Mr Wood. Mais je pense que nous pourrions nous permettre de remplacer la cuisinière et le réfrigérateur.

— Nous sommes donc tous d'accord, conclut Mrs Wood qui était la plus décisive. Nous allons acheter la maison.

— Ce n'est pas un mauvais investissement, ajouta Mr Wood. Si nous refaisons la décoration, et en aménageant une pelouse, nous pourrons toujours récupérer notre mise.

— À un moment ou à un autre, dit Mrs Wood, nous devrons installer des toilettes sur la terrasse arrière.

— Oh, Papa ! s'écria Althea, la cadette. Allons tout de suite acheter de la peinture, et une cuisinière, et un réfrigérateur !

— Pas si vite, intervint Mrs Wood. Il faut d'abord nous assurer de la maison. Il y aura plein de choses à faire, ne te fais aucun souci pour ça.

— Avez-vous décidé qui prenait quelle chambre ? demanda Mr Wood à ses filles, en souriant de les voir aussi enthousiastes.

— Non, pas encore. On n'en a pas discuté.

— Vous pourriez tirer à la courte paille, suggéra Mr Wood.

— Oh, nous laisserons la chambre du devant à Ellen, dit Althea. Babs peut avoir celle qu'elle voudra des deux à l'arrière. Ça m'est égal.

Mr Wood tendit ses deux poings fermés.

— Celle qui trouvera la pièce aura la chambre à droite du couloir.

Babs choisit la main gauche de son père, où se trouvait la pièce, et c'est ainsi que les chambres furent réparties.

* * *

Le soir était arrivé. Les Wood étaient partis, et la maison était silencieuse. Ronald sortit de sa tanière et rampa jusqu'au salon. Ce n'était plus le salon qu'il connaissait si bien ; ce n'était plus la même maison. À présent, les Wood habitaient ici : Benjamin Wood, Mrs Marcia Wood, Ellen, Althea et Barbara Wood.

Ronald passa un bon moment à penser aux filles. Toutes étaient charmantes, chacune à sa façon. Barbara était toute blonde et mignonne, avec une jolie bouche rose. Dans chaque blonde, Ronald cherchait des traces de Laurel Hansen, et chez Barbara, il pensait discerner le même penchant pour le flirt. Très sûre d'elle, Barbara était toujours prête à faire des blagues, comme il convient à la benjamine gâtée de la famille.

Althea, la cadette, mesurait quelques centimètres de plus que Barbara. Elle était assez mince, avec de beaux cheveux châtain tombant jusqu'aux épaules. Elle semblait plus mélancolique et pensive, et peut-être plus imaginative que ses sœurs. Ses pommettes étaient peu marquées, et sa mâchoire délicate. Quand elle était songeuse, ses lèvres s'écartaient légèrement, et on aurait dit une petite fée abandonnée de tous. Une fille aux attributs intéressants, songea Ronald.

Ellen, l'aînée, avait elle aussi une personnalité unique et distinctive, bien que dépourvue d'un style défini comme la fantaisie extravagante de Babs et la mélancolie romantique d'Althea. Elle était tout simplement très belle, et possédait une qualité très curieuse : elle rayonnait. Ses cheveux, d'un beau châtain doré comme ceux d'Althea, semblaient briller. Ses yeux étaient d'un gris transparent, et son teint, doré par le soleil, était lumineux de santé et de propreté.

Les trois sœurs se complétaient. Chacune semblait approuver et apprécier les qualités propres aux deux autres, chacune prenait plaisir à remplir le rôle qui lui était alloué. Babs était la « petite chipie gâtée » : elle était censée être intrépide, effrontée et flamboyante, alors qu'en réalité elle n'était rien de tout cela. Ce n'était qu'un jeu amusant et affectueux, pratiqué avec le même zèle par toutes les trois. De même, Althea était la rêveuse, la poète, la source d'idées étranges, tandis qu'Ellen était la sœur innocente et dépourvue d'esprit pratique, qui débordait d'amour et de générosité.

* * *

Trois jours plus tard, les Wood emménagèrent au 572 Orchard Street, et la tranquillité s'envola par la fenêtre. C'était désormais un tourbillon incessant tandis que les Wood s'attelaient à modifier la personnalité austère de la vieille maison. L'intimité de Ronald devint une chose du passé. Des conversations sans intérêt venaient troubler le cours de ses pensées. Il ne pouvait plus dormir, manger ou tirer la chasse à sa guise : il dépendait entièrement du bon vouloir des nouveaux occupants.

Ronald n'était pas seulement irrité : il était également captivé et fasciné. Il ne se lassait pas d'observer les filles. Leurs allées et venues le mettaient au supplice, et malheureusement, leurs activités les plus intéressantes se déroulaient hors de son champ de vision. Si seulement il pouvait aménager des judas dans leurs chambres !

Malgré son agacement, Ronald se mit à s'intéresser aux affaires des Wood. Il n'avait d'ailleurs pas vraiment le choix : ils l'entouraient, et leurs sujets de préoccupation imprégnaient l'atmosphère.

Ronald acquit bientôt quelques informations sur la famille. Ben Wood travaillait à la compagnie du téléphone, et ce depuis qu'il avait quitté l'armée – cela faisait vingt ans. Après avoir occupé un poste à Los Gatos, une ville située à mi-chemin entre San Francisco et Monterey, il venait d'être muté à Oakmead. Personne n'avait vraiment voulu déménager, mais Ben Wood ne pouvait se permettre de refuser, à cause de la promotion que cela impliquait. Ellen et Althea entreraient au lycée d'Oakmead à l'automne, et Barbara en dernière année de collège. Personne dans la famille n'aimait vraiment Oakmead, et ils avaient acheté la maison du 572 Orchard Street uniquement parce qu'elle n'était pas trop chère, qu'il y avait beaucoup de place, et qu'elle pourrait devenir supportable moyennant beaucoup de travaux et d'enthousiasme, ce que chacun était prêt à y consacrer. Ronald devint un participant passif au projet. Là encore, il n'avait pas le choix. La maison et son réaménagement étaient pratiquement les seuls sujets de conversation. Il fallait d'abord lessiver, poncer et repeindre, et également replanter. Ben Wood pulvérisa le budget familial avec une nouvelle cuisinière, un lave-vaisselle, un réfrigérateur, une machine à laver et un sèche-linge. Il installa de nouveaux placards dans la cuisine et en refit le carrelage, il évacua les vieux bacs à lessive de la terrasse arrière et démolit l'appentis au fond du jardin. Et qui embaucha-t-il pour évacuer les débris ? Duane Mathews en personne ! Il loua un motoculteur pour labourer le jardin. Les filles aménagèrent un potager, tandis que Marcia Wood plantait des arbres fruitiers et des rosiers. Ben Wood sema du gazon devant la maison et déclara qu'en comparaison, la pelouse des Schumacher aurait l'air souffreteuse. L'esprit de compétition se transmit aux Schumacher, qui se mirent à arroser et tondre avec plus de zèle que jamais.

L'extérieur de la maison resta comme avant : d'un blanc crayeux, de la couleur de vieux os blanchis au soleil. Les Wood projetaient de la repeindre l'année prochaine, en vert foncé avec des bordures blanches.

Le travail occupa la famille pendant la plus grande partie de l'été, mais elle ne manquait pas de bénévoles pour l'aider. Pendant qu'il s'occupait d'évacuer les déchets, Duane Mathews avait fait la connaissance d'Ellen, et il était maintenant là pratiquement tous les jours pour participer. D'autres garçons venaient plus ou moins régulièrement donner un coup de main. Mrs Wood fournissait des hamburgers et de la limonade, et les filles portaient des shorts, ce qui semblait suffisant pour les motiver.

— Plus on est de fous, plus on rit, dit Ben Wood, du moment qu'ils travaillent.

— Pour ça, rien à craindre, dit Marcia Wood. Les filles ne les laissent pas se reposer un instant.

— Ce sont d'impitoyables esclavagistes.

* * *

Malgré lui, Ronald finit par s'intéresser à ce travail estival. Avec l'assiduité d'un scientifique, il maintenait ses observations à travers les judas. Les filles suscitaient chez lui un intérêt particulier. Leurs jambes bronzées et leurs jolis postérieurs bien ronds étaient sources d'un tourment délicieux. Ronald, l'œil collé au judas, n'était jamais repu. Quand une des filles traversait son champ de vision, ses mains devenaient moites et il émettait des petits bruits au fond de la gorge. Il n'avait pas de préférée : il appréciait les qualités différentes de chacune. Si on lui avait demandé de choisir, il aurait longuement réfléchi avant de se décider, bien qu'il se fût déjà forgé des opinions bien arrêtées sur leurs caractéristiques spécifiques. Barbara était la plus mignonne et la plus séduisante, Ellen la plus belle et peut-être la plus passionnée, tandis que la personnalité rêveuse d'Althea lui conférait un charme étrange que Ronald trouvait irrésistible. Envers les garçons qui venaient rendre visite, et peut-être donner un coup de main, il n'éprouvait qu'antipathie et mépris, et plus particulièrement pour Duane Mathews, qui était tombé amoureux d'Ellen.

Un dimanche, pendant le déjeuner, Duane évoqua l'histoire de l'horrible Ronald Wilby, l'assassin. Ce fut un choc pour les Wood.

— Je savais bien qu'il y avait une atmosphère maléfique dans la maison ! dit Althea d'une voix étouffée. Je l'ai perçue dès le premier jour, quand on a emménagé. Elle était si puissante qu'on pouvait presque en sentir l'odeur !

— Elle est partie, maintenant, dit Barbara. Le mal ne supporte pas d'être repeint.

— N'en sois pas aussi sûre ! lui dit Steve Mullins. Tu as entendu parler des influences néfastes ? Quand elles sont suffisamment fortes, elles se transforment en fantômes.

— Ah oui ? fit Ellen. Et comment le sais-tu ?

— À ton avis, d'où viennent les fantômes, sinon ?

— Je ne sais même pas si ça existe vraiment, les fantômes.

— Des tas de gens jurent qu'ils en ont vu.

— Il y a encore plus de gens pour jurer qu'ils n'en ont pas vu.

— De toute façon, dit Barbara, le fantôme ne serait pas ici. Il hanterait ce vieux jardin là-bas.

— Ne dis pas ça… marmonna Duane Mathews. C'était ma petite sœur !

— Je suis vraiment désolée ! s'écria Barbara. Je ne pensais pas à mal !
Duane rit tristement.

— Non, ça va. Je ne devrais pas me laisser obséder par cette affaire. Peut-être qu'un jour, je mettrai la main sur Ronald Wilby…

À deux mètres de là, Ronald Wilby avait l'œil collé au judas. Il haïssait Duane Mathews plus que tout au monde : ce type était laid, dépourvu de grâce, et en plus, son père était tenancier de bar. Comment Ellen pouvait-elle apprécier un individu aussi dévoré par la méchanceté ? Voilà qui dépassait l'entendement ! Ronald trouvait repoussant chaque élément de son aspect et de sa personnalité : ses traits anguleux, sa carcasse dégingandée toute en épaules, bras et jambes, ses gestes saccadés et sa voix brusque... Et par-dessus tout, son attitude pratique et sa parfaite assurance qui, dans l'esprit de Ronald, équivalaient à de l'arrogance et de la suffisance boursouflée. Duane n'avait qu'un an ou deux de plus que lui, et il avait la présomption de se prendre pour un adulte ! Et malgré tout ça, les filles semblaient l'admirer. Hier encore, Ronald les avait entendues jacasser à son propos, avec ces formules mi-acerbes mi-stupides que personne à part elles ne pouvait totalement comprendre.

— On dirait un cow-boy d'autrefois, avait dit Barbara. Un cow-boy du Texas, bien sûr.

— Il a même des manières d'autrefois, renchérit Althea. C'est un personnage sorti d'un vieux film.

— Un vieux film de cow-boys.

— Comme tu voudras. Les places coûtent le même prix.

— Il a des yeux merveilleux, soupira Ellen. J'aimerais avoir des yeux comme ça, verts comme l'océan.

Des yeux de serpent, songea Ronald. Carol, maintenant qu'il y pensait, avait elle aussi des yeux d'un vert bizarre.

— Il faudra que je regarde dans mon livre de psychologie astrale, dit Althea, pour voir ce que signifient des yeux de cette couleur. Ça pourrait être quelque chose d'épouvantable, et alors nous serions obligées de flanquer ce pauvre Duane dehors.

— Maman l'aime bien, avec ses yeux et tout, dit Barbara. Ça nous en dit plus sur qui doit être flanqué dehors que n'importe quel vieux bouquin avec une couverture violette.

— Alors, je vais regarder dans mon livre de chiromancie, celui avec une couverture rouge.

— À propos des yeux de Duane ?

— Non, à propos de ses mains.

— Mais il n'a pas les mains vertes.

Althea aimait utiliser un ton légèrement nasillard quand elle énonçait un paradoxe :

— Duane a de graves défauts. Il inspire trop confiance, et on peut trop se reposer sur lui. Avec des gens comme ça, une fille peut se détendre, et quelquefois s'endormir.

Ellen sourit tristement.

— Seuls les mufles te tiennent éveillée ?

— Avec les mufles, je *reste* éveillée, dit Althea. Mais rassure-toi, je ne suis pas raciste. Certains de mes meilleurs amis sont des mufles. (Elle leva les mains alors que Barbara s'apprêtait à intervenir.) Non, non, ne dis rien !

Telle avait été leur conversation d'hier matin. Aujourd'hui, Duane avait l'air perplexe quand Althea l'appelait « Tex », mais de façon caractéristique, il s'abstenait de demander la raison de ce surnom.

Après le déjeuner, ils montèrent à l'étage pour repeindre la chambre de devant : Ellen, Althea, Barbara, Duane et Steve Mullins, qui n'était que l'un des nombreux amoureux de Barbara et de ses facéties extravagantes. Ronald pouvait entendre leurs voix, et ils semblaient bien s'amuser.

Il referma les judas, puis il alluma sa lampe et alla s'asseoir sur son lit. La conversation, et en particulier la partie qui le concernait, lui avait gâché sa journée. Il était irrité, insatisfait, absolument pas d'humeur pour ses activités habituelles... Non pas que celles-ci n'aient déjà été bien perturbées. Ronald soupira et poussa un grognement. Il ne pouvait tout simplement pas laisser ces imbéciles interférer avec ses passe-temps. Il se releva et commença à effectuer distraitement une série d'exercices, en s'abstenant quand même de courir sur place, ce qu'il n'osait faire que quand la maison était vide.

Comme toujours, l'exercice physique le mit en appétit. Pour son dîner, Ronald ouvrit une boîte de haricots qu'il mangea avec le dernier de ses crackers tartiné de beurre de cacahuète, un repas assez insipide qui ne suffit pas à le rassasier, surtout quand Mrs Wood servit un potage aux champignons, une salade d'avocats et un magnifique jambon à l'ananas accompagné de patates douces et de brocolis. Par le judas, Ronald observa tristement les cinq membres de la famille

Wood dévorer leur repas. Ils étaient tous très gais. L'intérieur de la maison était maintenant entièrement repeint, à part les encadrements de portes et de fenêtres qui nécessitaient encore une couche de laque. Ainsi que Marcia Wood l'avait prédit, ces nouvelles couches de peinture avaient largement contribué à égayer la vieille maison, et tout le monde appréciait ces vastes pièces de l'époque victorienne.

— Si nous ajoutions quelques tourelles et des balcons, et si nous achetions quelques vases en marbre, nous pourrions dire que nous possédons un manoir.

— Un manoir gothique, précisa Althea. C'est comme ça que ça s'appelle, dans les films d'horreur.

— Cette remarque est un peu trop proche de la vérité, dit Barbara. Les dernières personnes qui ont vécu ici donnent carrément la chair de poule. Mais je doute qu'elles aient laissé des fantômes derrière elles… enfin, je l'espère.

— Je partage ton espoir, dit Ben Wood. Sinon, la valeur de la maison va s'écrouler.

— C'est peut-être pour ça qu'elle était vendue si bon marché.

— Nous pourrions toujours passer une annonce dans une revue de spiritisme, dit Althea. Un bon fantôme sur qui on peut compter, ça doit valoir quelque chose.

— À quoi servira cet argent, demanda Barbara, si on nous retrouve tous morts dans nos lits avec d'horribles expressions sur le visage ?

— Barbara, tu dis des choses absurdes, comme d'habitude.

Ellen fit la grimace.

— Je ne devrais pas te prendre au sérieux, mais c'est vrai que la maison a quelque chose de sinistre.

— Bah ! fit Marcia Wood. Tout cela est ridicule.

— Quelquefois, dit Barbara, j'entends des bruits bizarres. Sans doute des rats.

— Il y a des drôles de bruits dans toutes les vieilles maisons, dit Ben Wood.

— Si tu le dis, Papa.

Ronald trouva la teneur de la conversation fort déplaisante. Certaines remarques étaient trop personnelles, et pourquoi diable ne pouvaient-ils pas arrêter de ressasser cette vieille histoire ? Ils n'avaient vraiment pas le droit de critiquer alors qu'ils ne connaissaient que la version de Duane… Bon, ça n'avait pas tant d'importance que ça. Dans l'immédiat, le plus intéressant était ce magnifique jambon et le plat de patates douces. Ronald avait de nouveau très faim. Sa tanière avait ses avantages, mais aussi ses inconvénients, comme celui de voir des gens dévorer des repas délicieux auxquels il n'avait pas été convié.

Pour le dessert, Mrs Wood servit une magnifique tarte au citron meringuée, et Ronald en fut presque malade d'envie. Désormais, il éviterait de regarder les Wood à table : il ne ferait que se torturer… Ha ! Il rejeta aussitôt l'idée : elle n'était pas réaliste.

Les filles se mirent à discuter de couleurs et de décoration intérieure. Ellen avait repeint sa chambre en blanc, avec des moulures vert pâle et bleu lavande. Althea avait opté pour du gris, du bleu clair et du bleu foncé, avec quelques touches de blanc. Quant à Barbara, elle avait examiné en long et en large tous les échantillons et nuanciers du rayon des peintures, afin d'obtenir ce qu'elle appelait « un effet dramatique ».

— Je veux que tout soit excitant dans ma chambre ! déclara-t-elle.

Et Ronald marmonna entre ses dents :

— Je t'en donnerais, moi, des trucs excitants dans ta chambre, tu peux me croire !

Barbara, la plus jeune des sœurs, l'impressionnait beaucoup : il la trouvait la plus sexy à cause de ses facéties provocantes et sa façon de flirter en prenant des poses. Il n'avait jamais vu une fille s'intéresser autant aux garçons ! Barbara avait peint sa chambre en blanc, jaune, bleu pâle et vert pistache, avec des notes de rouge vif et de bleu foncé – et de fait, après avoir disposé ses objets personnels et accroché ses posters, elle avait obtenu exactement l'atmosphère de frivolité exubérante qu'elle souhaitait.

* * *

Au milieu du mois d'août, le Grand Projet de rénovation du 572 Orchard fut achevé, à la surprise des Wood qui commençaient à penser qu'ils passeraient le restant de leurs jours à lessiver, poncer et peindre.

Chaque pièce de la maison avait été entièrement refaite. Le salon, autrefois rose saumon avec des boiseries foncées, avait à présent des murs blanc cassé et un plafond bleu ciel. Les boiseries avaient été laquées en blanc ainsi que les briques de la cheminée, et un beau tapis bleu recouvrait le parquet.

Ronald désapprouvait fortement ces changements. La maison lui avait semblé tout à fait correcte telle qu'elle était, et le zèle dépensé par les Wood était une insulte à peine déguisée envers sa mère et lui. Les Wood n'étaient qu'une bande de pinailleurs, songea-t-il, et prétentieux en plus ! Un lustre dans le couloir ! Des gravures tout le long de l'escalier ! Cette horloge excentrique sur le mur de la cuisine, avec des aiguilles gigantesques ! Les jardinières mexicaines remplies de géraniums sur la terrasse de devant ! Pure vanité et ostentation ! Mais bon…. Cela n'avait pas vraiment grande importance. Cet endroit ne signifiait plus rien pour lui. Ils pouvaient tout aussi bien le transformer en temple chinois, si ça leur chantait.

Les provisions de Ronald avaient diminué jusqu'à atteindre un niveau critique, et il avait commencé à piocher dans le réfrigérateur des Wood, ainsi que dans la huche à pain et la coupe de fruits. Aux petites heures du matin, il sortait de son refuge pour son repas : une bouchée par-ci, une pomme ou une orange par-là, parfois une tranche de pain et un morceau de fromage, une gorgée ou deux de ce délicieux lait naturel ! Et à l'occasion, quand il restait largement du dessert, Ronald s'offrait une part discrète, et jamais la nourriture ne lui avait paru aussi bonne !

Il attendait toujours que la maison soit plongée dans le noir et que plus rien ne bouge. Là, il ouvrait la porte secrète, se glissait dans l'office, puis dans la cuisine, silencieux comme un spectre, sans qu'une lame de parquet ne grince ! Ensuite, il ouvrait doucement le réfrigérateur… et voilà ! Brillant dans la pâle lumière tels des joyaux sur un coussin de velours noir, les délicieux restes du repas auquel il avait assisté quelque six heures auparavant. Il savait qu'il devait se montrer extrêmement discret, mais quel effort parfois pour se retenir de dévorer le contenu entier ! Et un jour il avait entendu Mrs Wood lancer d'un air étonné :

— Comme c'est étrange ! J'aurais juré avoir mis de côté sept de ces œufs mimosa. Et maintenant, il n'y en a plus que cinq. L'une de vous les a-t-elle pris ?

— Non, Maman !

— Non, pas moi !

— Ni moi !

— Alors, je deviens folle, dit Mrs Wood. Je m'en souviens pourtant bien… C'est peut-être votre père qui aura eu un petit creux hier soir.

Le mystère des œufs mimosa disparus lui sortit de l'esprit, et elle ne pensa pas à poser la question à son mari quand il rentra du travail. Mais ce soir-là, quand Ellen posa un demi-œuf sur chaque assiette de salade, Babs dit à son père :

— Maman croit qu'elle devient folle, à moins que ce ne soit toi qui as mangé deux œufs hier soir.

Ben Wood eut l'air perplexe, puis il dit :

— Je suis prêt à avouer n'importe quoi si ça peut préserver la santé mentale de votre maman.

— Ah ha ! s'écria Babs. C'est donc toi le coupable, le mangeur d'œufs clandestin !

— Est-ce que ta mère va devenir folle si je nie ?

— Non, pas vraiment, répondit Marcia Wood. C'est juste que je pensais avoir mis sept œufs de côté, et que ce matin, je n'en ai trouvé que cinq.

— Ça doit être des rats, dit Babs.

— Ou des fourmis, suggéra Ellen.

— Ou des fantômes, murmura Althea.

— Là, vous dites des bêtises. J'ai forcément dû me tromper dans mon compte. (Une pensée lui vint à l'esprit.) Duane n'était pas ici, hier soir ?

— Non, c'était avant-hier.

— Je commence vraiment à perdre la tête, dit Marcia Wood. Il faut dire que comme il passe son temps à entrer et sortir, j'ai du mal à garder le fil.

Ben Wood se faisait mal à l'idée que ses filles grandissent. Il grommela :

— Voilà le prix que nous payons pour toute cette beauté rassemblée dans la maison : nous sommes obligés de nourrir tous les gandins de la ville. Quelquefois, je me demande si c'est l'amour ou la faim qui les attire ici.

— Allons, Papa, tu es injuste, dit Ellen. Duane a travaillé très dur.

N'oublie pas qui a évacué tout le bazar, et aussi qui a apporté du gibier, du poisson et des abricots, et qui a poussé la voiture pour la faire démarrer, et qui a refait l'étanchéité de la cheminée, et qui...

— Stop, stop ! s'écria Ben Wood. Duane est le meilleur du lot, de fait il est indispensable. D'ailleurs, je ferais mieux de m'en aller et le laisser emménager ici à ma place.

— Où est-ce qu'il dormirait ? demanda Barbara d'un air innocent. Avec maman ?

— C'est un garçon extrêmement gentil, dit Marcia Wood. Si seulement il n'avait pas toujours l'air aussi grave ! Quelquefois, ça me rend nerveuse rien que d'être avec lui dans une pièce.

— Toi aussi, tu aurais l'air grave, déclara Babs, si un monstre avait assassiné ta petite sœur.

Derrière son judas, Ronald pinça les lèvres.

— Je suis bien contente que ce soit Ellen qui ait la chambre du monstre et pas moi, dit Althea.

Ellen fit une petite grimace.

— Je crois que je vais échanger avec Babs.

— Ah non, pas question. J'ai ma chambre exactement comme je la voulais.

— Cette maison est très ancienne, dit Ben Wood. Des dizaines de monstres y ont sans doute vécu et dormi dans toutes les chambres.

— Je crois que je ne vais plus regarder de films d'horreur, dit Babs. Je commence à croire à tous ces trucs-là.

— Allons, c'est absurde, s'esclaffa Mrs Wood. Les réalisateurs concoctent simplement ces effets spéciaux pour faire peur aux petites filles crédules.

— Oh, je le sais bien, mais n'empêche, où est-ce qu'ils trouvent toutes leurs idées ? On ne peut pas inventer tout ça à partir de rien.

— Je croirai aux phénomènes surnaturels quand j'en verrai un de mes propres yeux, dit Ben Wood. Les choses bizarres, ça n'arrive jamais qu'aux autres.

— Je n'en suis pas si sûre que ça, dit Althea. Quoi de plus bizarre que la disparition de ces œufs mimosa ?

Dans sa tanière, Ronald fit une série de grimaces. Il n'aimait pas toutes ces allusions à lui-même ou à ses activités.

— Ça m'ennuie de te gâcher ton mystère, dit Mrs Wood, mais ça me revient maintenant : il n'y avait bien que cinq œufs au départ.

Ronald rit dans sa barbe. Les œufs avaient été délicieux. Mais il ne devrait jamais prendre des aliments qui puissent être comptés.

* * *

L'agitation suscitée par la disparition des œufs troubla Ronald au point qu'il resta dans son refuge deux nuits de suite. Quand il en sortit enfin, il ne prit que deux tranches de pain beurrées, une tranche de viande froide, deux tomates-cerises et un peu de persil. Il y avait dans la coupe de fruits quatre avocats en train de mûrir. Qu'est-ce qu'il aimait les avocats ! Mais... fruit défendu ! Il se contenta de leur lancer au passage un regard plein de concupiscence.

De retour dans son repaire, il mangea le sandwich et la maigre salade, et but un verre de lait en poudre. Tout cela avait tellement bon goût qu'il eut envie d'aller se resservir, et peut-être de choisir l'avocat le plus mûr. Il y avait des chances pour que personne ne le remarque... mais non : souviens-toi des œufs mimosa ! Il fallait qu'il apprenne à maîtriser son appétit. Bon, très bien, mais il fallait aussi qu'il s'assure d'une source de nourriture, parce que ses provisions étaient pratiquement épuisées. Ma foi, il savait ce qu'il lui restait à faire : tout simplement changer de mode opératoire. Jusque-là, il s'était servi dans les restes de repas du soir, et il continuerait de le faire quand les circonstances le permettraient, mais pour minimiser les risques, il allait devoir récupérer des aliments de base : une pomme de terre, un oignon, une tasse de farine, un œuf, une ou deux tranches de bacon. S'il mettait son plan en œuvre avec discernement et discrétion, il devrait pouvoir se maintenir dans des conditions correctes, sans que personne n'en sache rien : un triomphe de l'ingéniosité face à l'adversité ! Pour parvenir à la meilleure efficacité, il devait mener ses expéditions selon un programme précis, afin de ne pas prendre un produit en quantité telle que son absence soit remarquée. Ce serait une bonne idée de noter ses acquisitions au fur et à mesure, ou mieux encore, de tracer un graphique. Ronald hocha la tête avec approbation. Il commençait à se sentir plus sûr de lui : il était vraiment capable de se débrouiller seul. Sa mère avait souvent insisté sur le fait que la planification et la prévision font toute la différence entre le succès et l'échec. Ronald comprenait à présent la sagesse de ses remarques.

Pour commencer, il fit quelques esquisses afin de déterminer l'échelle et l'étendue de son diagramme, puis il le reporta soigneusement sur une grande feuille de papier à dessin. Il utiliserait des encres de différentes couleurs pour les différents composants de son régime, ce qui lui fournirait instantanément une information précise sur ce qu'il pourrait appeler ses « revenus ». Un corollaire de cette idée lui vint à l'esprit : il pourrait préparer un deuxième diagramme afin d'enregistrer sa consommation, autrement dit ses « dépenses », et même un troisième diagramme montrant le niveau de ses ressources, à savoir ses « stocks ». Ces diagrammes lui fourniraient alors une grande quantité d'informations intéressantes, conférant un aspect rationnel à ce qui aurait été autrement une procédure brouillonne. Il était sûr que sa mère aurait approuvé sa méthode.

* * *

Le nouveau système de Ronald s'avéra assez efficace. D'un seul coup d'œil, il pouvait déterminer son stock de chaque aliment, et à quand remontait son dernier approvisionnement. La tenue à jour des diagrammes prenait beaucoup de temps, évidemment, mais comme disait aussi sa mère, on n'a rien sans rien. Les graphiques l'aidèrent à formuler un certain nombre de préceptes ou principes directeurs, dont les plus importants étaient :

Ne prends jamais de la nourriture dans un récipient plein ou presque plein, ou presque vide.

Prends de très petites quantités des choses qui coûtent cher.

Ne prends pas d'aliments en conserve sauf s'ils ont été poussés au fond d'une étagère et oubliés.

Le nouveau mode d'existence de Ronald nécessitait plus d'efforts qu'avant. Il était maintenant obligé de faire la cuisine – soupes, ragoûts, crêpes qu'il garnissait de fromage, de gelée ou de beurre de cacahuète –, ce qui posait encore un problème : il devait faire attention aux odeurs, et préparer ses repas uniquement quand il n'y avait aucun risque qu'on les remarque. Il le faisait donc quand toute la famille était allée se coucher, ou quand Mrs Wood faisait elle-même la cuisine.

Ronald avait soigneusement disposé ses diagrammes sur le mur derrière les toilettes, juste sous le judas du salon : c'était le seul espace non
encore consacré à Atranta. Ils formaient un ensemble impressionnant,
et témoignaient de son remarquable esprit logique dans la résolution
de problèmes qui auraient laissé totalement perplexe une personne
ordinaire. Il était clair, songeait Ronald, qu'il réunissait (au moins)
deux tempéraments contrastés et pourtant compatibles. À l'approche
analytique du philosophe, il adjoignait les pouvoirs de synthèse de
l'artiste : très peu de gens possédaient cette capacité !

En ce qui concernait la famille Wood, il devrait peut-être adopter une
démarche plus systématique, dans un esprit de recherche, pour ainsi
dire. Sa situation lui offrait une magnifique occasion d'étudier les activités d'une famille contemporaine typique. Il pouvait les observer de
la façon la plus intime et la plus détaillée, comme un scientifique scrute
un terrarium, comme un anthropologue étudie une tribu exotique. Il
pouvait codifier leurs activités, les phases de leur comportement, leurs
interactions et leurs excentricités. Un jour, il pourrait même écrire un
livre – un traité dont l'acuité éblouirait aussi bien les néophytes que
les sociologues professionnels ! Et ce serait prodigieusement amusant si les Wood tombaient un jour sur cet ouvrage (qui serait intitulé
L'Observateur de l'intérieur, ou bien *Vue depuis une cachette secrète,* ou
encore *Une enquête intime,* de Ronald Norbert) ! Ils s'émerveilleraient
de se reconnaître !

Ronald décida de démarrer son étude sans plus tarder. Chaque
bribe d'information devrait être organisée, chaque parole notée,
chaque geste analysé dans son contenu symbolique. Il tracerait un
diagramme des humeurs et des relations ; il explorerait les courants
cachés de l'orgueil et de la jalousie ; il mettrait au jour des secrets dont
les autres membres de la famille n'avaient même pas conscience ! Les
trois filles – l'exubérante Babs, Althea la rêveuse, la lumineuse Ellen –
seraient les sujets principaux auxquels il s'attacherait. Il apprendrait
ce qu'elles aimaient et détestaient, leurs faiblesses et leurs préjugés,
leurs craintes et leurs sensibilités. Il les connaîtrait bien mieux qu'elles
ne se connaissaient elles-mêmes, grâce à son analyse pénétrante et
impersonnelle. Enfin, pas tout à fait « impersonnelle » … La recherche,
c'était très bien, mais une étude personnelle de chacune des trois serait

encore mieux : séparément, toutes ensemble, dans un sens ou dans un autre... Et Ronald se mit à glousser doucement... Oui, c'était ça ! C'était *exactement* ça !

CHAPITRE XII

Le nouveau projet de Ronald occupa son esprit pendant toute la journée du lendemain, qui était un samedi, mais un aspect qu'il avait omis vint compliquer la situation : les vacances d'été se terminaient ce dimanche. L'école allait reprendre, et les trois filles passeraient la moitié de leur journée à l'extérieur – une situation qui suscitait en Ronald un profond ressentiment. Pendant tout l'été, elles avaient consacré leur temps à la maison, et par une sorte de transfert incalculable, à Ronald lui-même. Voilà maintenant qu'elles allaient vivre, rire, jouer et s'aventurer loin hors de sa vue. Et comme si cela ne suffisait pas, elles envisageaient cette perspective avec enthousiasme. Le dimanche soir, Ronald s'apitoya sur lui-même en versant des larmes de rage. Ces filles d'une cruauté si impitoyable étaient la cause de ses angoisses. Elles allaient devoir rendre des comptes et souffrir comme il souffrait en ce moment : un châtiment peut-être irrationnel, mais peu lui importait. Rien d'autre ne pourrait apaiser ses blessures. Allongé dans le noir, il laissa vagabonder ses pensées. Laquelle des filles lui plaisait le plus ? Babs, avec sa gaité et ses provocations peut-être innocentes ? Althea, un peu étrange et exotique, qui serait certainement fascinée par la saga d'Atranta ? Ou bien Ellen, avec sa beauté lumineuse ?

Triste lundi, jour de la rentrée. Ronald bouda toute la journée dans la maison anormalement silencieuse. Quand les filles rentrèrent tard dans l'après-midi, il était tellement furieux qu'il refusa de regarder par ses judas. Qu'elles fassent comme elles voulaient ! Ça lui était parfaitement égal. Il se draperait dans une austère dignité et ne leur accorderait plus son attention. Il ne continuerait peut-être même pas ses recherches.

Mais à l'heure du dîner, sa curiosité l'emporta sur sa susceptibilité, et il appliqua son œil contre le judas. Après s'être informé des événements de la journée, il se sentit un peu mieux, car aucune des trois sœurs n'aimait sa nouvelle école. Barbara trouvait ses camarades de classe inintéressants : les filles étaient ternes, ou bizarres, ou prétentieuses, et les garçons n'étaient que des gamins immatures. Althea décrivait ses professeurs comme de vieux fossiles poussiéreux. Ellen exprimait une version un peu plus modérée de l'opinion de Barbara.

Ben et Marcia les écoutèrent avec plus d'amusement que d'inquiétude.

— Vous trouverez bientôt des gens qui vous plairont, dit Ben. Je n'ai pas vraiment remarqué une pénurie de garçons autour de la maison, cet été.

— Oui, mais quel genre de garçons ? grommela Barbara. Ce petit abruti de Jeff… Ce gros poussah de Peter… Steve Mullins…

— Je croyais que tu aimais bien Steve, dit Ben Wood.

Barbara haussa les épaules.

— J'arrive très bien à m'en passer.

— Ma foi, dit Marcia Wood, je ne me fais pas trop de souci. Jusqu'ici, aucune de vous n'a jamais eu de mal à se faire des amis, et ça m'étonnerait que ça change.

Ellen eut un petit rire.

— J'ai entendu une des filles dire : « Elles habitent dans la vieille maison des Wilby », comme si c'était une chose dont il faudrait avoir honte.

— À ta place, je ne m'inquiéterais pas pour ce genre de bêtises.

— En tout cas, dit Ben Wood, il n'est pas question de déménager, tu peux me croire.

— Voilà bien les gens d'ici ! s'écria Barbara avec indignation. C'est notre maison, maintenant, notre maison à nous, et on se fiche pas mal de ce que les autres peuvent penser !

— Si seulement la maison était un peu moins, disons, « gothique », dit pensivement Althea. On ne peut pas vraiment dire qu'elle soit jolie.

— Allons donc, dit Ben Wood presque sèchement. C'est une vieille maison très agréable. Une fois repeinte en vert, et quand les arbres auront poussé et que le jardin sera fleuri, elle sera digne de figurer dans un magazine.

— Allie est beaucoup trop sensible aux atmosphères, dit Ellen.

— Si elle ne fait pas attention, elle sera psychiatre plus tard, dit Barbara – qui tenait cette profession dans un certain mépris.

— Je n'y peux rien, protesta Althea. Quelquefois, j'ai l'impression que la maison est vivante. Vous n'avez pas remarqué, quand on arrive dans la rue ? Les fenêtres ont l'air de nous regarder.

— Toutes les maisons ont un visage, dit Barbara. J'en ai vu qui pleuraient et d'autres qui riaient, et d'autres qui louchaient comme si elles seraient en colère...

— Comme si elles *étaient* en colère, corrigea Marcia Wood.

— ... et vous vous souvenez de la vieille maison des Ettinger avec les cyprès devant ? On avait toujours l'impression qu'elle priait.

— C'est parce que les Ettinger étaient des baptistes très pieux, dit Ellen. Une maison finit toujours par ressembler aux gens qui l'habitent.

— Du moment que les gens ne se mettent pas à ressembler à leur maison... dit Althea.

Barbara pouffa.

— Vous imaginez Papa avec des marches d'escalier sur le ventre, et Ellen avec des tuiles grises à la place des cheveux ?

— Et toi peinte en vert, comme le sera la maison l'année prochaine !

Marcia Wood changea de sujet.

— Et pour ce qui est des clubs d'activités ? Vous vous êtes déjà inscrites pour quelque chose ?

— Pas d'inscriptions avant jeudi, répondit Ellen, mais je ne crois pas que ça m'intéresse. Ça peut paraître bizarre, mais je pense déjà à l'université.

— Oh, non ! s'écria Barbara. Tu vas t'en aller, probablement à Berkeley, où il n'y a rien que des hippies, et tu vas peut-être en épouser un, et tu partiras vivre en Turquie ou en Inde.

— Il y a peu de chances, dit Ellen. Je n'irai peut-être pas à Berkeley, mais c'est vrai que j'aimerais bien aller en Inde.

— Berkeley est plus près, dit Althea. On te verrait plus souvent.

— On ne devrait jamais se séparer, dit Barbara. Promettons-nous de ne jamais partir, de toujours habiter avec Papa et Maman. Si des garçons veulent nous épouser, il seront obligés d'emménager chez nous.

— Ho ho ! s'exclama Ben Wood. Je tremble rien qu'à l'idée du budget alimentation ! Je serais obligé de prendre deux jobs supplémentaires.

— N'empêche, dit Marcia, c'est une idée adorable. J'aimerais qu'on puisse vivre comme ça… En parlant de job supplémentaire, je suis tentée de travailler à mi-temps à l'hôpital.

— Oh ! Nous ne voulons pas que tu partes travailler !

— Ce serait uniquement à temps partiel – peut-être les matins, ou les après-midis, ou un jour ou deux par semaine, histoire de rapporter un peu d'argent à la maison. Nos factures de nourriture ne sont pas près de baisser, et je refuse de servir des spaghettis cinq soirs par semaine et des hamburgers les deux autres. Nous avons une sacrée chance qu'aucune de vous n'ait jamais eu besoin d'orthodontie !

— Pour l'amour du ciel, dit Ben Wood, que personne ne fasse quoi que ce soit qui coûte de l'argent !

Ronald sourit en songeant : « J'aimerais bien les mettre toutes les trois enceintes. C'est pour le coup que le vieux Wood pourrait hurler à la dépense ! »

Mais comment réaliser un tel projet ?

* * *

Mrs Wood travaillait le mardi et le jeudi, et quelquefois aussi le mercredi. Ces jours-là, Ronald se retrouvait seul dans la maison.

Ce n'est que le troisième jour de travail de Mrs Wood, un jeudi, que Ronald osa s'aventurer hors de sa tanière. Il commença par jeter prudemment un coup d'œil par sa porte secrète en tendant l'oreille, puis il rampa dans l'office et se releva lentement pour se rendre dans la cuisine. Là, il huma l'air : une odeur de peinture fraîche, de plastique ciré, de voilages récemment lavés, d'oranges et de bananes dans la coupe de fruits. De nouveaux rideaux de chintz rouge et vert masquaient la vue de Mrs Schumacher. Une indéniable amélioration, songea Ronald.

Il resta immobile pendant deux minutes, écoutant et observant autour de lui, parcouru du délicieux frisson de l'aventure. Il ouvrit doucement le réfrigérateur pour en examiner le contenu. Il décida qu'il méritait un petit en-cas. Il sortit du lait et de la crème glacée qu'il mélangea généreusement dans un grand bol, puis il ajouta du sucre et des rondelles de banane, qu'il nappa d'une épaisse couche de crème

fouettée. Avec le raffinement d'un épicurien, il dévora le tout en pous-
sant des petits soupirs de satisfaction. Quand il eut terminé, il rinça le
bol et les cuillères, se débarrassa de la peau de banane et s'assura que
tout était bien comme avant, même si, dans cette famille généreuse et
hospitalière, personne ne semblait faire beaucoup attention aux détails.

Ronald se rendit dans la salle à manger. Mrs Schumacher était sortie
dans son jardin pour ajuster son arrosage, mais de nouveaux rideaux le
protégeaient de sa curiosité.

À de nombreuses occasions, Ronald avait examiné la pièce à travers son judas, mais le fait de s'y trouver physiquement, près de son
ancienne place à table, était une expérience étrange. Au milieu de
nombreux détails familiers, il y avait tant d'éléments nouveaux... Les
vieilles boiseries foncées avaient été laquées en un marron plus pâle,
la table et les chaises étaient en bois clair, d'une fabrication moderne
plus légère, mais tout à fait charmante avec le vase de renoncules qui y
était posé.

En trois pas légers, il fut dans le couloir. L'escalier capta irrésistiblement son regard. Un nouveau tapis rouge menait jusqu'à l'étage et aux
chambres des filles. Ronald jeta un coup d'œil vers la porte d'entrée,
qui pouvait s'ouvrir à tout moment sur l'un des cinq membres de la
famille.

Il hésita. Il voulait explorer le salon, et encore plus visiter l'étage.
Mais il émanait de la porte une sourde menace, comme si elle attendait
qu'il se soit engagé de façon irréversible avant de s'ouvrir toute grande.
Ronald recula et battit en retraite dans la cuisine, où il prit quelques
instants pour se calmer. Son appréhension n'était pas que de l'enfan-
tillage : il n'est jamais prudent d'ignorer ses instincts. Et puis il y avait
toujours le risque que quelqu'un rentre à la maison à l'improviste. Il
était certain que cela arriverait tôt ou tard. Si jamais il se hasardait à
monter à l'étage, il faudrait qu'il prévoie un endroit où se cacher – sous
un lit, par exemple. Cette perspective n'était pas dépourvue d'attraits.
Si seulement il osait...

Non, pas aujourd'hui. La porte d'entrée lui avait inspiré des inquié-
tudes, et il n'allait pas se risquer à d'autres aventures. Pour se consoler,
il se fit un bon sandwich au beurre de cacahuète avec de la gelée, et
but d'un trait une autre tasse de lait. Il versa une tasse d'eau dans la

bouteille pour camoufler en partie son chapardage, et il retourna dans sa tanière.

* * *

Le vendredi passa, puis le week-end. Le mardi, Mrs Wood partit travailler, et Ronald se retrouva une fois de plus seul dans la maison.

À 9 heures précises, il émergea de sa cachette et resta quelques minutes dans la cuisine à tendre l'oreille. Pas un bruit. Il reporta son attention sur le réfrigérateur, qui lui fournit une bonne coupe de compote de pommes, deux grandes cuillerées de fromage blanc, et deux bouchées de salade de haricots verts pour des raisons purement diététiques. Il compléta le tout avec trois gâteaux secs au gingembre piochés dans la grande boîte à gâteaux, et il s'autorisa deux gorgées de lait. Il aurait été risqué d'en prendre plus. Le jeudi précédent, alors que Mrs Wood préparait le dîner, le niveau de glace dans son emballage l'avait amenée à faire une remarque :

— J'aurais juré qu'il en restait beaucoup plus que ça. Dans cette maison, la glace file à toute allure. C'est étonnant que vous ne soyez pas plus dodues toutes les trois.

Confortablement calé par ce bon petit déjeuner, Ronald traversa la salle à manger et s'arrêta dans le couloir. Contrairement à sa mère, les Wood ne fermaient jamais la maison à clé quand ils sortaient. Les cambriolages étaient inconnus à Oakmead, et les Wood étaient d'une nature confiante. Fort astucieusement, Ronald se protégea d'éventuelles surprises en mettant le verrou. Il était maintenant à l'abri d'une arrivée intempestive. Si quelqu'un essayait d'ouvrir, il l'entendrait aussitôt. C'est avec une certaine audace qu'il passa devant la porte et entra dans le salon.

Il s'y amusa pendant près d'une heure, examinant tout ce qui pouvait présenter de l'intérêt. Dans un tiroir du secrétaire, Mrs Wood rangeait son livre de comptes, les retours de chèques encaissés et le courrier en attente de réponse. L'album de photos le fascina : il put étudier la famille Wood à tous les stades. Les filles grandissaient sous ses yeux, d'abord nourrissons au berceau puis faisant leurs premiers pas, fillettes longilignes devenant de jolies adolescentes. Il les vit lors de pique-niques et de fêtes d'anniversaire, à la plage et à la montagne. Il contempla des visages qu'il ne put reconnaître : parents, voisins, amis de la famille. Il vit leur ancienne maison à Los Gatos et leur ancienne école, et un certain nombre de photos de classe.

Ronald reposa enfin l'album et entreprit une dernière inspection du salon. Par pur hasard, il jeta un coup d'œil par la fenêtre et vit une voiture s'arrêter devant la maison : la Chevrolet grise de Ben Wood. Le cœur battant, Ronald alla vite déverrouiller la porte d'entrée, puis il se précipita à travers la salle à manger pour rejoindre sa cache. Alors même qu'il refermait son panneau secret, Ben Wood entra dans la maison. Il grimpa les marches quatre à quatre et resta moins d'une minute dans sa chambre, apparemment pour y chercher un objet ou un document qu'il avait oublié. Puis il redescendit et s'en alla.

Assis sur son lit, Ronald guetta le bruit des pas qui s'éloignaient. L'alerte avait été chaude. Certes, la porte verrouillée l'aurait protégé de toute façon, mais l'incident confirmait qu'on ne pouvait jamais être trop prudent.

Pendant l'après-midi, il travailla sur ses diagrammes nutritionnels. Il avait perdu tout intérêt pour son projet d'étude de la famille Wood. La tâche lui semblait maintenant trop compliquée et fastidieuse. Le fond de l'affaire, c'était que Ronald était désormais obsédé par les chambres du haut. Ce serait la simplicité même de se cacher sous un lit. Personne ne le remarquerait, et il pourrait voir tout ce qui se passait. Mais l'idée comportait toujours sa propre réfutation. Aussi tentant que puisse être le projet, son premier mot d'ordre était la prudence ! Tant de choses pourraient mal tourner, et cela ne mènerait qu'à de graves ennuis. Et pourtant, et pourtant... Ronald balançait entre deux pulsions contradictoires. L'idée de ces jeunes corps souples et des choses fascinantes qu'il pourrait accomplir le poussait à cette entreprise audacieuse. Mais le risque était trop grand, beaucoup trop grand ! Que ferait-il s'il perdait son refuge ? Il n'avait pas d'argent, nulle part où aller...

Le samedi soir, Duane Mathews et Ellen allèrent au cinéma, encourant ainsi le déplaisir de Ronald. Sur bien des plans, il trouvait qu'Ellen était la plus attirante des trois filles. Il voulait que personne d'autre que lui ne la caresse. Ronald observa et écouta toute la soirée. Il était presque minuit quand Duane ramena Ellen chez elle. Ronald entendit la voiture s'arrêter, il les entendit monter les marches et s'arrêter un instant sur le perron, et il sut qu'ils s'embrassaient.

Ronald eut un rictus qui découvrit ses dents. Il désapprouvait totalement ce genre de comportement, et il fallait impérativement y mettre fin.

Le dimanche, les trois filles allèrent à la piscine avec Duane et deux autres garçons, et Ronald resta seul tout l'après-midi à se morfondre.

Pour le dîner, Mrs Wood fit rôtir deux poulets, dont l'odeur fit saliver Ronald. Elle fit également deux magnifiques tartes à la crème de noix de coco. Duane resta à dîner, et Ronald le regarda avec indignation dévorer de grandes quantités de tout, ce qui signifiait qu'il n'y aurait pratiquement aucun de ces restes sur lesquels il en était venu à compter. Mais que pouvait-il y faire ? Rien, à part observer et refouler la rage qui lui montait à la gorge tandis que Duane engloutissait portion après portion de la nourriture que Ronald considérait comme sienne.

Le dîner se termina enfin, et Duane rentra chez lui. Tout le monde alla se coucher et la maison fut silencieuse

Ronald sortit presque aussitôt de sa tanière. Comme il l'avait craint, il ne restait absolument plus rien des poulets. Pas un seul morceau pour lui ! Et rien d'autre d'intéressant, à part la moitié d'une tarte. Dans un geste de colère, Ronald s'en coupa une large part, et ce fut la meilleure tarte qu'il ait jamais mangée. Il ne put résister, et il s'en resservit une part plus modeste. Après tout, personne ne le remarquerait.

Mais le lendemain matin, Mrs Wood le remarqua bel et bien, et fit à Ellen un commentaire admiratif sur l'ampleur de l'appétit de Duane. Ellen fut interloquée.

— Mais il n'a pas repris de tarte !

— Si, forcément, dit Mrs Wood. Il en restait une bonne moitié quand je l'ai mise de côté, et ton père n'y a pas touché.

Ellen secoua la tête d'un air perplexe.

— Je suis sûre que ce n'était pas Duane.

— Ça n'a aucune importance, bien sûr, dit Mrs Wood. Il peut manger autant qu'il veut. C'est juste que ça semble un peu bizarre.

Ronald vit le visage aux yeux clairs d'Ellen prendre une expression de tristesse inhabituelle. Ronald eut un petit sourire satisfait. Maintenant, elle aurait peut-être une moins haute opinion de Duane, qui venait de se gagner une réputation de goinfre...

CHAPITRE XIII

Pour ce que Ronald pouvait en voir, ni Marcia ni Ben Wood ne faisaient de remontrances à leurs filles – non seulement à cause de leur propre esprit de tolérance, mais aussi parce qu'elles ne faisaient jamais rien qui puisse justifier de les punir. Il arrivait que Barbara laisse sa chambre en désordre, Althea avait tendance à remettre en question, par principe, la doctrine établie, et Ellen n'était pas toujours ponctuelle. Mais ces incartades mineures suscitaient tout au plus une protestation peinée de Ben ou une remarque un peu sèche de Marcia.

En ce qui concernait les sorties avec les garçons, les parents Wood se montraient raisonnables et larges d'esprit. Les filles savaient exactement ce qu'ils attendaient d'elles et les horaires qu'elles étaient censées respecter : les transgressions étaient rares, et toujours suivies d'explications et d'excuses. D'une façon générale, les Wood faisaient confiance à l'intelligence de leurs filles et aux liens qu'elles avaient tissés entre elles pour les tenir à l'écart des dangers. Ben ne leur faisait pas de cours sur les maladies vénériennes, et Marcia n'insistait jamais sur le traumatisme d'un mariage précoce ou d'une grossesse non désirée. Entre elles, les trois sœurs discutaient à l'occasion de sexualité et de ses variations bizarres, et s'émerveillaient parfois de voir à quel point cela imprégnait l'atmosphère psychologique.

Ce n'est que dans de très rares occasions que les Wood mettaient en question le jugement d'une de leurs filles, et cette fille était toujours Barbara, la plus intrépide et la plus aventureuse des trois. Ellen et Althea méprisaient les hippies et la soi-disant « contre-culture », mais Barbara les trouvaient pittoresques et exubérants, comme des bohémiens. À Halloween, Barbara fut invitée à passer un week-end à Lake

Tahoe, mais pour une fois, Ben et Marcia opposèrent leur veto. Barbara leur expliqua que les parents de Tamlyn seraient leurs chaperons, que Lake Tahoe était un endroit qu'elle avait toujours voulu visiter, que les garçons et les filles qui avaient déjà accepté l'invitation étaient dans l'ensemble respectables... Elle ne réussit pas à convaincre ses parents.

— Trop de choses pourraient arriver, dit Ben, et aucune qui soit vraiment bonne. Je ne connais pas les Rudnick. Si ça se trouve, le père boit quand il conduit, ou c'est un Démocrate. Ils vont peut-être décider d'aller jouer au casino en laissant les gamins faire la java entre eux. Un des garçons pourrait verser du LSD dans le punch.

— Papa ! Tu dis des bêtises !

— Pas du tout. Je suis simplement mathématique. Regarde les statistiques. Sur l'autoroute, deux conducteurs sur cinq ont bu de l'alcool, et un sur vingt est ivre mort. Trois adolescents sur dix fument de la marijuana, et un sur dix est accro au LSD, aux amphétamines ou à je ne sais quelle autre drogue. Un homme sur cent est une brute, un violeur ou un escroc. À Lake Tahoe, le pourcentage est plus élevé. Cinq femmes sur cent...

— Papa ! Tu es en train d'inventer tout ça !

— C'est suffisamment proche de la vérité. J'estime à neuf chances sur dix la probabilité que tu rentres à la maison en un seul morceau, et ce n'est pas suffisant.

— Hmmf... J'ai tout autant de chances de me fracasser le crâne en glissant dans la baignoire ou de manger une boîte de thon avarié. J'ai lu que l'endroit le plus dangereux, c'est à la maison.

— Oui, mais à la maison, il y a des pansements et des pompes pour faire un lavage d'estomac, et un père, une mère et des sœurs. Lake Tahoe est hors de question.

* * *

Le lundi et le vendredi étaient pour Ronald les jours les plus ennuyeux de la semaine. Mrs Wood restait à la maison, ce qui interdisait toute exploration, et les filles étaient au lycée jusqu'en fin d'après-midi. Les élèves de troisième sortaient trois quarts d'heure plus tôt, si bien que Barbara était en général la première à rentrer, mais il lui arrivait de traîner en route pour taquiner les garçons ou papoter avec ses amies.

De telles occasions suscitaient chez Ronald une profonde irritation. Il considérait Barbara comme une enfant gâtée, égoïste, capricieuse et parfaitement adorable. Elle était plus consciente de ses charmes que ne l'étaient Althea ou Ellen, ce qui la rendait encore plus désirable. Ronald l'aimait et la détestait en même temps – une émotion très comparable à celle qu'il ressentait pour Laurel Hansen.

Le mardi, Mrs Wood se trouva enrhumée, à moins que ce ne fût une réaction allergique, et ne put aller à son travail. Cette indisposition persista le mercredi, et Ronald fut obligé de rester séquestré pendant deux jours supplémentaires. Le jeudi, Mrs Wood retourna travailler, et la porte d'entrée s'était à peine refermée que Ronald, plein de défi, rampa hors de sa tanière. Il resta à peine une dizaine de secondes pour tendre l'oreille, puis il se rendit d'un pas décidé dans la cuisine et ouvrit le réfrigérateur : il n'y trouva qu'un plat de purée froide et quelques choux de Bruxelles. Oserait-il se faire cuire des œufs au bacon ? Pendant trois minutes, il hésita, balançant entre l'appel de la raison et ses tiraillements d'estomac. Mais le bacon était dans un emballage intact, et il ne restait que quatre œufs : on remarquerait certainement qu'il manquait de la nourriture. Ronald mangea un sandwich au beurre de cacahuète et dut se résigner à ne pas boire de lait, dont il ne restait qu'un fond dans la bouteille.

Il avait déjà formulé des plans pour la journée. Il se rendit dans le salon où il jeta un coup d'œil dans la rue, puis il fit demi-tour et monta l'escalier.

C'est à peine s'il reconnut l'étage. Le couloir était repeint d'un blanc éclatant, des décorations florales aux couleurs vives étaient accrochées aux murs, et un tapis d'Orient rouge recouvrait les lames de parquet autrefois peintes en vert et marron.

Ronald resta deux bonnes minutes sur le palier. Il aimait écouter le silence. Une voiture passa dans Orchard Street. Ronald se figea jusqu'à ce que le bruit s'éloigne. Si quelqu'un revenait à l'improviste, il pourrait se cacher sous un lit, mais ce serait à la fois malcommode et dangereux.

Il s'engagea dans le couloir. Il jeta un bref coup d'œil dans la chambre où sa mère avait dormi autrefois, et eut un ricanement méprisant pour la nouvelle décoration. La chambre d'Ellen était en face. À l'arrière de la maison, après la salle de bain et la penderie du couloir, se trouvaient les chambres d'Althea et de Barbara. Par où commencer ? Peut-être d'abord un rapide coup d'œil dans chacune des trois.

La chambre d'Ellen était essentiellement blanche, avec un plafond bleu lavande et un tapis vert clair. Et dire que cette chambre avait été la sienne ! Jamais il ne l'aurait reconnue ! Apercevant son reflet dans le miroir, il vit un visage également différent de celui du Ronald d'autrefois. La discordance entre l'ancien et le nouveau lui procura une étrange sensation, comme s'il était frappé d'amnésie ou victime d'un transfert d'âme.

Sur la commode était posée une photo de Duane Mathews. Ronald examina le visage osseux et blême en fronçant les sourcils. Il éprouva une forte tentation de la détruire, ou au moins d'en barbouiller les traits avec du rouge à lèvres... Non, à déconseiller. Il s'intéressa au placard. Les vêtements d'Ellen étaient soigneusement suspendus à des cintres. Ronald tendit la main pour caresser les tenues enchanteresses qui avaient enveloppé ce corps magnifique ! Des frissons électriques lui parcoururent le bras. Il retourna à la commode et ouvrit un tiroir rempli de sous-vêtements, qu'il examina. Quel merveilleux moment d'intimité il savourait à présent !

Il finit par refermer le tiroir et resta un instant à respirer lentement, pour laisser l'atmosphère de la pièce l'imprégner. Partout, il pouvait sentir Ellen. Ce miroir avait reflété sa nudité. Ici, sur cette chaise, elle avait brossé ses cheveux brillants. Là, ce lit avait connu la chaleur de son corps et le flux scintillant de ses rêves.

Ronald s'approcha de la coiffeuse. Dans le tiroir du haut, il trouva un flacon de parfum : une douce senteur de fruits avec un soupçon de violette et juste une touche de verveine. Il s'en versa quelques gouttes sur le dos de la main : le flacon lui glissa des doigts, et avant qu'il n'ait pu le rattraper, la moitié du liquide s'était répandue.

Sous le choc, Ronald resta paralysé un instant. Il saisit un mouchoir en papier et commença à éponger. Que faire, maintenant ? Il reboucha le flacon et le remit dans le tiroir, couché sur le côté. Ellen penserait que le parfum s'était renversé. Il emporta le mouchoir en papier dans la salle de bain et s'en débarrassa dans la cuvette des W.C. Dans le couloir, on en sentait encore l'odeur. Bon, le temps que quelqu'un rentre à la maison, elle se serait dissipée.

Ronald se sentait mal à l'aise et irrité. Son aventure avait perdu toute sa magie. Il retourna au rez-de-chaussée et, par pur dépit, il se laissa tomber dans un fauteuil du salon, où il resta plongé dans une sombre rêverie.

Il était exposé, il était vulnérable ! La porte d'entrée n'était même pas verrouillée ! Conscient de son imprudence, Ronald se leva d'un bond et réintégra rapidement son refuge.

De nouveau en sécurité, il s'allongea sur son lit. Il prit conscience de l'odeur du parfum d'Ellen, qu'il trouva maintenant fort désagréable. Il se leva pour frotter son poignet dans la cuvette et en effacer la plus grande partie. Quand il vit son visage dans la glace, la curieuse impression d'aliénation qu'il avait ressentie dans la chambre d'Ellen avait disparu : il était redevenu le Ronald ordinaire, le Ronald normal...

Il somnola jusque vers une heure de l'après-midi, puis il se prépara un déjeuner composé de thon et de crêpes à l'oignon. Il décida qu'une des tomates des Wood était indispensable à sa santé, et il alla la prendre dans le réfrigérateur. Il l'accompagna d'une gorgée de lait.

Une fois de plus, il somnola jusqu'à ce qu'il soit réveillé par le grincement de la porte d'entrée et un bruit de pas légers. Encore un peu léthargique, il alla regarder par le judas, mais Barbara – il avait reconnu son pas – était montée directement à l'étage.

Ronald réfléchit un instant. Barbara en haut, lui en bas... Cette situation s'était déjà produite plusieurs fois, mais les inconvénients d'une quelconque action étaient oppressants. Ronald retourna s'asseoir sur le lit et essaya de lire un de ses livres... À nouveau, un bruit de pas sur le perron. La porte s'ouvrit : Ellen et Althea rentraient du lycée. Elles jetèrent leurs livres sur la table du couloir et se précipitèrent à l'étage. Barbara les accueillit joyeusement. Pendant un moment, Ronald entendit une conversation étouffée, qui se termina de manière assez abrupte.

Mrs Wood rentra à son tour, et enfin Ben Wood. Mrs Wood servit un repas rapide de sandwichs au steak haché.

Il régnait une atmosphère particulière autour de la table. Les filles restaient silencieuses – manifestement, elles s'étaient querellées. Ben Wood finit par demander :

— Eh bien, que s'est-il passé ? C'est une dispute privée, ou bien nous pouvons tous participer ?

— Il n'y a pas de dispute du tout, répondit Ellen. C'est un simple malentendu.

— Ce n'est pas du tout un malentendu ! déclara Barbara. Ellen pense que j'ai renversé son flacon de parfum, alors que je n'y ai absolument pas touché. Je ne suis même pas allée dans sa chambre.

Mrs Wood intervint :

— Si tu dis que ce n'était pas toi, c'est que ce n'était pas toi. Ellen le sait aussi bien que moi.

— Elle ne me croit pas.

— Bien sûr que je te crois, Bobby ! dit Ellen. C'est juste que c'est tellement étrange. Je jurerais que quelqu'un est venu dans ma chambre. Je m'en fiche, mais n'empêche, le parfum a bien été renversé, et on peut même sentir l'odeur jusque dans la salle de bain. Je sais que ce n'était pas Bobby, mais qui ça pourrait être ? Le flacon était intact ce matin.

— Il se passe des choses bizarres, quelquefois, dit Ben Wood. C'était peut-être un tremblement de terre, ou tu auras refermé le tiroir trop fort. Il y a une douzaine d'explications possibles.

Ellen hocha la tête, mais elle semblait sceptique.

— Elle croit encore que c'est moi, dit Barbara d'un air maussade. Au fond d'elle-même, elle en est convaincue, et je ne me suis même pas approchée de sa chambre.

— Allons, Babs ! lança sèchement sa mère. Je t'en prie, ne rends pas les choses plus difficiles. Ellen sait bien que tu ne mentirais pas pour une petite bêtise comme ça, pas plus qu'elle ne te mentirait ! Tout cela est parfaitement ridicule !

— Absolument, Bobby, dit Ellen. Enfin, je te connais mieux que ça ! Si tu as un défaut, c'est bien que tu es trop honnête !

Barbara se mit à pleurer. Elle se leva de table et partit dans le salon. Ellen la rejoignit et se mit à la caresser pour la consoler.

Ben Wood déclara :

— Voilà bien notre Babs. Sous ses dehors fantasques, c'est elle la plus sensible des trois.

Althea éclata de rire.

— Les gens me croient sensible, mais en fait, je ne m'attache pas aux choses. Ellen s'y attache, elle, mais elle a une telle assurance ! Pauvre petite Babs !

— C'est vrai que la situation est étrange, dit Ben Wood.

— Nous avons peut-être un esprit frappeur, dit Althea. Ils viennent dans les maisons où il y a des gens jeunes, c'est bien connu.

Marcia Wood eut un petit rire sceptique.

— Pour l'instant, je n'ai pas vu d'objets voler à travers la pièce, et je n'en ai pas envie. Ça ne m'intéresse pas du tout.

— Oh, moi, ça m'intéresse, dit Althea. J'adorerais vivre une expérience étrange. Des tas de choses arrivent aux autres, mais jamais à moi.

Ellen et Barbra revinrent en silence dans le salon, et terminèrent leur dîner.

Althea déclara gaiement :

— Ça y est, nous avons résolu le mystère. C'est un esprit frappeur !

— Non, dit Ellen, je me souviens maintenant de ce qui s'est passé. J'ai refermé le tiroir très brusquement ce matin, et j'ai dû renverser le flacon.

— Oh ! J'aurais tellement aimé qu'on ait un esprit frappeur chez nous !

Ellen sourit, et l'espace d'un instant, elle eut l'air aussi malicieuse que Babs dans ses moments les plus provocants.

— Est-ce qu'on ne pourrait pas garder celui-là ? Vous savez ce que dit Duane…

— C'est étrange qu'un garçon comme Duane, avec un esprit aussi rationnel, puisse être aussi superstitieux, fit remarquer Mrs Wood.

— Il tient ça de sa mère, expliqua Ellen. Après la mort de Carol, elle est allée voir une spirite pour essayer de parler à son âme, ou à son fantôme, je ne sais pas.

Mrs Wood fut intéressée malgré elle.

— Comment ça s'est passé ?

— Duane n'est pas tout à fait sûr. Sa mère pense avoir reçu un message, mais Duane dit que ça aurait pu s'appliquer à n'importe qui. Il voudrait qu'elle y retourne pour poser des questions auxquelles seule Carol pourrait répondre, et réussir peut-être à apprendre où se trouve l'assassin en ce moment. Comment s'appelait-il, déjà ?

— Roderick Wilson, quelque chose comme ça.

— Ronald Wilby, dit Barbara.

— Et elle va poser ces questions ?

— Quand elle pourra y aller. La spirite habite à Stockton.

— Ne vous moquez pas ! dit Ben Wood. J'ai entendu parler de médiums qui avaient aidé la police de nombreuses fois ! Il y a un Hollandais, je ne me souviens plus de son nom, qui a résolu une demi-douzaine de meurtres dans son pays. Ces affaires sont dûment documentées dans les archives officielles.

Ronald siffla entre ses dents. Ces gens n'allaient-ils donc pas enfin arrêter de ressasser cette vieille histoire ? Il ne voulait plus entendre un mot là-dessus. S'il n'avait pas été assez bête et imprudent pour laisser le vélo dans la rue et oublier sa veste sur un buisson, personne n'aurait jamais su ce qui s'était passé. Sauf lui. Et l'âme de Carol, ou son esprit, ou son fantôme.

* * *

Vendredi, un des jours mornes, mais Ronald était satisfait de rester tranquillement allongé dans sa tanière. Le samedi, il se sentit un peu mieux, mais à sa grande déception, les filles allèrent assister à un match de football. Elles rentrèrent vers 17 heures, mais seulement le temps de se doucher et de se changer avant de se rendre à une réception. Ronald resta à se morfondre en ruminant des pensées amères. Les filles s'étaient envolées tels des papillons, joyeuses et insouciantes, en l'abandonnant à sa triste solitude. Il mourait d'envie de les punir, pour rétablir l'équilibre. Il avait nourri le même genre de sentiment envers Laurel Hansen jusqu'à cette affaire avec Carol Mathews, qui d'une certaine façon avait effacé l'ardoise.

* * *

Le dimanche, Mrs Wood se rendit avec les filles à San Jose, pour aller voir de la famille. Mr Wood resta à la maison, où il travailla un moment sur ses papiers avant de regarder un match de football à la télévision. Encore une journée d'ennui pour Ronald. Il passa le début de l'après-midi à faire ses exercices de gymnastique, une activité qu'il avait négligée depuis quelque temps. Les vociférations du commentateur sportif couvraient les petits bruits qu'il pouvait faire. Il faisait chaud, et Ronald se mit à transpirer abondamment. Il se déshabilla entièrement et s'allongea sur son lit pour se reposer. Il somnola ainsi jusqu'au retour de Mrs Wood et des filles.

Elles montèrent directement se coucher. Sans grand enthousiasme, Ronald se mit au travail sur Atranta.

Le lundi, Mrs Wood sortit faire des courses. Ronald émergea de sa cachette pour inspecter le contenu du réfrigérateur, mais il n'y trouva rien qui le tente. Dégoûté, il prit quelques noix dans la coupe de fruits et une poignée de caramels dans un sac en papier, puis il se rendit dans le couloir, où il regarda pensivement l'escalier. L'épisode du parfum avait perdu de son importance. Après ça, il ferait évidemment très attention de ne laisser aucune trace. L'étage exerçait sur lui une puissante attirance, mais Mrs Wood pourrait rentrer à tout moment, et il ne pouvait risquer de se faire prendre loin de son refuge. En ce moment même, une voiture s'engageait dans Orchard Street, et Ronald se hâta de retourner en sécurité.

L'après-midi s'écoula. Ronald attendait impatiemment le retour des filles, mais Mrs Wood alla chercher Barbara à la sortie de l'école pour l'emmener chez le dentiste. Quant à Ellen et Althea, elles avaient prévu de faire une partie de tennis, et ce n'est que vers 18 heures que tout le monde rentra.

Le mardi, Mrs Wood partit travailler. Aussitôt la porte d'entrée refermée, Ronald rampa à travers son ouverture secrète. Il se releva dans l'office et tendit l'oreille : on n'était jamais trop prudent.

Aucun bruit, à part une mouche qui bourdonnait contre la fenêtre de la cuisine. Ronald alla ouvrir le réfrigérateur, où il découvrit un paquet de rondelles de salami, un bol de salade de thon et des oignons verts : largement de quoi préparer deux excellents sandwichs, qu'il fit passer avec une généreuse ration de lait. Dans l'ensemble, un très bon petit déjeuner.

Et maintenant, quel programme ? Il avait toute la journée devant lui. Ronald entra résolument dans le salon et jeta un coup d'œil dans Orchard Street : rien en vue. Il monta à l'étage. Laquelle, aujourd'hui ? Il opta pour Althea.

La chambre était très différente de celle d'Ellen. Sur les murs étaient punaisées des affiches Art Nouveau, et les étagères étaient remplies de livres aux titres inconnus de Ronald, parmi lesquels plusieurs romans de fantasy et de science-fiction. Des trois filles, seule Althea avait des perceptions qui se rapprochaient vaguement des siennes. Elle serait captivée de savoir qu'ici, dans cette maison, la saga d'Atranta avait été élaborée. Ronald caressa un instant l'idée de lui écrire une lettre. Ce ne serait pas facile de la poster, à moins qu'il ne se glisse dehors au beau milieu de la nuit pour la mettre dans la boîte au coin de la rue. Il lui faudrait aussi prendre une enveloppe et un timbre dans le secrétaire du salon... Bon, il ne se donnerait peut-être pas cette peine.

Il explora le contenu des tiroirs de la commode, en prenant cette fois le plus grand soin pour ne rien toucher qui puisse se renverser... Qu'est-ce que c'était que ça ? Ronald sortit un livre relié en simili-cuir vert, avec un fermoir sur la tranche. Sur la couverture, en lettres d'or, étaient inscrits les mots : JOURNAL INTIME.

Ronald le tourna dans tous les sens, et tira doucement sur le fermoir. Rien à faire, pas moyen de l'ouvrir.

Il reposa le journal et chercha la clé. Althea ne l'avait certainement pas sur elle. Il examina le dessous de tous les tiroirs, passa le doigt le long des moulures, vérifia le contenu de la boîte à bijoux et sonda les pieds du lit et des chaises. Pas de clé. Perplexe, Ronald reprit le journal d'où semblait émaner une musique silencieuse dont il ne pouvait deviner la nature. Où était donc cette fichue clé ? Il fouilla la table de nuit, la tirelire en céramique mexicaine, le pot à crayons sur le bord de la fenêtre... Toujours pas de clé. Ronald examina le journal. Il essaya de faire glisser le fermoir dans un sens puis dans l'autre, dans l'espoir de dégager la languette, Il prit un trombone, engagea la pointe dans la serrure, et tourna. Quelque chose semblait bouger. Ronald redoubla d'efforts, et la pointe se brisa. Ronald marmonna un juron. Pas moyen de retirer le morceau de la serrure. Il voyait bien le bout de métal brillant, mais impossible de le déloger.

Bon, maintenant, que faire ? Il se savait intelligent et ingénieux, et le moment était venu de prouver son talent. Il pourrait peut-être démonter le fermoir et le réparer. Il n'était fixé à la couverture que par des rivets... Non, impossible : il n'avait pas d'outils. Il pourrait aussi emporter le journal et le cacher quelque part. Après tout, Althea était d'une nature distraite – ou en tout cas, c'est ce que toute la famille feignait de croire, y compris Althea elle-même. Il pourrait se passer des mois avant qu'elle ne remarque sa disparition.

L'idée ne tenait pas debout. Un journal, par définition, était utilisé chaque jour. En écartant légèrement des pages, Ronald réussit à voir qu'Althea y écrivait régulièrement.

Un vrai casse-tête. S'il avait un autre journal similaire, il pourrait tenter d'échanger les couvertures. Mais alors, bien sûr, la clé d'Althea ne marcherait plus – à moins que ces journaux n'aient une clé unique ? De toute façon, il n'avait pas accès à un autre exemplaire de journal…

Assez découragé, Ronald essaya d'extraire le bout de trombone cassé avec une lime à ongles, mais il ne réussit qu'à érafler le métal du fermoir et à tordre le bord de la serrure. Ronald – qui transpirait maintenant à grosses gouttes – tenta de réparer les dégâts. Althea ne remarquerait sans doute rien : aucune des filles n'était particulièrement observatrice… Mais comme il voudrait bien dégager ce fichu bout de métal ! Peut-être qu'en essayant de soulever la couverture… mais il ne pourrait jamais la remplacer. Il reprit le trombone et se mit à fourrager furieusement dans la serrure – sans aucun résultat.

Ronald finit par reposer le journal là où il l'avait pris. Toute cette histoire le dégoûtait profondément. Althea serait peut-être perplexe, mais elle n'était pas le genre de fille à s'attarder sur les détails. Peut-être même qu'elle ne le remarquerait pas. Il était probable que le bout de trombone se dégagerait quand elle mettrait sa clé dans la serrure. Ronald lissa le dessus de lit là où il s'était assis, referma tous les tiroirs, et redescendit tristement au rez-de-chaussée.

Il était maintenant à peu près midi. Ronald se servit un bon morceau de steak haché, deux tranches de pain beurrées, un demi-oignon et une tomate. De retour dans son repaire, il fit cuire son repas dans sa poêle et se confectionna un sandwich vraiment succulent. En fait, il aurait facilement pu en manger un deuxième comme ça… mais hélas, trop risqué. Il se contenta d'une bonne portion de glace nappée de confiture de fraises et d'une giclée de crème synthétique.

Il avait encore tout l'après-midi devant lui. Il alla s'asseoir dans le salon, d'où il pourrait observer la rue. Aujourd'hui, Barbara pourrait bien rentrer tôt. S'il montait se cacher dans le placard de sa chambre, il pourrait la regarder se changer. Quand elle voudrait accrocher sa robe, il serait là… Ce ne serait pas si mal s'il pouvait passer toute une journée avec elle, ou même simplement une demi-journée. Il ferait semblant d'être un intrus, et jamais elle ne pourrait savoir qu'il était Ronald Wilby.

Hum… L'idée n'était pas si irréalisable que ça. Il pourrait l'attacher au lit, redescendre, claquer la porte d'entrée, et se dépêcher de retourner dans sa tanière. Ah, le beau charivari que ça ferait ! Il en savourerait chaque minute. Et puis, disons dans un mois, il recommencerait ! Mais Ellen et Althea rentraient trop tôt pour que le projet soit possible. Dommage, parce que sinon, l'exploit serait absolument sans danger, et Barbara, petite rouée qu'elle était, ne serait pas si réticente que ça. Et quand bien même elle le serait, où était le problème ?

14 heures. Il ferait mieux de retourner dans son refuge. Peut-être qu'un jour, Barbara serait seule à la maison. Ou Althea. Ou Ellen.

Il s'allongea sur son lit et se plongea dans de profondes réflexions. Depuis qu'il avait commencé à explorer l'étage, il avait négligé tout le reste – ses graphiques, ses exercices, Atranta. Il voulait particulièrement se remettre à Atranta, où il restait un énorme travail à faire.

Peu avant 16 heures, Barbara rentra à la maison et se précipita directement à l'étage pour se changer. Presque aussitôt, le téléphone sonna et Barbara redescendit quatre à quatre, vêtue simplement d'un soutien-gorge et d'une petite culotte. Ronald, l'œil collé au judas, soupira d'extase : jamais il n'avait vu spectacle aussi enchanteur – sauf une fois, en fait. Il avait du mal à se contrôler. Il se mit à pousser des petits gémissements et à remuer la tête dans tous les sens pour mieux voir. Si seulement il avait le temps et l'occasion ! Il prendrait le risque, sans se soucier des conséquences !

Barbara bavarda au téléphone pendant vingt minutes. Elle s'assit d'abord sur le bras du canapé, puis elle se laissa tomber en arrière sur le coussin, avec un bras passé sous les genoux. Elle leva une jambe, pointa ses orteils vers le plafond. Ronald eut un hoquet et soupira. Elle pivota et s'assit avec une jambe repliée sous elle, puis elle s'allongea sur le dos en tendant les deux jambes vers le sol, et Ronald se mordit les lèvres pour étouffer un gémissement rauque… L'avait-elle entendu ? Elle leva soudain les yeux avec une expression étrange, mais c'était simplement une voiture qui passait dans la rue. Elle se leva, le dos tourné et le téléphone toujours collé à son oreille, pour regarder par la fenêtre. La conversation prit fin, Barbara raccrocha et retourna à l'étage en trottinant. Ronald resta un instant à serrer et desserrer les poings. Il s'assit sur son lit : il se sentait faible.

La porte d'entrée s'ouvrit : c'étaient Ellen et Althea.

— Hello ! s'écria Ellen. Il y a quelqu'un ?

De l'étage vint la voix de Barbara :

— Seulement moi. Mais c'est bien suffisant.

Ellen alla dans la cuisine.

— Je meurs de faim. Je me demande s'il reste des cookies… Oui, quelques-uns. (Elle ouvrit le réfrigérateur, et il y eut un moment de silence. Puis Ronald l'entendit appeler d'une voix étouffée :) Althea, tu veux bien venir deux secondes ?

Althea entra dans la cuisine et regarda ce qu'Ellen lui montrait.

— Ah, quelle horreur ! Nous devrions déposer une réclamation !

— Beurk, fit Ellen. Jetons-le à la poubelle, c'est tout.

— Ce serait dommage de tout perdre, dit Althea. Si je le découpe juste là, ça ira. Après tout, le cheveu est collé juste au-dessus de l'emballage.

— Bon, je ne pense pas qu'on puisse faire un procès à quelqu'un. Mais les trucs comme ça, c'est vraiment dégoûtant.

— Chaque miche de pain contient 1 % de crottes de rats, quelque chose comme ça. Ça ne vaut vraiment pas la peine de s'indigner, parce que ça ne sert à rien.

— Tu te rends compte ? dit Ellen. Dix miches de pain, ça coûte quatre dollars. Un pour cent, ça fait quatre *cents*. Chaque fois que nous achetons dix miches, nous en avons pour quatre *cents* de crottes de rats.

— Ce n'est pas vraiment une bonne affaire.

Les deux filles retournèrent dans la salle à manger.

— Je crois que je vais faire mes devoirs de français, maintenant, dit Althea. J'aurai tout terminé avant le dîner.

— J'ai promis à Maman d'arroser la pelouse. Il faut qu'on soit à la hauteur de celle des Schumacher. Je vais d'abord me changer.

Les filles montèrent à l'étage, où leurs voix devinrent un murmure incompréhensible.

Puis il y eut le silence. Au bout de quelques minutes, Ellen redescendit et sortit arroser la pelouse.

Marcia Wood rentra à la maison, puis ce fut Ben Wood. Mrs Wood commença à préparer le dîner. Ben Wood s'installa dans le salon avec un verre de sherry pour lire le journal.

À 18 h 30, Mrs Wood servit le dîner. La table était très silencieuse, et les bavardages habituels se faisaient remarquer par leur absence. Ben Wood finit par demander avec inquiétude :

— Qu'est-ce qui se passe, ce soir ? Pourquoi ces tristes mines ?

— Il n'y a aucun problème, répondit Althea. Nous sommes occupées à manger, c'est tout.

— J'adore les tacos, dit Ellen. Ce soir, j'en veux au moins une douzaine.

— Allons, fit Ben Wood, je vois bien qu'il y a quelque chose. Je ne devrais peut-être pas poser de questions ?

— Je vais te dire ce qui ne va pas, déclara Barbara d'une voix tremblante d'émotion. Allie pense que j'ai essayé de lire son journal intime.

— Je n'ai rien dit de la sorte, répliqua Althea. J'ai dit que quelqu'un a *essayé* de l'ouvrir, c'est tout.

— Mais c'est à moi que tu pensais, parce que tu as dit qu'il était intact hier soir, et maintenant le fermoir est cassé, et j'étais à la maison avant toi, alors tu m'accuses, et ce n'est pas moi, et j'en ai assez d'être toujours accusée de tout. Je vais partir loin d'ici, aller chez les hippies, à moins qu'on arrête de me traiter comme si je serais une fouineuse...

— Comme si j'*étais*, corrigea Ellen.

— ... parce que je n'en suis pas une. Ton journal ne m'intéresse pas, et même s'il m'intéressait, je n'y toucherais pas, et je n'ai pas non plus touché au parfum d'Ellen. Je me moque de ce que tu penses, mais je ne vais pas simplement rester comme ça à me faire accuser par tout le monde d'être une fouineuse !

— Allons, allons ! intervint Ben Wood. On se calme, et on explique les faits posément.

— Je n'ai vraiment pas envie d'en parler, dit Althea d'un ton digne. Je regrette d'avoir soulevé la question.

— Tu vois ? s'écria Barbara. Elle pense que j'ai regardé dans son journal !

— Non, ce n'est pas ce que je pense. Personne n'a regardé dans mon journal. Mais quelqu'un a *essayé* !

D'une voix étouffée, Ellen dit en ne plaisantant qu'à moitié :

— Peut-être que nous avons vraiment un esprit frappeur ?

— Ça ne peut pas être des enfants du voisinage, dit Mrs Wood, il n'y en a pas dans le quartier. Mrs Schumacher le remarquerait certainement si un étranger entrait chez nous.

— À moins que ce ne soit Mrs Schumacher elle-même, suggéra Ben Wood. Les vieilles personnes deviennent parfois un peu étranges.

— Avec son problème de hanche et son mari qui est malade ? rétorqua Marcia Wood. Non, ce n'est franchement pas raisonnable.

— Ah, ma foi… dit Ellen avant de se replonger dans le silence.

Et le repas se poursuivit dans une atmosphère tendue.

Pendant ce temps, Ronald était assis sur son lit, la tête entre les mains, les coudes sur les genoux. Finalement, Althea avait bien remarqué, et une fois encore, Barbara avait été considérée comme coupable… Après tout, c'était une bonne solution. Barbara l'orgueilleuse, l'enfant gâtée, avec sa façon de s'exhiber et de se trémousser comme si elle était une vedette de cinéma – ça ne lui faisait pas de mal qu'on lui rabatte le caquet. De toute façon, ce n'était pas une bien grosse affaire. Ils se poseraient des questions pendant un jour ou deux, et puis ils passeraient à autre chose… Barbara ! Il n'arrivait pas à la chasser de son esprit. Babs, dans sa minuscule culotte ! De quoi vous transformer les os en gelée, et c'était exactement comme ça qu'il se sentait en ce moment : perturbé, agité, flasque et fatigué.

* * *

Le mercredi matin, l'ambiance fut plutôt fraîche au petit déjeuner. Ellen était pensive, Althea distante, Barbara silencieuse et boudeuse. Marcia et Ben Wood essayèrent de détendre l'atmosphère. Ils parlèrent de la promotion imminente de Ben à la classification 15-E, ce qui le qualifierait pour être directeur de division. Ils évoquèrent la possibilité de passer un week-end à la montagne, mais la conversation était difficile et empruntée, et les filles n'y contribuèrent absolument pas.

La veille au soir, dans l'intimité de leur chambre, Ben et Marcia avaient discuté de l'affaire, et avaient fini par conclure que Barbara, très émotive et bien connue pour ses blagues et ses farces, avait dû tenter de jouer un tour étrange comme le font parfois les adolescentes. Quand cette plaisanterie avait fait long feu, Barbara n'avait pu se résoudre à l'avouer. Cela étant, tous deux étaient d'accord pour dire que Barbara n'était absolument pas une fouineuse : jamais elle n'essaierait de jeter un coup d'œil dans le journal d'Althea. Si elle voulait savoir quelque chose, elle le demanderait simplement à sa sœur, qui le lui dirait sans aucun doute, naturellement. Cet incident était parfaitement absurde, et ne correspondait pas du tout à son caractère.

Chacune à sa façon, Ellen et Althea étaient parvenues à la même conclusion. Mais n'empêche, si ce n'était pas Barbara, qui cela pouvait-il être ? Ellen pensait à Joel Watkins, un garçon qui poursuivait actuellement Althea de ses assiduités – dont celle-ci se serait fort bien passée. Joel était connu pour être impétueux et irresponsable, mais oserait-il entrer dans leur maison pour essayer de lire le journal d'Althea ? Très peu probable. Et puis, Joel avait été au lycée toute la journée du mardi, et n'aurait pas pu visiter la maison des Wood.

Et donc : qui ?

Leurs parents ? Absurde. Mais toute cette affaire était absurde – et pas qu'un peu effrayante ! Celle qui en souffrait le plus était Bobby, qui poursuivait son existence dans un silence des plus inhabituels. Elle était la suspecte numéro un, elle le savait, et elle détestait profondément cette situation.

Le jeudi matin, sur le chemin du lycée, Ellen eut l'occasion de lui dire quelques mots.

— Je sais que tu rumines cette histoire idiote de journal, mais il ne faut pas. Tout le monde sait bien que jamais tu ne ferais une chose pareille.

— Tout le monde ne le sait pas, répliqua Barbara. Chaque fois que le sujet revient dans la conversation, personne n'ose me regarder. Je donnerais tout au monde pour savoir ce qui s'est passé.

* * *

Le jeudi matin, Ronald se sentit tendu et nerveux, pour une raison qui flottait juste au-delà du seuil de sa conscience, mais toutefois suffisamment proche pour qu'il puisse la saisir s'il voulait vraiment savoir. Il éprouvait même une légère nausée, comme un athlète avant l'épreuve. Il y avait comme une impression d'imminence dans l'air.

Quand Mrs Wood partit à son travail, il ne se rendit pas immédiatement dans la cuisine. Il resta un moment assis sur son lit à contempler le sol. Avec une attention presque maniaque, il notait ses symptômes :

picotements de la peau, palpitations au creux de l'estomac, un vague sens de déplacement dimensionnel, ou un léger vertige. Des sensations bizarres, mais pas du tout désagréables.

En soupirant tristement, Ronald essaya d'organiser ses pensées. Rien ne vint. Ces pensées qu'il tentait de saisir s'enfuyaient tels des voleurs. D'autres étaient tapies dans le tréfonds de son subconscient. Bon, très bien, se dit-il. Puisque c'est comme ça, laissons mon subconscient réfléchir tout seul, et les actes s'ensuivront tout naturellement.

Ronald plissa les lèvres à cette idée : elle était très raisonnable. L'Histoire regorgeait de gens incapables de se décider à agir. Il poussa un autre soupir, pour exhaler tous ses doutes et ses craintes. C'était vraiment si facile… Il adviendrait ce qui devait advenir – une pensée ô combien réconfortante. La Destinée s'écoulait tel un fleuve impétueux. Lui, Ronald, était une autre force tout aussi inexorable. Si la Destinée et lui essayaient de couler dans des directions différentes, le résultat serait un tourbillon dans lequel il ne ferait que se débattre. Il fallait donc que la Destinée se joigne à sa direction, ou bien qu'il oblique pour se joindre à la sienne. Cela ferait gagner beaucoup de temps et de discussions s'il se montrait le plus flexible, et c'était ainsi que les choses devaient être. Il flottait librement dans le courant du destin, ignorant les distractions banales, sans égard pour le passé ou l'avenir. Il n'existait qu'un seul temps, et ce temps était *maintenant*. Il n'y avait rien d'autre. Il n'y aurait jamais rien d'autre. Le Temps, la Destinée et Ronald Wilby, trois vecteurs élémentaux convergeant vers un point focal, comme l'emblème des Mercedes. Les trois ne faisaient qu'un, et réciproquement. Et c'était ainsi que les choses devaient être.

Ronald se leva, le corps vibrant d'une sensation de puissance. Il ouvrit sa porte secrète et rampa jusque dans la cuisine. Il y grignota un morceau de poulet froid, puis il se rendit dans le salon où il s'assit pour observer la rue. La porte d'entrée était verrouillée, et la clé était cachée sous les marches du perron. Aujourd'hui, Ben Wood allait se faire faire un nouveau jeu de clés, et désormais, la maison serait toujours soigneusement fermée.

Cette perspective laissait Ronald indifférent. Sa mère avait toujours fermé à clé… Sa mère ! Il n'avait pas pensé à elle, ces derniers temps. Sa chère vieille mère ! Une habitante d'une époque très lointaine, comme la reine Victoria.

Les heures s'écoulèrent lentement. Ronald ne s'impatientait pas. Il éprouvait un grand calme, avec toutefois tous les sens en éveil, comme s'il avait pris une drogue qui dilatait le temps. Des images défilaient rapidement dans son esprit. Barbara dans sa petite tenue. Comme elle aimait prendre des poses, se trémousser et pointer ses petits seins en avant ! Posséder une telle beauté et l'exhiber comme elle le faisait était une provocation inexcusable. Soit, soit... Une fille comme ça exigeait simplement qu'on s'occupe d'elle. Qu'il en soit ainsi.

La pendule de la cheminée sonna les douze coups de midi. Ronald retourna tranquillement dans la cuisine, où il se fit un sandwich au beurre de cacahuète, avec des rondelles de banane et de la mayonnaise. Il se sentait vraiment très calme, et il était heureux de voir que ses gestes étaient précis et délibérés. La conséquence, sans doute, d'être entré dans ce qu'il pourrait appeler la « phase 3 ». Car il était mainte-nant réellement indépendant, autonome, seul contre le monde entier ! Qu'il en soit ainsi ! Il n'avait peur de rien. Sa tanière était un bastion imprenable, du moment qu'il ne faisait aucun bruit... D'une certaine façon, il avait l'impression d'être quelqu'un d'entièrement nouveau, d'être son moi fondamental : un être libre de toute contrainte et que rien ne pouvait dominer ! Une fois qu'on ne faisait plus qu'un avec la – « Destinée » n'était pas tout à fait le bon terme. Avec le Cosmos, peut-être ? Bon, ce n'était pas bien important. Donc, quand une per-sonne fusionnait avec cette force massive – quel que soit son nom –, tout devenait possible, tout ce que l'esprit pouvait imaginer ! Dans les limites du raisonnable, bien entendu. Par exemple, il ne pourrait pas voler dans les airs, ou courir le kilomètre en trente secondes, mais n'importe quel exploit ordinaire était faisable.

Naturellement, la ruse et la planification étaient les compléments indispensables à l'audace. Ronald reposa soigneusement le pain dans la huche, puis il remit la margarine et le pot de beurre de cacahuète dans le réfrigérateur. Ensuite, il rinça et essuya le couteau dont il s'était servi, et le rangea dans le tiroir.

Il était à présent 13 heures. Ronald retourna dans sa tanière et s'allon-gea sur son lit. Sa vitalité nouvelle lui procurait des frissons dans tout le corps… Il fut distrait par les graphiques sur le mur. Ils lui semblèrent ennuyeux et poussiéreux : ils appartenaient à une autre époque de sa vie. Il se releva et les retira du mur. C'était mieux, beaucoup mieux. Un peu d'exercice ? Non, pas maintenant, il n'était pas d'humeur à ça. Il ne voulait qu'une chose : s'allonger et se déployer dans les nouvelles sensations qu'il avait découvertes.

15 heures. Il avait la bouche un peu pâteuse. Il se brossa énergiquement les dents. Des détails de ce genre étaient la marque d'un gentleman, ainsi que sa mère le répétait avec insistance. Il examina ses ongles en fronçant les sourcils. Ils nécessiteraient sans doute un peu d'attention, eux aussi. Sa mère avait également insisté sur l'importance d'avoir des ongles bien taillés et propres. Mais pour l'instant, il n'était pas disposé à s'attarder sur sa mère et ses préceptes. Une femme merveilleuse, bien sûr, même si elle était un peu conventionnelle et vieux jeu. Ronald s'étira et se frotta les joues. Devait-il se raser ? Il écarta l'idée pour l'instant, mais il se passa un peigne dans les cheveux, qui étaient en bataille. Cela étant, les cheveux longs étaient à la mode, et c'était donc sans grande importance.

Il était maintenant 15 h 20. Ronald rampa jusque dans la cuisine, puis il se rendit sur la pointe des pieds dans le salon où il se tint debout devant la fenêtre. Le sang battait dans ses veines, comme un rythme de musique. Jamais il ne s'était senti aussi vivant, aussi calme, aussi sûr de lui… Bien sûr, il était tout à fait possible que Barbara reste plus tard à l'école, auquel cas… Non, une pensée déplaisante. De toute façon, la voilà qui arrivait, vêtue d'une jupette bleu gris et d'un pullover rouge foncé. Il recula jusqu'au bas des marches et attendit dans l'ombre.

La poignée de porte tourna, sans aucun effet. Barbara avait oublié qu'elle était verrouillée. Elle retourna chercher la clé.

La porte s'ouvrit. Barbara entra dans la maison, d'un pas un peu moins alerte que d'habitude. Elle se rendit dans la salle à manger et posa ses livres sur la table. Là, elle tourna la tête comme si elle avait pris conscience d'une odeur étrange ou d'un bruit inattendu. Au bout d'une minute, elle alla dans la cuisine et s'arrêta devant le réfrigérateur pour prendre une pomme et un verre de lait. Elle décida de s'asseoir un moment en bas, jusqu'à ce qu'Ellen et Althea rentrent à leur tour.

Après tous ces événements étranges qui s'étaient produits là-haut, la vieille maison ne semblait plus aussi sûre que pendant l'été.

Elle referma le réfrigérateur, puis elle se tourna vers la salle à manger… et là, dans l'encadrement de la porte, se tenait Ronald.

— Hello, dit-il.

Elle le regarda fixement.

Ronald lui fit un sourire modeste et bienveillant.

— Tu ne me connais pas. Mais moi, je te connais.

CHAPITRE XIV

Barbara se dit : Je ne dois pas être nerveuse, je ne dois pas montrer que j'ai peur. Les gens comme ça, ça ne fait que les exciter. Elle demanda, sans presque aucun tremblement dans la voix :

— Eh bien – qui êtes vous ?

Ronald rit doucement.

— Mon nom pourrait être n'importe quoi. Norbert, ou le Duc de Kastifax, par exemple.

— C'est un nom bizarre. Qu'est-ce que vous faites dans notre maison ? Vous feriez mieux de vous en aller, et vite, si vous ne voulez pas que mon père vous attrape.

— Il ne rentrera pas avant deux heures. Bois ton lait.

— Boire mon lait ?

Interloquée, Barbara regarda son verre. Elle pourrait peut-être le lui jeter à la figure et s'enfuir par l'arrière. Il fit deux pas vers elle. Barbara recula contre l'évier. Pour le tenir à distance, elle leva son verre et se força à en boire deux ou trois gorgées. Ronald, toujours souriant, tendit la main pour le lui prendre. Barbara le tint hors de sa portée en disant avec indignation :

— Je n'ai pas fini !

N'importe quoi pour gagner du temps, ne serait-ce que quelques minutes… Elle leva de nouveau son verre et sirota un peu de lait, mais Ronald n'allait pas se laisser abuser par une ruse aussi transparente. Il lui prit le verre et vida ce qui restait dans l'évier, puis il le rinça et le reposa sur l'étagère.

— Allez, viens, dit-il.

Barbara secoua la tête.

— J'ai mes devoirs à faire. (Sa voix était encore assez assurée.) Qu'est-ce que vous diriez d'un peu de glace ? Et après, vous pourriez m'aider pour mes maths.

— Par ici, dit Ronald.

— Je ne veux pas.

À présent, sa voix tremblait bel et bien. Elle essaya soudain de se précipiter vers la salle à manger, mais Ronald la saisit par le bras et la ramena à lui. Le contact de leurs deux corps produisit en lui un changement abrupt. Son sourire s'effaça. Elle le sentit trembler et vibrer, et là, elle n'arriva plus à se maîtriser. Elle se mit à crier, et Ronald lui plaqua aussitôt sa main sur la bouche. Ils restèrent ainsi un instant, tendus et immobiles, à part les coups d'œil que Ronald jetait par la fenêtre... Il respira lentement et se détendit. Il n'y avait personne pour les entendre. Il reporta son attention sur Barbara.

— Écoute-moi ! dit-il d'une voix rauque. Écoute-moi bien ! Parce que sinon, tu le regretteras. Tu m'entends ? (Il la secoua.) Tu m'entends ?

Barbara hocha simplement la tête, la gorge trop serrée pour pouvoir répondre.

Ronald retira sa main.

— Tu vas faire exactement ce que je te dis ! Exactement ! Ou sinon – bon, je n'ai pas besoin de le dire. Est-ce que tu comprends ?

— Oui, marmonna Barbara.

— Alors, viens avec moi. Dans l'office.

— Non, non, gémit Barbara. (L'idée était absurde.) Pourquoi dans l'office ?

— Fais simplement ce qu'on te dit et ne pose pas de questions. Mets-toi à quatre pattes.

— Oh, non, non ! Je vous en supplie !

Ronald lui donna une gifle. Barbara poussa un gémissement de terreur. Elle prenait enfin conscience de la gravité de la situation – une situation contre laquelle son intelligence et son charme ne pouvaient rien. Oui, oui... Elle ferait n'importe quoi pour éviter d'être – le mot refusa de lui venir à l'esprit. Elle se mit à quatre pattes et rampa jusque dans l'office, où elle fut stupéfaite de voir la porte secrète ouverte, avec la lumière qui brillait à l'intérieur de la tanière.

— Entre, dit la forme sombre derrière elle.

Elle grimaça en notant le tremblement d'excitation dans la voix de l'inconnu. Elle se glissa par l'ouverture.

— Assieds-toi sur le lit, ordonna Ronald.

Il lui tendit une feuille de papier et un stylo-bille, et lui posa un livre sur les genoux.

— Écris exactement ce que je vais te dire.

Il se mit à dicter, et Barbara, qui voyait à peine à travers ses larmes, écrivit.

Ronald lut le résultat.

— Bon, ça devrait aller. Maintenant, assieds-toi là et ne bouge pas jusqu'à ce que je revienne.

Il s'accroupit pour ressortir, mais il se retourna vers Barbara.

— Je ne cherche pas à te faire peur, mais je veux être sûr que tu comprends bien. Fais exactement ce que je te dis, ou bien nous aurons un problème.

Barbara hocha tristement la tête. À présent, les larmes ruisselaient sur ses joues.

Ronald hésita, puis il se releva.

— Je ferais mieux de ne prendre aucun risque, marmonna-t-il. Tu pourrais tenter une bêtise. Allonge-toi.

— Qu'est-ce que vous allez faire ? s'écria Barbara d'une voix qui frôlait l'hystérie.

Ronald la repoussa sur le lit, et là, Barbara craqua. Elle se mit à se débattre en donnant des coups de pied. Ronald lui donna deux gifles, une sur chaque joue, comme les gangsters dans les films. Barbara gémit, puis elle gonfla sa poitrine pour crier... Ronald leva la main dans un geste menaçant, et Barbara retint son souffle, terrorisée. Pendant dix secondes, ils se regardèrent ainsi, les yeux dans les yeux. Ronald abaissa enfin lentement sa main et Barbara resta allongée, silencieuse, comme hypnotisée.

Ronald lui attacha les chevilles au pied du lit, puis il lui ligota les poignets et la bâillonna avec un chiffon.

— Ce n'est peut-être pas nécessaire, dit-il d'une voix bourrue, mais je ne peux pas me permettre le moindre risque.

Il se mit à quatre pattes et se glissa par l'ouverture secrète avec le billet. Barbara tira de toutes ses forces sur ses liens, mais ils étaient solidement noués. Elle jeta un coup d'œil désespéré autour d'elle. Comme tout était bizarre et coloré, avec les murs totalement recouverts de dessins, de cartes, de portraits… Ronald revint. Il referma la porte secrète. Barbara n'osait pas le regarder. Elle savait qui il était : Ronald Wilby, l'assassin, et elle savait maintenant qui avait renversé le parfum d'Ellen et cassé le fermoir du journal d'Althea.

Il s'agenouilla à côté d'elle et lui retira son bâillon. Barbara resta immobile, en respirant lentement. Pendant une quinzaine de secondes, Ronald scruta son visage. Et puis, d'une voix douce, il lui dit :

— Si tu émets le moindre bruit, si tu essaies d'attirer l'attention… tu sais ce que je ferai ?

Elle murmura :

— Vous me tuerez.

Ronald hocha la tête d'un air grave, et entreprit de défaire ses liens.

— Je serais obligé. Je ne veux pas, mais je serais forcé. Quand il y aura quelqu'un dans la maison, tu devras rester allongée sur le lit, parfaitement silencieuse. Pas un bruit. Parce que tu n'aurais jamais l'occasion d'en faire un autre… Je ne veux pas te faire peur, mais je tiens à ce que tu comprennes bien la situation.

— Que vous vouliez me faire peur ou non, rétorqua Barbara, je suis terrifiée ! Je ne veux pas rester ici ! Qu'est-ce que vous allez faire de moi ?

Ronald, qui avait recouvré toute son urbanité, lui fit un grand sourire.

— Tu ne sais vraiment pas ?

— Non !

— Allons, fit Ronald d'un ton malicieux, ne joue pas les difficiles. (Il resta songeur un instant.) Ici, c'était mon repaire secret, quand j'étais petit. Je suis revenu il y a seulement quelques jours, histoire de voir ce qu'était devenue la maison. Et dans quelques jours, je repartirai, et alors tu pourras faire tout ce que tu voudras – venir avec moi, si ça te tente. Peut-être qu'à ce moment-là, on s'aimera bien, tous les deux.

Barbara se mordit la lèvre pour retenir un éclat de rire hystérique.

— Nous ne pouvons parler que quelques minutes, poursuivit Ronald, parce que tes sœurs vont bientôt rentrer, et là, nous devrons nous tenir bien tranquilles. Déshabille-toi.

C'était le moment qu'elle avait redouté. Cela étant, comparé au reste, ce n'était pas ce qu'il y avait de pire… Un vrai cauchemar ! Oh, Barbara, je t'en supplie, réveille-toi ! Les visages des portraits, les châteaux grotesques, les pièces rouge foncé, violettes, noires et vertes : tout cela était irréel, complètement irréel !

— Allez, enlève tes vêtements ! dit Ronald. Tu es tellement belle ! … Tiens, je vais t'aider.

Barbara avait les doigts gourds. Maladroitement, aussi lentement que possible, elle se déshabilla. Comme elle n'arrivait pas à se résoudre à retirer ses sous-vêtements, c'est Ronald qui s'en chargea, en sifflant entre ses dents tandis qu'elle fermait les paupières de toutes ses forces.

Ronald se défit de ses propres vêtements souillés. Il jeta un coup d'œil au réveil : dix minutes, peut-être un quart d'heure, avant que quelqu'un ne rentre à la maison. Il se dressa au-dessus de Barbara et se mit à la caresser, puis il l'embrassa. Barbara poussa un gémissement.

— N'oublie pas ! la prévint Ronald. Pas un bruit !

* * *

Ellen et Althea rentrèrent.

— Hello ! lança Ellen. Il y a quelqu'un ?

— Barbara ! cria Althea. (Puis se tournant vers Ellen :) Elle n'est pas encore rentrée.

— Elle est sans doute au tennis, la petite coquine. Barbara ?

Pas de réponse. Elles entrèrent dans la salle à manger, et là, posée sur la table, il y avait une feuille de papier. Elle la prit et la lut.

— Oh, non !

— Qu'est-ce que c'est ?

Ellen tendit le billet à Althea, qui le lut à son tour. Les deux sœurs se regardèrent, consternées.

— Mais c'est absolument incroyable ! s'écria Althea. Bien sûr qu'on lui faisait confiance ! Pauvre petite Babs…

— Il faut qu'on téléphone à Papa.

Elles se rendirent en courant dans le salon. Ellen composa rapidement le numéro.

— Mr Wood, s'il vous plaît… Papa ? C'est Ellen. On vient juste de rentrer, Althea et moi. Barbara n'est pas là. Elle a laissé un mot. Écoute bien, voilà ce qu'elle dit :

« Chers tous,

Personne ne me fait confiance, et je ne peux plus le supporter. Je suis partie rejoindre les hippies. Je reviendrai dans quelque temps. Ne vous inquiétez pas pour moi, tout ira bien.

Barbara »

Sur la ligne téléphonique, on n'entendit plus qu'un bourdonnement. Ellen s'écria :

— Papa ? Tu m'as entendue ?

Ben Wood dit d'une voix rauque :

— Qu'est-ce que c'est, une mauvaise blague ?

— Barbara n'est pas à la maison. Tu sais qu'elle a eu un comportement bizarre, ces derniers temps. J'espère que c'est une blague.

— Je rentre tout de suite. Tu as téléphoné à ta mère ?

— Non, pas encore.

— Appelle-la, et préviens ensuite la police. J'arrive.

Cinq minutes plus tard, Ben Wood monta les marches quatre à quatre et entra dans la maison. Ellen et Althea avaient de nouvelles informations pour lui.

— Elle n'a emporté aucun vêtement !

— Et elle a laissé tout son argent dans sa tirelire !

— Elle n'a rien pris !

Marcia Wood entra à son tour en courant, et pendant un moment, ce fut la confusion la plus totale, car tout le monde parlait en même temps. Ben Wood téléphona alors de nouveau à la police, qui l'informa qu'un avis de recherche avait été transmis à la Police de la route. Marcia Wood décida de se rendre à la station d'autocars, en emportant une photo de Barbara pour la montrer aux guichetiers. Ellen et Althea téléphonèrent à des amies de Barbara pour leur demander si elles avaient une idée d'où elle pouvait être. Ben Wood prit sa voiture pour se rendre dans différents endroits à la périphérie de la ville où se postaient d'habitude des auto-stoppeurs, et interroger ceux qui auraient pu voir Barbara.

À huit heures du soir, Ben et Marcia étaient de retour, sans aucune nouvelle d'aucune sorte. Ellen fit réchauffer une boîte de soupe de tomate et griller quelques toasts, et insista pour que ses parents mangent un peu.

Ce dîner improvisé se déroula dans une atmosphère lugubre. Tous étaient anxieux et s'exprimaient d'une voix tendue. Quel démon de perversité avait pu pousser la joyeuse petite Barbara à un acte aussi désespéré ? La situation était absurde, et personne ne pouvait réellement y croire. Et pourtant, il fallait se rendre à l'évidence, simple et sinistre : Barbara n'était plus là.

— C'est vrai qu'elle peut être très émotive, dit Ellen, mais elle n'est pas folle. Je ne peux tout simplement pas croire qu'elle ait fait une chose pareille. Elle n'aime pas plus les hippies que nous.

Marcia leva les yeux, l'air consternée.

— Tu penses qu'elle n'est pas partie de son plein gré ?

— C'est une possibilité.

Ben Wood se montra sceptique.

— Il n'y avait aucun signe de lutte.

— Il y avait une pomme par terre dans la cuisine, dit Althea. Je l'ai ramassée. Elle avait des marques de dents.

Ben Wood retourna dans le salon et appela encore une fois la police. Il revint dans la salle à manger en marmonnant des jurons.

— Ils prennent cette affaire avec une telle désinvolture… Je n'arrive pas à croire qu'ils ne font rien !

Mrs Wood eut un sourire amer.

— Ils sont habitués à voir des jeunes fuguer. Ça arrive pratiquement tous les jours, et sans doute les familles leur disent la même chose à chaque fois.

— Mais notre famille est différente ! s'écria Ellen. S'ils ne nous croient pas, j'irai les voir pour le leur dire moi-même !

— Ce n'est pas la peine, grommela Ben Wood. Ça ne servirait à rien.

— J'ai une meilleure idée, déclara Althea. Si elle est partie toute seule, elle envisageait probablement d'aller à Berkeley. J'aimerais aller là-bas moi aussi, et me promener dans Telegraph Avenue. Je suis sûre que tôt ou tard, j'arriverais à la trouver !

Sa mère mit son veto à cette idée.

— Mais il faut que nous fassions quelque chose ! s'écria Althea. Nous ne pouvons pas rester simplement comme ça à nous tourner les pouces !

— Si j'avais une idée de quoi faire, dit Ben Wood, ce serait déjà fait.

On sonna à la porte. Ellen se précipita pour aller ouvrir. Elle revint avec Duane, qu'elle avait déjà informé de la situation.

— Je ne sais pas si je peux faire grand-chose, dit-il, mais quoi que ce soit, vous n'avez qu'à me le demander.

— Merci, Duane, dit Marcia. Nous en étions sûrs.

— Nous sommes assis là à nous ronger les ongles, dit Althea. Si seulement nous avions un indice, ou si nous connaissions quelqu'un avec qui elle aurait pu partir, ou qu'elle serait allée rejoindre... mais il n'y a rien de rien.

— Et Los Gatos ? Est-ce qu'elle aurait pu vouloir retourner là-bas ?

— Je ne vois pas pourquoi, répondit Ben. Mais rien n'a de sens, de toute façon. Ça pourrait aussi bien être Los Gatos.

— Je n'arrive pas à comprendre, dit Duane. Il est arrivé que Babs fasse des bêtises, mais en réalité, c'est une gamine qui a la tête sur les épaules. Elle ne s'enfuirait pas de chez elle comme ça !

Ben Wood se renfonça dans son fauteuil d'un air las.

— J'ai entendu parler d'une sorte de coup de folie, ou de psychose, qui touche des adolescents et qui les pousse à faire des choses étranges. C'est peut-être ce qui est arrivé à Babs.

— Non, fit Duane, elle n'est pas plus folle que moi... et je ne suis pas fou du tout. Il se passe quelque chose de très bizarre.

— J'aimerais bien savoir quoi, dit Ben. (Il se leva et sembla indécis.) Nous sommes tous épuisés. Nous devrions aller nous coucher et essayer de nous reposer.

— Je serais incapable de dormir, déclara Althea. Je n'arrêterais pas de penser à Babs... En ce moment, nous devrions être à sa recherche ! Papa, Maman, pourquoi n'allons-nous pas à Berkeley ? Même s'il n'y a qu'une chance sur un million de la trouver !

Ben Wood secoua tristement la tête.

— Les chances de se faire tuer sur l'autoroute sont plus élevées que ça.

La discussion se poursuivit. Dans la tanière, Ronald et Barbara écoutaient, le premier avec indifférence, la deuxième avec angoisse. Ronald avait pris des mesures pour prévenir le moindre cri, même involontaire. Il lui avait fixé un bâillon sur la bouche et également passé une corde autour du cou, avec un simple nœud sous le menton. Une extrémité de la corde était attachée à un piton fixé dans le mur à côté du lit, et il tenait l'autre dans la main. Même si Barbara ne faisait que gémir, il pourrait tirer sèchement sur la corde pour resserrer le nœud et lui couper le souffle. Et pour l'empêcher de faire du bruit en se débattant, il lui avait attaché les chevilles au lit.

Il était assis, une oreille collée contre le mur. Comme la lumière était allumée, il avait recouvert le judas. Pourquoi n'allaient-ils pas tous se coucher ? Et Duane Mathews : il n'avait rien à faire ici, celui-là ! Ses offres de service pour aider, c'était du baratin : tout ce qu'il voulait, c'était être auprès d'Ellen !

Les Wood finirent par monter à l'étage pour aller se coucher. Ellen et Duane restèrent encore un moment sur le perron à bavarder, puis elle monta à son tour dans sa chambre.

Ronald retira le bâillon de Barbara et lui libéra les chevilles. Elle le regarda avec une sourde appréhension. Ronald s'assit sur le lit à côté d'elle.

— Tu n'imagines pas comme ça fait longtemps que j'attendais ça, dit-il.

Barbara murmura d'une voix tendue :

— Je croyais que vous aviez dit que vous veniez juste de revenir ?

Ronald eut un petit rire patient.

— Je vais et je viens. Mais c'est ma maison, ici. En fait, c'est mon monde, mon monde à moi ! Tout ce que tu vois sur les murs, c'est moi qui l'ai créé !

Barbara jeta un coup d'œil indifférent aux dessins.

— Qu'est-ce que ça représente ?

— C'est le monde magique d'Atranta ! dit Ronald d'un ton plein de révérence. Tu vois la carte ? Elle montre les six Duchés et Zulamber, la Cité des Perles de Turquoise. Là, ce sont les portraits des ducs, et lui, c'est Norbert de Vordling, qui a vaincu le Duc Urken. Je les connais aussi bien que je me connais moi-même. Pour moi, ils sont aussi réels que toi. Est-ce que tu aimerais entendre l'histoire d'Atranta ?

Barbara ferma les yeux. Plus il dépenserait d'énergie à parler, moins il lui en resterait pour son appétit sexuel… Peut-être qu'il s'exciterait, et que quelqu'un l'entendrait. Il pourrait baisser sa garde et oublier de lui nouer la corde autour du cou…

— Oui, dit-elle. Racontez-moi.

— Dans un petit moment, dit Ronald avec un sourire rusé. Pour l'instant, tu m'intéresses beaucoup plus. Tu as le corps le plus magnifique que j'aie jamais vu. Je n'aurais jamais cru qu'il puisse exister quelque chose d'aussi merveilleux.

Barbara se passa la langue sur les lèvres. Il était fou, ou du moins c'était ce qu'elle supposait. Ou peut-être pas. En tout cas, elle n'osait pas le contrarier. L'activité sexuelle, elle pouvait la tolérer, mais si elle arrivait à se libérer – non, *quand* elle se serait libérée –, elle se laverait et se laverait encore. Elle ne se laverait jamais assez : bains, douches, gargarismes. Et même là, elle savait qu'elle ne se sentirait plus jamais vraiment propre. Bon, elle allait devoir mobiliser toute sa ruse et son intelligence. Mais pas maintenant : Ronald avait manifestement une idée bien précise en tête…

* * *

Ronald était allongé à côté d'elle, léthargique et alangui. Elle avait horreur du contact de son corps. Sa peau était collante et grasse, et il exhalait une étrange odeur, comme des bâtonnets de cire, ou peut-être un mélange de vache et de morue, avec des relents d'étable ou de latrine… Elle se demanda s'il lui arrivait de se laver. Était-il en train de somnoler ? Elle était dans une position inconfortable, mais elle n'osait pas bouger pour soulager ses crampes de peur qu'il ne se réveille et qu'il redevienne amoureux. Cela étant, ça ne faisait plus tellement de différence – en fait, c'était même une façon de rompre la monotonie. Qu'est-ce que Ronald voulait vraiment faire d'elle ? Il ne pouvait pas la garder éternellement dans sa tanière, il n'y aurait pas assez de nourriture. À l'évidence, il n'allait pas non plus la laisser partir comme ça. Bien sûr, elle allait trouver un moyen de s'échapper, ou quelqu'un viendrait à son secours – impossible d'imaginer qu'il en soit autrement, avec ses parents si proches ! Si une fois dans sa vie elle devait rassembler ses forces et son ingéniosité, c'était bien maintenant !

Aussi longtemps qu'elle lui plairait et qu'elle obéirait à ses ordres, elle pouvait espérer éviter le pire… Comment pourrait-elle envoyer un signal à ses parents sans éveiller les soupçons de Ronald ? … Il y avait peut-être un moyen.

— Ronald, dit-elle d'une voix douce.

Il se réveilla aussitôt, ou peut-être ne dormait-il pas vraiment.

— Ouais ?

— Combien de temps on va rester ici ?

Ronald gloussa.

— Pourquoi, ça ne te plaît pas ?

— On est un peu à l'étroit.

— Moi, je ne trouve pas. Regarde ces dessins et cette carte : tout de suite, tu es dans Atranta. Je suis Norbert et tu es Fansetta. Dans la Grande Histoire, elle a envoyé une armée de trolls jaunes et noirs, et ils ont piégé Norbert avec une chanson qui n'a jamais de fin. Quand on commence à la chanter, on ne trouve pas d'endroit pour s'arrêter. Ils l'ont transporté le long de ce chemin, là... (Ronald tendit la main pour montrer l'endroit sur la carte)... en contournant les Trois Escarpements sur la route de Glimmis. Là, c'est un château au milieu de la Lande des Brumes. Comme il refusait de l'épouser, elle l'a enchaîné à une vieille statue de cuivre noir et elle l'a fouetté avec des lanières faites de queues de scorpion tressées.

— Alors, je ne veux pas être Fansetta, parce que jamais je ne ferais une chose pareille. Il n'y a pas quelqu'un de plus gentil que je pourrais être ?

Ronald réfléchit un instant.

— Il y a bien Mersilde, une sorcière des nuages. Elle est cruelle, mais très belle. Et puis il y a Darrue, une jeune fille à moitié fée et à moitié ghowan...

— Qu'est-ce que c'est, un « ghowan » ?

— C'est une sorte d'elfe des cavernes, très pâle et d'une beauté mystérieuse. Un ghowan a des cheveux comme de la soie blanche, ses yeux sont comme deux billes de verre avec des petites étoiles qui scintillent à l'intérieur. Darrue aime Norbert, mais elle n'ose pas se montrer à lui, parce que quand un ghowan embrasse un mortel, il attrape une fièvre et il meurt, et Darrue ne sait pas si elle est plutôt fée ou plutôt ghowan.

— J'aimerais autant être une personne très belle qui n'a pas besoin de se faire autant de souci.

— Hum... Je ne vois pas.

Ronald était à présent bien réveillé, et très conscient du corps de la jeune fille à côté de lui. Il se mit à la caresser, et Barbara se laissa faire docilement.

Il s'interrompit un instant dans ses efforts pour la regarder. Il dit d'une voix rauque :

— J'aime bien ça. Et toi ?

Barbara chercha ses mots, et finit par trouver une de ses plaisanteries un peu folles.

— Ma foi… c'est gratuit.

Elle se rendit compte que ce n'était pas assez positif. Par-dessus tout, elle devait flatter la vanité de Ronald et l'empêcher de devenir agressif.

— Et puis, heu… c'est excitant.

— Tu ne peux pas imaginer comme j'avais envie de faire ça, dit Ronald en haletant. Avec toi… Et maintenant…

Barbara ferma les yeux et détourna la tête pour ne pas avoir les cheveux de Ronald sur son visage. Quand ce fut terminé, il lui demanda :

— Alors, ça te plaît ?

Sachant qu'elle ne pourrait maîtriser sa voix, Barbara se contenta de hocher la tête.

— Quel effet ça te fait ? insista Ronald.

— Je ne sais pas, répondit Barbara qui tentait désespérément de ne pas céder à l'hystérie – ce qui ne ferait que le contrarier. C'est juste… excitant.

— Qu'est-ce que tu penses de moi, maintenant ?

Ronald s'efforçait de prendre un air dégagé, très homme du monde. Avant que Barbara n'ait pu formuler une réponse, il poursuivit :

— Je me rends bien compte que nous nous sommes rencontrés d'une façon inhabituelle, et j'ai été obligé d'agir comme ça pour t'amener ici – mais maintenant que nous avons fait l'amour ensemble… eh bien, tu dois éprouver un sentiment pour moi.

— J'aurais bien aimé te rencontrer de la façon habituelle, dit prudemment Barbara.

— Mais alors, nous ne serions jamais allés aussi loin. Nous ne serions pas allongés comme ça l'un contre l'autre, complètement déshabillés.

Barbara se demanda jusqu'où pouvait aller la crédulité de Ronald.

— On ne peut jamais être sûr de rien. En fait, ce serait bien agréable si nous pouvions aller dans un endroit où il y a plus de place, dans les montagnes par exemple. Nous pourrions camper sous les arbres.

Ronald se redressa sur un coude. Elle sentit aussitôt qu'il était soupçonneux.

— Oui, charmant, mais nous n'avons pas d'argent. Pas moi, en tout cas. Et toi ?

— Juste ce qu'il y a dans ma tirelire – à peu près douze dollars.

— Avec ça, on n'irait pas bien loin.

Barbara se tut. Les perspectives étaient sombres. Elle s'agita légèrement, et Ronald fut instantanément en alerte.

— Qu'est-ce que tu fais ?

— Je voudrais aller aux toilettes.

— D'accord, mais ne tire pas la chasse. Il faut attendre que quelqu'un le fasse en haut.

— Ah...

— Et surtout, ne fais pas de bruit... Je ne regarderai pas.

Barbara trouva la délicatesse de Ronald du plus haut comique. Mais elle n'osa pas rire. Elle pourrait être incapable de s'arrêter.

La nuit s'écoula. Ronald insista pour que Barbara dorme au fond du lit, contre le mur, où elle se sentait confinée. Elle parvint quand même à dormir, d'un sommeil agité et inconfortable.

Pour le petit déjeuner, Ronald servit des œufs à la coque avec des toasts à la margarine et de la confiture. Barbara s'abstint poliment de discuter de la source de ces provisions.

Sa famille descendit au rez-de-chaussée, et Ronald la fit de nouveau s'allonger sur le lit, avec la corde passée autour du cou.

— Je n'aime pas te faire ça, chuchota Ronald, mais il n'y a pas d'autre solution. Tu pourrais avoir l'idée folle de crier.

Ah, si l'occasion se présentait ! Si seulement il relâchait son attention un instant – ah oui, comme elle crierait ! Elle hurlerait pour que son père l'entende, et elle ferait de son mieux pour tenir Ronald à distance en attendant... Sauf que son père pourrait être incapable de trouver la cachette à temps pour la sauver.

Ronald regarda les Wood prendre leur petit déjeuner. Barbara était tendue et transpirait abondamment. Elle pensait à tous ces jours, ces semaines et ces mois où elle avait vécu libre et insouciante sous le regard avide de Ronald posé sur elle. Althea s'était souvent plainte de l'atmosphère qui imprégnait la vieille demeure. Ah, comme elles avaient plaisanté à propos de fantômes et de maisons hantées !

Marcia Wood s'absenta de son travail et resta à la maison au cas où le téléphone sonnerait. Althea et Ellen se résolurent à aller au lycée, tandis que Ben se rendait au commissariat pour s'informer de ce qu'il pourrait faire pour aider à retrouver sa fille disparue.

La présence de Marcia Wood dans la maison agaçait Ronald, car elle l'obligeait à maintenir une vigilance permanente. Son humeur était déjà quelque peu grincheuse au départ parce que, comme Barbara, il n'avait pas bien dormi.

Une fois que Ben Wood et les deux filles furent partis, Ronald referma le judas et alluma la lumière. Il regarda un instant Barbara. Que pensait-elle vraiment de lui ? Elle n'avait pas fait autant de difficultés qu'il l'aurait cru, et elle semblait même apprécier leurs ébats amoureux. En tout cas, c'est ce qu'elle disait, et quel intérêt aurait-elle à mentir ? Son idée de partir ailleurs était raisonnable en théorie… mais Atranta était ici ! Et il pourrait ne pas se plaire dans un autre endroit, surtout maintenant qu'il avait cette fille délicieuse pour lui tout seul… Il se pencha au-dessus du lit pour l'embrasser. Elle fut incapable de se forcer à lui rendre son baiser – le contact de ses poils de barbe lui faisait horreur. Ronald le remarqua, et il la fixa d'un air soupçonneux.

— Qu'est-ce qu'il y a ? chuchota-t-il. Quelque chose qui ne va pas ?

— Je n'aime pas cette corde autour de mon cou, marmonna Barbara.

— C'est une précaution nécessaire. Mais je veux bien l'enlever, si tu me promets de ne pas faire de bruit.

— Je le promets.

Ronald défit la corde, qui de toute façon le gênait dans ses activités amoureuses.

— C'est mieux, comme ça ?

Barbara se frotta le cou et hocha la tête. Ronald se pencha et l'embrassa de nouveau. L'estomac crispé par la colère et le dégoût, Barbara se força à l'embrasser. Les baisers de Ronald se firent plus humides et passionnés. Barbara se laissa complètement aller, et Ronald passa à l'action.

Pendant ce temps, la mère de Barbara fit la vaisselle du petit déjeuner, puis elle monta à l'étage pour faire les lits.

À midi, Ben Wood revint avec un homme imposant aux cheveux bruns, dans les quarante-cinq ans : le sergent Howard Shank, du bureau du Shérif du Comté. Il avait une voix douce et polie qui contrastait avec son expression de cynisme amer. Ronald passa aussitôt la boucle de corde autour du cou de Barbara, en tenant une extrémité bien serrée dans la main. D'une simple secousse, il pourrait l'étouffer. Barbara tenta de protester, mais Ronald refusa de l'écouter.

— Tu ne crierais peut-être pas – mais je ne peux pas vraiment en être sûr. Je ne veux prendre aucun risque !

Il éteignit la lumière et colla son œil au judas.

— ... déraisonnable, disait Ben Wood. Nous formons une famille très unie. Ça n'a tout simplement aucun sens.

— C'est bien possible, dit Shank, mais comme vous le savez, ce sont des choses qui arrivent tout le temps.

— Je vous en prie, avant de conclure, écoutez-nous un peu ! déclara Marcia Wood. Nous connaissons Barbara ! C'était une fille pleine de bon sens, une fille dévouée !

Shank haussa les épaules d'un air sceptique.

— Que s'est-il passé, à votre avis ?

— Je pense que quelqu'un l'a droguée, ou effrayée, ou menacée – pour l'obliger à écrire ce billet –, et ensuite, il l'aura emmenée avec lui.

— C'est bien son écriture ?

— Oui, absolument.

Shank hocha pensivement la tête.

— Bon, ce genre de chose peut sans doute arriver. Personnellement, je n'en ai pas eu l'expérience. En revanche, je me suis lancé à la recherche de quelques centaines de jeunes filles parties de chez elles de leur plein gré. Quelquefois, c'est un garçon qui les pousse à le faire. Quelquefois, c'est parce qu'elles s'ennuient, ou qu'elles sont fâchées avec leur famille. En fait, le billet fait allusion à un manque de confiance. De quoi s'agit-il, exactement ?

Ben et Marcia pincèrent tous les deux les lèvres : la même grimace en même temps. Shank nota que la ressemblance allait encore plus loin : tous les deux grands et minces, avec des traits bien dessinés quoique assez banals. Tous deux étaient ce qu'il considérait comme « le sel de la terre » – et quelque chose dans cette histoire de « manque de confiance » les troublait profondément.

Ben Wood dit :

— Il s'est produit quelques incidents assez bizarres, que nous ne pouvons toujours pas expliquer. Un flacon de parfum d'Ellen a été renversé. Ellen est l'aînée. Althea – c'est la cadette – tient un journal intime, dont le fermoir a été forcé. La seule personne qui aurait pu être responsable est Barbara. Elle a nié avoir touché aussi bien au parfum qu'au journal – avec la plus grande énergie, et bien sûr, nous l'avons crue. Mais il n'y avait vraiment personne d'autre qui puisse être tenu pour responsable, et elle s'est dit que nous ne lui faisions pas confiance. C'était absurde, bien entendu… À propos, nous avons maintenant pris l'habitude de fermer la maison à clé.

— Je vois, dit Shank. Barbara a un petit ami attitré ?

— Non.

— Est-ce que… disons, est-ce qu'elle s'intéresse beaucoup aux garçons ?

— Je dirais que non. Elle aime attirer l'attention, et comme elle est jolie, elle n'en manque pas. Fondamentalement, c'est une fille qui a les pieds sur terre.

— Elle fume ?

— Jamais.

— Y a-t-il une possibilité qu'elle se drogue ?

— Absolument pas.

— Et elle n'a rien emporté avec elle ?

— Elle a laissé tout son argent et elle est partie – ou elle a été enlevée – dans la tenue qu'elle met à l'école.

— Je vois. (Shank se leva.) Auriez-vous des photos récentes ?

— Nous en avons déjà donné à la police locale, mais ça n'a pas l'air de beaucoup les intéresser.

— Pour être parfaitement honnête avec vous, il n'y a pas grand-chose qu'ils puissent faire. Ils ont diffusé un bulletin de recherche par télex, mais une fois qu'un gamin arrive à Berkeley ou à San Francisco, c'est comme si la terre l'engloutissait, et c'est comme ça jusqu'à ce qu'il ait des ennuis ou qu'il décide de téléphoner chez lui. Ça nous pose un très gros problème, et je ne peux vraiment pas vous fournir beaucoup d'encouragement.

— Mais nous ne croyons pas qu'elle ait fait une fugue ! s'écria Marcia Wood. Nous pensons qu'elle a été enlevée !

Shank haussa les épaules.

— Je vais mener une enquête dans son école. Il est possible qu'elle se soit confiée à l'une de ses amies.

— Nous avons déjà vérifié, dit Ben Wood d'une voix creuse. Personne ne sait quoi que ce soit. En fait, elle avait prévu de jouer au tennis aujourd'hui.

Shank fut impressionné malgré lui. Avec un peu plus d'énergie, il déclara :

— Je vais faire tout mon possible pour trouver une piste. Mais je ne voudrais pas vous donner de faux espoirs.

Shank prit congé. Ben et Marcia Wood burent un café dans un silence lugubre. Chaque idée, chaque théorie avait déjà été formulée à voix haute une bonne dizaine de fois.

* * *

Dans la tanière, Barbara bouillait de frustration. À plusieurs reprises, elle avait pris son souffle pour pousser un grand cri, mais à chaque fois, Ronald avait deviné son intention et donné un petit coup menaçant sur la corde. Il avait désormais perdu toute son amabilité.

Il se pencha et lui murmura à l'oreille :

— Je sais à quoi tu penses. Ne le fais pas. Tu ne vivrais pas assez longtemps pour le regretter. Je ne m'inquiète pas pour moi. J'ai un moyen de sortir d'ici que tu ne connais pas. Si quelqu'un réussissait à entrer, il ne trouverait que toi.

Barbara avait la gorge serrée par le désespoir. Elle ne pouvait parler qu'en faisant un gros effort.

— S'il te plaît, Ronald, ne me fais pas de mal.

— Tu m'as promis de ne pas faire de bruit, et voilà cinq fois que tu as essayé de crier.

— Non, non ! J'essayais seulement de reprendre mon souffle. Cette corde me serre trop !

— C'est exprès. Une seule bonne secousse, ce sera suffisant.

— Ne parle pas comme ça ! gémit Barbara d'une voix rauque.

— Chut ! Pas si fort !

Barbara dit dans un chuchotement :

— Je croyais que nous allions être amis…

— Je ne peux faire confiance à personne.

— Mais à moi, si ! Si tu me laisses partir, je pourrai revenir ici tous les soirs ! Je t'apporterai de la glace, et plein de bonnes choses. On pourrait drôlement s'amuser, tous les deux ! Ce ne serait pas mieux que de me tenir ligotée comme ça ?

Ronald grimaça un sourire.

— Non.

— Mais pourquoi ? Tout serait beaucoup mieux, bien plus excitant !

— Je ne t'aurais pas pour moi tout seul. Là, maintenant, tu es toute à moi.

— Alors, partons ensemble. Allons à Berkeley, vivons comme les hippies ! Personne ne pourra nous trouver.

— Pas d'argent.

— De l'argent, je me débrouillerais pour en avoir. Je travaillerais ! Ou je volerais, même ! Tout serait mieux que cette pièce minuscule.

— Je ne crois pas. Ici, c'est Atranta.

— Je parie que si tu écrivais un livre sur Atranta, tu pourrais le vendre et gagner un tas d'argent. Tu serais célèbre, et je serais fière de toi !

Ronald hocha solennellement la tête.

— J'y ai déjà pensé.

Barbara crut déceler un certain adoucissement dans son attitude.

— Ça ne m'embêterait pas du tout de quitter la maison. J'aimerais bien – avec toi. Tu sais comment c'est, ici – tout le monde m'accuse de choses que je n'ai pas faites. Et mes parents sont trop stricts. Ils ne me laissent pas faire ce dont j'ai envie. Toi et moi, on pourrait tellement s'amuser ensemble – mais pas ici.

— En ce moment, je m'amuse bien, rétorqua Ronald. Pas toi ?

— Pas toujours. Je n'aime pas cette corde. Elle me rend nerveuse.

Ronald sourit.

— C'est exactement ce que je veux.

— Et puis il y a encore autre chose – nous n'avons pas tant de nourriture que ça. Et nous n'avons aucun moyen d'en avoir plus. Pense à toutes les bonnes choses qu'on aurait si on allait ailleurs. Des steaks, des côtes de porc, des hot-dogs avec de la moutarde, du poulet rôti et des frites, et des milk-shakes...

Ronald se passa la langue sur les lèvres.

— Il faut de l'argent, pour tout ça.

— On pourrait aller à Lake Tahoe, on travaillerait dans un des hôtels, ou tu pourrais être pompiste dans une station-service.

— Je n'aime pas ce genre de travail.

— Quel genre de travail tu aimes ?

— Je ne sais pas. Je n'y ai jamais beaucoup réfléchi. Je crois que j'aimerais être un artiste.

— Tu en as certainement les capacités. Il y a peut-être une école de dessin d'art à Lake Tahoe. Il doit y en avoir des tas à Berkeley.

— Tout ça demande beaucoup d'argent.

Barbara ne dit plus rien. Qui sait, l'une de ces idées absurdes pourrait sembler raisonnable à Ronald, et elle pourrait alors l'attirer dans le monde extérieur. Et alors... Et alors, là, comme elle courrait ! Nue ou habillée, ça ne ferait aucune différence. Elle courrait dans la rue, au milieu de la ville – n'importe où, du moment qu'elle serait libre !

Elle entendit le téléphone sonner. Sa mère décrocha. Barbara n'arrivait pas tout à fait à distinguer, mais il semblait que c'était quelqu'un de l'école qui appelait. Sa mère fournit quelques explications polies mais brèves, et mit fin aussi rapidement que possible à la conversation.

Pendant ce temps, Barbara eut une brillante idée.

— Ronald !

— Chut ! Pas si fort. Ne fais plus jamais ça !

Barbara baissa le ton.

— Je viens juste d'avoir une idée formidable.

Ronald demanda dans un chuchotement austère :

— Quel genre d'idée ?

— Eh bien, tu as dit que nous n'avions pas d'argent. Je sais comment on peut résoudre ce problème.

— Comment ça ?

Le ton de Ronald était un mélange d'indulgence amusée et de scepticisme.

— Imagine qu'on fasse du stop jusqu'à, disons, Lake Tahoe, ou Berkeley. Une fois là-bas, je pourrais téléphoner à la maison et dire que j'ai besoin d'argent pour une urgence. Je connais mes parents, ils m'en enverraient tout de suite,

Barbara attendit la réaction de Ronald. Il resta silencieux. Elle reprit avec enthousiasme :

— Et alors, nous aurions assez d'argent pour vivre !

Ronald répondit dans un chuchotement rauque :

— Je ne veux pas partir d'ici.

— Mais pourquoi ? Pense comme le monde extérieur est agréable !

Ronald sourit.

— Ce monde n'est pas réel. Atranta est réel, lui. Et Atranta est ici.

— Non, Ronald ! Atranta est en toi ! Tu peux l'emporter avec toi, et tu pourras écrire de merveilleuses histoires, comme les livres d'Oz.

— Ça, c'est juste bon pour les enfants, dit Ronald d'un ton dédaigneux.

— Non ! Tout le monde les lit. Et leur auteur est devenu riche. Tu pourrais être riche, toi aussi. Il te suffirait d'écrire sur Atranta et de dessiner de belles illustrations. Et je t'aiderais ! Moi aussi, j'aimerais être riche.

Ronald eut un petit gloussement méprisant.

— Qu'est-ce que tu ferais ?

— Je taperais à la machine, je ferais le ménage, des tas de choses.

— Bah ! Tu sais quoi ? Je ne te fais pas confiance.

Barbara resta silencieuse un moment, et puis :

— Rien de ce que je dis ne semble t'intéresser. Personnellement, j'aimerais bien vivre à Berkeley, ou au Mexique.

— Ils ne nous laisseraient pas franchir la frontière sans passeports.

— L'Arizona est aussi un endroit que j'aime bien. Ma grand-mère habite près de Scottsdale. En fait… tu sais quoi ? On pourrait aller habiter chez elle. Elle a une magnifique maison, et elle serait contente de nous voir.

Ronald trouvait tout cela très amusant, comme s'il observait les cabrioles d'un petit chiot.

— Elle téléphonerait à tes parents dès qu'on débarquerait.

— Non, je ne crois pas, si je lui demandais de ne pas le faire. Et supposons qu'elle les appelle – et alors ? Je leur dirais simplement que je ne veux pas rentrer à la maison avant quelque temps.

— Hum… Et ensuite ?

— Je ne sais pas. Peut-être que Grand-mère t'aiderait à t'inscrire à des cours de dessin, si je le lui demandais.

— Elle est riche ?

Cette affaire avait éveillé l'intérêt de Ronald.

— Oh oui, elle a tout plein d'argent.

Ronald se détourna et resta allongé à contempler la carte fixée au plafond.

Barbara retint son souffle, mais Ronald ne dit rien. Elle se mit à trembler. Que ferait-elle si Ronald voyait clair dans ses stratagèmes pathétiques ? Oh, que pourrait-elle faire ? Quelque chose, d'une façon ou d'une autre… mais quoi ? Il était toujours beaucoup trop près d'elle, toujours trop soupçonneux. Avec un sentiment de nausée au creux de l'estomac, elle réussit à afficher un sourire enjôleur.

— Tu n'as pas faim ? J'adorerais un cheeseburger avec des frites.

— Chut ! Pas si fort !

— Je crois que ma mère est sortie.

— Je n'ai pas entendu la porte claquer.

Ronald tendit l'oreille. C'est un fait que la maison semblait silencieuse. Il se leva pour jeter un coup d'œil par les judas. Pendant les quelques secondes où son attention fut distraite, Barbara aurait pu crier, mais si sa mère était effectivement sortie, qui aurait pu l'entendre ? Et même si sa mère était là, le temps qu'elle comprenne d'où venait le cri, Ronald pourrait commettre sur elle toutes les choses horribles qu'il avait en tête.

Ronald se détourna du judas de la salle à manger.

— Elle est en train d'écrire une lettre.

— À Grand-mère, sans doute.

Ça n'intéressait pas beaucoup Ronald. Il revint s'asseoir sur le lit et commença à toucher Barbara – ici, là, partout, l'air captivé et émerveillé, comme s'il n'arrivait toujours pas à croire à sa bonne fortune. Barbara resta allongée, le visage figé comme un masque, puis elle décida de se détendre. La méfiance de Ronald pourrait se nourrir de toute manifestation de révulsion.

* * *

À quatre heures de l'après-midi, Ellen et Althea rentrèrent, et Marcia dut leur dire qu'il n'y avait toujours aucune nouvelle de Barbara.

Le dîner fut triste et silencieux. Les filles firent la vaisselle, puis leurs devoirs sur la table de la salle à manger. Ben et Marcia regardèrent une émission de télé sans vraiment la voir.

Vers neuf heures et demie, Ellen et Althea montèrent se coucher. Une heure plus tard, Ben et Marcia montèrent à leur tour. Presque aussitôt, Ronald ouvrit la porte secrète et jeta un coup d'œil dans l'office. Il se retourna vers Barbara, et elle put presque lire dans ses pensées. Il referma la porte et dit d'une voix bourrue :

— Je n'en ai que pour une minute ou deux, mais je préfère prendre d'abord mes précautions.

Il lui attacha les chevilles et les poignets au lit, puis il la bâillonna. Barbara resta étendue, rigide, glacée par la conviction que Ronald était bien trop méfiant pour jamais s'aventurer hors de sa tanière, ni à Berkeley ni à Lake Tahoe : nulle part. Toutes ses inventions et ses minauderies n'avaient servi à rien. Il avait pu leur accorder une attention distraite et toute théorique, mais jamais il ne se risquerait à aller dans le monde extérieur. Jamais.

Ronald se rendit dans la cuisine et revint avec un oignon, deux tranches de viande froide, du pain et du beurre, une tasse de lait, deux branches de céleri, une carotte et une grosse portion de glace. C'était plus que ses chapardages habituels, mais il y avait désormais deux bouches à nourrir – pour quelque temps, tout du moins.

Il défit les liens de Barbara et sentit à quel point elle était abattue. Ce qui n'avait guère d'importance dans un sens comme dans l'autre, mais il lui dit avec une jovialité forcée :

— Regarde ! De quoi manger ! Miam miam ! Allez, mange d'abord ta glace, avant qu'elle ne refroidisse !

— Je n'ai pas vraiment faim.

— Bon, alors, mange la carotte et un peu de céleri. C'est bon pour le teint, tu sais.

— Je me fiche pas mal de mon teint. (Les larmes commencèrent à couler sur ses joues.) Ronald, s'il te plaît, laisse-moi partir. Je ne veux plus rester ici. Je me sens trop à l'étroit, j'étouffe. Je t'en prie, laisse-moi partir !

Tout en mangeant sa glace, Ronald la regarda avec étonnement.

— Tu veux partir ? Alors qu'on passe de si bons moments ensemble ? Ça n'a aucun sens !

— Je veux quand même partir. Tu ne veux pas que je sois heureuse ?

— Si, bien sûr. Et je sais comment faire pour que tu le sois.

— Alors, je peux partir ? Je dirai à ma famille que j'ai décidé de rentrer à la maison. Je te promets de ne pas leur dire que tu es ici. Vraiment, Ronald. S'il te plaît !

Ronald fronça les sourcils.

— Je n'aime pas beaucoup ça. Je pensais qu'on commençait à bien s'entendre. Tu avais plein d'idées sur Berkeley et Lake Tahoe, et ta grand-mère. Et maintenant, tu veux t'en aller ?

— C'est simplement que je ne veux plus rester ici. Si tu me laisses partir, ce sera mieux pour nous deux.

— Ha ! s'esclaffa Ronald. La première chose que tu ferais, ce serait de tout raconter à tes parents.

— Non, Ronald, je te le jure. Et nous pourrons quand même rester amis.

Ronald termina sa glace.

— Tu es si jolie – surtout quand tu t'excites comme ça. Et tu as un si joli corps. Tu es parfaitement adorable.

— J'apprécie tes compliments, Ronald, mais…

— Il n'y a pas de mais. Embrasse-moi.

Barbara posa la tête contre son épaule.

— Une fois qu'on l'aura fait, je pourrai partir ?

Ronald secoua la tête en souriant.

— J'apprécie beaucoup trop ta compagnie.

— Je te verrais tous les jours, Ronald ! Après l'école, je rentre toujours tôt à la maison !

— Ne parlons pas.

Barbara soupira et lutta de toutes ses forces pour ne pas céder à l'hystérie qu'elle sentait monter en elle presque irrésistiblement. Ronald s'activa, et elle resta inerte, les larmes ruisselant sur ses joues.

Ronald la soulagea enfin de sa masse. Barbara roula vers le bord du lit, car elle n'aimait pas se trouver coincée entre Ronald et le mur. Il n'émit aucune protestation, et se contenta de s'asseoir pour l'observer avec intensité. Au bout d'un moment, il commença à battre des paupières et son intérêt sembla s'émousser. Barbara ferma les yeux et feignit de dormir.

Ronald se mit à respirer profondément, sur un rythme régulier. Barbara tourna lentement la tête et jeta un coup d'œil vers la porte secrète. Il suffirait de tourner le loquet, de soulever le panneau, de se glisser par l'ouverture… Elle écouta la respiration de Ronald. Il dormait.

Doucement, avec mille précautions, elle posa d'abord une jambe par terre, puis un bras. Ronald était placide. Barbara descendit du lit, tout doucement… Elle fit un pas vers la porte secrète, se baissa et tourna le loquet. Elle commença à soulever le panneau, et la charnière émit un léger grincement. Elle se figea une demi-seconde, puis elle ouvrit le panneau tout grand, et elle rampa dans l'ouverture. Une main lui agrippa la cheville. Elle entendit la voix de Ronald : un sifflement guttural comme jamais elle n'en avait entendu auparavant.

— Espèce de sale petite garce !

* * *

À l'étage, Ben Wood se redressa dans son lit.

— Tu as entendu quelque chose ? demanda Marcia.

— J'aurais juré que c'était un cri.

— Je l'ai entendu, moi aussi. Enfin, j'ai cru l'entendre. Je dormais à moitié.

— Tu sais, on aurait dit que c'était Babs.

— Sans doute Ellen ou Althea qui faisait un cauchemar…

Ben sauta hors du lit et franchit le couloir pour ouvrir la porte de la chambre d'Ellen.

— Ellen ? Tout va bien ?

— Hein ? Quoi ?

— Non, ce n'est rien. Rendors-toi.

Il vérifia également auprès d'Althea, avec le même résultat. Il alla sur le palier et resta un instant pour écouter.

Silence.

Il retourna dans sa chambre.

— Les filles dormaient. Ça doit être notre imagination.

— On aurait *vraiment* cru que c'était Babs, dit Marcia. J'ai encore le cri dans mes oreilles.

Ben resta indécis, en se demandant ce qu'il devrait faire. Lentement, il retourna dans le lit.

— C'est un fait qu'on aurait dit que c'était elle… C'est sans doute parce qu'elle occupe tellement nos pensées… Un jour, elle nous reviendra.

Marcia pleurait. Ben lui passa le bras autour des épaules et l'attira contre lui. Marcia dit :

— Où qu'elle soit, j'espère qu'elle ne se sent pas seule, et qu'elle n'a pas peur.

CHAPITRE XV

Le samedi matin fut morne et humide. À 9 heures, la pluie commença à tomber. Ben, Marcia et leurs deux filles s'attardèrent à la table du petit déjeuner. Personne n'avait bien dormi, et Althea se plaignait de cauchemars dont elle n'arrivait pas tout à fait à se souvenir.

— J'étais quelque part, au milieu d'un paysage étrange. Je ne pouvais pas très bien voir dans l'obscurité, mais il semblait n'y avoir que des pierres et des rochers, et il soufflait un vent glacial – un endroit où je n'étais jamais allée. Pour je ne sais quelle raison, je devais marcher le long d'un sentier. Je ne voulais pas, mais j'étais obligée... Je me souviens du vent et de voix qui appelaient au loin. Et il y a eu quelque chose avant ça, une musique affreusement triste, ou c'était peut-être le vent. (Althea secoua la tête.) Je ne me souviens pas. Tout est embrouillé, mais c'est si étrange, si triste...

— C'était peut-être... commença Ben. (Il s'interrompit.) Je suis passé te voir vers minuit, et tu m'as semblé tout à fait paisible.

— C'est tellement bizarre, les rêves, dit pensivement Ellen. Les psychologues disent qu'ils représentent nos peurs et nos désirs secrets. Mais je pense qu'il y a plus que ça.

— Les peuples primitifs considèrent que les rêves sont réels, dit Marcia. Ils croient que l'âme quitte le corps.

Ben n'était pas d'accord avec ce point de vue.

— S'ils pensent comme ça, c'est justement parce qu'ils sont primitifs.

— N'empêche, pour les choses de ce genre, ils en savent autant que nous.

— Peut-être même beaucoup plus, ajouta Althea.

Ben se montra sceptique.

— Pas nécessairement. Par exemple, un ordinateur est beaucoup moins compliqué qu'un être humain, et les ordinateurs passent leur temps à s'emmêler les circuits. Les sauvages ignorent tout des ordinateurs ou des circuits détraqués. Tout ce qu'ils savent, c'est ce qu'ils voient et ce qu'ils sentent, et c'est à partir de ça qu'ils élaborent des explications.

— Peut-être que nos cerveaux ne sont pas des ordinateurs, dit doucement Ellen. Ils agissent peut-être comme des ordinateurs juste assez souvent pour tromper les scientifiques.

— Hum… fit Ben. Ça fait vraiment beaucoup de « peut-être ».

— Moi, dit Althea, je sais que j'ai au moins deux esprits qui fonctionnent en même temps. Quelquefois, je laisse celui du dessus se reposer juste pour voir ce que l'autre va faire, et il se passe alors des choses très intéressantes. C'est un très bon jeu, quand on n'a rien de mieux à faire.

— C'est comme ça que les artistes modernes peignent leurs tableaux, dit Ben. Malheureusement, je ne m'intéresse pas à leurs âmes, pas plus qu'ils ne s'intéressent à la mienne.

— Qu'est-ce que c'est, une âme ? demanda Ellen avec intérêt. Est-ce que ça existe vraiment ?

Ben haussa les épaules.

— Certains disent que oui, d'autres disent que non.

— Il se passe tellement de choses étranges, dit Althea. Des choses que personne n'est capable d'expliquer.

Marcia poussa un soupir et changea de sujet.

— Il y a un match de football, aujourd'hui ? Avec ce temps, ça risque d'être assez pénible.

— Oui, ils jouent à Barnett, répondit Ellen, mais je n'ai pas l'intention d'y aller. Surtout sous cette pluie.

— Eh bien, qu'est devenu l'esprit sportif du lycée ? demanda Ben dans un effort pour détendre l'atmosphère.

Ellen eut son petit sourire mélancolique.

— Je suis une exilée du lycée de Los Gatos. Je ne vais aux cours ici que pour obtenir mon diplôme.

— Je n'irai pas non plus, dit Althea. Je compte rester à la maison et lire *Titus Groan*.

— Tu vas lire *quoi* ? demanda Ben Wood.

— *Titus Groan*. C'est un toman qui parle d'un vieux château très bizarre et des gens qui y habitent. Je suis plutôt comme Fuchsia, je pense. C'est une jeune fille très belle et très seule, qui préfère passer son temps à rêvasser dans le grenier où les Groan ont entassé toutes leurs vieilleries.

— Fuchsia et toi, vous faites la paire, dit Ben. Excentriques toutes les deux.

— Fuchsia la douce, Fuchsia la mélancolique…

— Qu'est-ce qui lui arrive, dans le livre ? demanda Ellen.

— Je ne sais pas. J'en suis seulement à la moitié.

— Pendant les vacances de Noël, je vais lire *À la recherche du temps perdu*, dit Ellen. Je suis bien décidée, et tant pis si on se moque de moi.

Ben Wood eut un petit rire triste, mais il ne fit pas de commentaire. Tous savaient où ses pensées étaient parties vagabonder. Quinze jours auparavant, la famille avait ébauché des plans pour visiter l'Arizona pendant les vacances de Noël. Mais maintenant, avec la disparition de Barbara, ce voyage était impensable.

À midi, Ben et Marcia sortirent acheter des provisions. Duane Mathews téléphona, et débarqua une demi-heure plus tard. Ellen fit des croque-monsieur et du chocolat chaud, et ils déjeunèrent tous les trois dans la salle à manger. Duane avait démissionné de son travail à la station-service, et n'avait pas pour l'instant de projets précis. Il évoqua avec un certain découragement les pressions que sa famille exerçait sur lui.

— Papa veut que je travaille au bar. Il installera un four à pizzas si je suis prêt à m'en occuper. Ça me rapporterait beaucoup d'argent, et le jour où Papa partira en retraite, je pourrai reprendre l'affaire. Maman voudrait que j'aille à l'université pour apprendre quelque chose. Et moi – je ne sais pas ce dont j'ai envie. Ça ne me tente pas particulièrement de faire cuire des pizzas – mais bon, c'est un travail comme un autre.

— Je croyais que tu voulais être vétérinaire ? dit Althea.

Son ton laissait subtilement entendre qu'entre l'art de fabriquer des pizzas et celui de soigner des chiens malades, il n'y avait pas à hésiter une seconde.

— Ça, c'est une idée de ma mère. Mon oncle Ed est vétérinaire à

Lodi. Il a une grande maison avec piscine, et une Lincoln Continental. Ma tante et lui vont en Europe chaque année. C'est sûr qu'on peut se faire beaucoup d'argent dans cette profession.

— Et toi ? demanda Ellen. Tu dois bien avoir une préférence ?

Duane tapota des doigts sur la table.

— Ah, pour ça, oui, aucun doute là-dessus. Je veux être criminologue.

— Criminologue ? répéta Althea en haussant les sourcils. Pourquoi donc ?

— C'est un domaine où il reste manifestement beaucoup à faire. Si Ronald Wilby a pu assassiner ma sœur en toute impunité, c'est qu'il y a forcément quelque chose qui ne va pas.

— Qu'est-ce que la police a fait ? demanda Ellen.

— Juste la routine. Ils ont diffusé une alerte et posé quelques questions à Mrs Wilby. Ils ont vérifié à la station d'autocars, et demandé si quelqu'un avait vu Ronald faire de l'auto-stop, et c'est à peu près tout.

— Que pouvaient-ils faire d'autre ? dit Althea. Toi, par exemple, qu'est-ce que tu aurais fait ?

— Sa mère savait où Ronald était allé. Elle n'était pas du genre à l'ignorer, et Ronald n'était pas non plus du genre à partir sans que sa maman lui donne un bon coup de main. Elle a dû lui envoyer de l'argent. C'est cet aspect que j'aurais creusé. J'aurais surveillé son courrier, et j'aurais vérifié ce qu'elle faisait de son argent, parce qu'elle s'est tuée au travail, aucun doute là-dessus. Et pourquoi ? Pour pouvoir donner de l'argent à Ronald.

— Ce n'est qu'un soupçon, dit Ellen. Comment aurais-tu pu le prouver ?

— Je ne sais pas. (Duane réfléchit un moment, et finit par concéder :) Ça n'a plus guère d'importance, maintenant que cette femme est morte. Si j'avais été un inspecteur, je l'aurais arrêtée. J'en suis absolument certain, elle a aidé Ronald à s'enfuir !

Althea dit pensivement :

— N'empêche, il faut avoir un peu pitié d'elle. Elle a probablement souffert autant que ta mère. Peut-être plus.

Duane hocha tristement la tête.

— C'est exactement ce que Maman a dit, et je n'en doute pas un instant. Mais en toute conscience, elle aurait dû livrer Ronald à la police.

Ellen réfléchit un moment.

— Tu protégerais ton fils, s'il avait commis un crime ?

— Je le remettrais à la justice, répondit Duane. Ça ne me ferait pas plaisir, mais c'est ce que je ferais. Mrs Wilby était une femme égoïste et stupide. Cet horrible Ronald était tout son univers, et c'est ce qui l'a tuée quand il a commis cet acte effroyable.

Ellen et Althea restèrent silencieuses un moment. Le téléphone sonna. Ellen se précipita dans le salon pour décrocher.

— Allô… Oui, il est encore là… La station-service Artie. Je vais lui demander…

Elle revint dans la salle à manger.

— Papa et Maman auraient besoin que tu viennes les chercher. La pompe d'alimentation du break a rendu l'âme.

Duane se leva.

— Je sais où est la station. Dis-leur que j'arrive tout de suite.

Ellen et Duane sortirent, tandis qu'Althea s'installait confortablement sur le canapé pour lire.

La maison semblait très silencieuse. Althea reposa son livre et écouta la pluie tomber. Elle commença à regretter de ne pas être partie avec Ellen et Duane, mais il n'y aurait eu personne à la maison au cas où Barbara téléphonerait. Comme ce serait merveilleux si elle appelait, de Berkeley ou de San Francisco, pour dire qu'elle voulait rentrer… Tout le monde serait si heureux ! Althea se concentra sur une pensée : *Reviens, Babs, reviens à la maison ! … Au moins, téléphone-nous, qu'on sache où tu es ! … Babs, Babs, Babs ! Où es-tu ?*

Elle resta ainsi allongée, passive, réceptive, espérant un contact… Rien. Ou du moins, pas grand-chose. Elle avait une impression d'humidité, elle entendait le vent soupirer : sans doute un reliquat de son cauchemar de la nuit précédente. *Babs ! Babs ! Reviens, reviens ! Nous t'aimons et tu nous manques !* Et Althea ferma les yeux en essayant de ne plus penser à rien.

— Je ne peux pas.

Althea ouvrit les yeux en sursautant. Les mots étaient venus en une petite vibration cristalline, et on aurait dit la voix de Babs.

Babs ! Babs ! songea Althea. *Tu m'entends ? C'est toi ? Pourquoi ne peux-tu pas rentrer à la maison ?*

Silence, à part la pluie, le tic-tac de la pendule, un grincement de bois du côté de la cuisine. Dans l'esprit d'Althea, rien d'autre que l'obscurité, le sifflement du vent dans son rêve, une sourde impression de désolation la plus mélancolique qu'on puisse imaginer.

Althea n'arrivait plus à se concentrer. Elle relâcha son attention. Soudain, la vieille maison sembla remplie de bruits étranges. Althea se sentit mal à l'aise. C'est irrationnel, se dit-elle avec un petit rire pour se moquer de sa sottise. Mais elle se redressa pour s'asseoir sur le canapé, puis elle se leva et se rendit à la porte d'entrée. Vraiment bizarres, les bruits dans la vieille maison !

Elle sortit sur le perron.

La pluie tombait doucement. L'air était frais. Althea se sentit un peu plus rassurée. L'atmosphère à l'intérieur avait été oppressante. Quelqu'un avait peut-être réglé le thermostat trop fort. Elle frissonna. En fait, il faisait un peu trop froid. La température dans la maison serait peut-être maintenant plus confortable. Elle voulut ouvrir la porte, mais celle-ci s'était verrouillée en se refermant, et elle dut attendre cinq minutes avant que ses parents n'arrivent dans la voiture de Duane.

* * *

Les jours passèrent. Les Wood s'installèrent dans un nouveau mode d'existence assez morne. Personne ne parlait de Barbara, mais à chaque repas, sa place vide la rappelait à leur souvenir. Le samedi, Ben et Marcia se rendirent à Berkeley. Ils ne fournirent aucune explication, mais Ellen et Althea comprirent qu'ils avaient l'intention d'y chercher Barbara, et qu'ils laisseraient des messages dans les différentes agences qui aidaient les fugueurs et les vagabonds.

Duane Mathews passa à la maison avec un paquet de côtes de porc et une grosse miche de pain.

— Au lieu que ce soit vous qui me nourrissiez, dit-il aux filles, c'est moi qui vais vous faire à déjeuner.

— Un déjeuner de côtes de porc ? demanda Althea.

— Non, pas du tout. Des sandwichs de porc grillé à la sauce barbecue. J'aurais dû apporter de la salade de pommes de terre.

— On va en faire une, dit Ellen. Ça ne prendra pas longtemps.

— Vous deux, vous pouvez vous occuper de la salade. Et puis, cet après-midi, nous irons à Steamboat Slough. Il y a un bateau amarré à Pete's Landing auquel je voudrais jeter un coup d'œil.

— Je ne peux pas, dit Althea. J'ai promis d'aider Bernice pour son déguisement.

— Moi non plus, dit Ellen. J'ai une dissertation à faire. « Les raisons de l'indécision d'Hamlet ».

— Ça a déjà été fait cent fois, répliqua Duane.

— Pas à ma façon. J'ai une nouvelle approche. Si Hamlet faisait preuve de décision, la pièce se réduirait à trois scènes.

— C'est effectivement très original, mais ça ne te vaudra peut-être pas une très bonne note.

— Je m'en fiche un peu. Le lycée m'ennuie. Allez, au diable la dissertation, je préfère aller à Steamboat Slough.

— Mais d'abord, dit Althea, la salade de pommes de terre. Je vais m'occuper de l'épluchage, et toi, tu hacheras les oignons.

— Merci bien.

— Je me charge des oignons, dit Duane. J'en ai besoin pour la sauce du barbecue.

Ellen se rendit dans l'office.

— Il t'en faut combien ?

— Juste un, et ce dont tu as besoin pour la salade.

— Il n'en reste que trois. On dirait que quelqu'un ici raffole des oignons. Maman en a rapporté un grand sac la semaine dernière. Nous aurons aussi besoin de pommes de terre… Ah ça, il n'en reste pratiquement plus non plus ! Bon, ça devrait suffire. Enfin, tout juste… On manque de tout, comme d'habitude.

Duane fit griller les côtes de porc, puis il les fit mijoter à feu doux dans la sauce de barbecue tandis que les filles faisaient cuire les pommes de terre.

— Ce qui irait vraiment bien avec ce repas, dit Duane, ce serait un peu de bière. En fait, j'ai un pack de six dans la voiture.

— Apporte-le, dit Ellen. J'adore la bière !

— Eh bien… je ne voudrais pas que tes parents pensent que je corromps leurs filles.

— C'est un peu tard pour y penser, rétorqua Althea.

— Aussi loin que je me souvienne, dit Ellen, j'ai été corrompue.

— Bon, d'accord, si vous êtes sûres qu'ils ne feront pas d'histoires…

— Aucun danger.

**

Ils étaient partis tous les trois. La maison était silencieuse.

Il y eut un grincement presque imperceptible dans l'office. Dans l'ombre, une forme imposante se redressa. Ronald sortit lentement dans la cuisine. Son odorat le mena directement à la poêle posée sur le réchaud. Duane avait vu large, et il restait une bonne quantité de porc nageant dans la sauce.

Ronald avait beau haïr Duane, il se découpa une grande tranche de pain qu'il tartina d'une épaisse couche de margarine, et il s'attaqua aux morceaux de viande. Se souvenant de la salade de pommes de terre, il ouvrit le réfrigérateur et s'en servit une énorme portion : les filles seraient incapables de se souvenir s'il en restait beaucoup ou peu. Ce fut le meilleur repas qu'il ait fait depuis des jours ! Il compléta le tout avec une grosse cuillerée de glace nappée de sauce au chocolat, en y ajoutant des rondelles de banane, des noix pilées et une bonne giclée de crème fouettée. Absolument divin, songea Ronald. C'est avec regret qu'il renonça à se servir une deuxième portion. Il effaça soigneusement toute trace de son festin, puis il alla dans le salon où il observa la rue par la fenêtre.

**

Bernice et Wallace Thurston étaient les enfants du pasteur méthodiste. Althea soupçonnait que le vieil adage concernant les enfants de pasteurs disait vrai. Ils n'avaient jamais rien fait de trop scandaleux en sa présence, mais il y avait chez eux une sorte d'excitation et d'espièglerie qui rendait leur compagnie intéressante. Althea trouvait Wallace attirant, et comme il semblait l'apprécier lui aussi, elle espérait bien qu'il l'inviterait à sortir un soir. Aujourd'hui, elle allait flirter de son mieux, en essayant de ne pas trop l'effaroucher par son intelligence.

Mais la chance fut contre elle. Le professeur de piano de Bernice avait remanié son emploi du temps, et Bernice avait une leçon à

15 heures. Mrs Thurston n'avait pas l'intention de laisser Wallace et Althea seuls à la maison, de sorte qu'en allant conduire sa fille à sa leçon, elle déposa Althea chez elle au passage.

Quelque peu agacée par ce respect excessif des convenances, Althea espérait que Wallace lui téléphonerait. Elle avait même glissé quelques subtiles allusions. En attendant, elle se ferait les ongles et préparerait quelques textes pour son cours d'anglais.

La clé était à sa place habituelle. Elle ouvrit la porte et entra dans la maison.

À 17 heures, Duane et Ellen rentrèrent de Steamboat Slough. La maison semblait déserte. Sur la table de la salle à manger, Ellen trouva un billet :

> Chers tous,
>
> Pendant que vous étiez partis, j'ai eu des nouvelles de Barbara, et je vais aller lui parler. J'ai promis de ne pas dire où elle est, et je ne peux donc pas divulguer de détails.
>
> Ne vous inquiétez pas pour moi. Tout ira bien.
>
> Avec tout mon amour,
Althea

CHAPITRE XVI

— Je ne le crois pas ! dit Ellen. Je n'arrive tout simplement pas à y croire !

Duane s'empara de la lettre et la regarda furieusement, comme pour extraire plus d'informations de ces phrases énigmatiques.

— Si Althea avait appris où se trouve Barbara, est-ce qu'elle aurait gardé l'information pour elle, quelles que soient ses promesses ? Tu l'aurais fait, toi ?

— Non, je ne crois pas. Et je ne pense pas qu'elle l'ait fait non plus.

— Ah ? Pourquoi dis-tu ça ?

— Regarde l'écriture.

— Eh bien ? Ce n'est pas celle d'Althea ?

— Oh, si, c'est bien la sienne, mais les lettres penchent à gauche. Elle n'écrit pas comme ça.

Duane examina de nouveau le billet.

— À quelle heure rentrent tes parents ?

— Je ne sais pas. Je pense qu'ils vont y passer la journée.

— Tu ferais mieux de prévenir la police.

Ellen téléphona à la police d'Oakmead pour signaler la disparition d'Althea. Elle dit à Duane :

— Ils ne sont pas très contents.

— Non, j'imagine. Ils n'ont même pas encore retrouvé Babs. Qui habite à côté de chez vous ?

— Les Schumacher et les Bolton.

— Allons les voir.

* * *

Ronald se détourna du mur et toisa Althea, allongée sur le lit.

— Alors comme ça, tu as essayé de me rouler. Tu as déguisé ton écriture.

Althea ne répondit pas.

Ronald ouvrit la bouche pour dire quelque chose de sarcastique, mais il se ravisa. À quoi bon se donner cette peine ? Il ne pouvait faire aucune confiance à ces filles. Quand elles disaient une chose, ça voulait dire le contraire. N'empêche, il ne s'était pas attendu à une traîtrise aussi mesquine de la part d'Althea. Il avait cru qu'elle serait différente. Mais elle était beaucoup plus froide et tendue que Barbara, et elle n'avait même pas mentionné les dessins d'Atranta.

Bon, tant pis. Si elle ne se montrait pas gentille avec lui, il n'allait pas être gentil avec elle. Ainsi allait le monde, et c'était aussi bien qu'elle s'en rende compte le plus tôt possible. Il lui dit d'une voix solennelle, avec exactement le bon mélange de dignité et de menace voilée :

— S'il te plaît, n'essaie plus de me jouer de mauvais tours.

* * *

Ni les Schumacher ni les Bolton n'avaient remarqué le retour d'Althea à la maison.

Ellen téléphona aux Thurston. C'est Wallace qui répondit.

— Althea ? Elle est repartie chez elle vers trois heures avec Maman et Bernice. Pourquoi, elle n'est pas là ?

— Elle est peut-être allée dans le centre-ville, dit Ellen. (Elle raccrocha et se tourna vers Duane.) Elle a quitté les Thurston vers 15 heures.

— Ça fait maintenant deux heures. Elle pourrait être n'importe où, à présent… Je sais bien que ce message est anormal, mais dans le doute, nous devrions aller sur l'autoroute. Si elle comptait faire du stop, elle y est peut-être encore.

— Jamais Althea ne ferait de l'auto-stop. Elle ne ferait pas trois mètres avec un inconnu. Attends deux secondes…

Elle grimpa les marches quatre à quatre pour se rendre dans la chambre d'Althea. Elle redescendit un peu plus lentement.

— Son argent est encore là.

— Exactement comme pour Barbara.

Les policiers arrivèrent. Ils examinèrent le billet et écoutèrent tout ce qu'Ellen avait à leur dire.

— Ainsi, vous ne croyez pas que ce billet soit authentique ?

— Je sais qu'il ne l'est pas. D'abord, les lettres sont penchées vers la gauche, et puis ça ne ressemble pas du tout à Althea. Ce n'est pas comme ça qu'elle parle ni qu'elle pense.

Le policier hocha la tête d'un air dubitatif.

— Ma foi, je vais diffuser l'information sur le réseau. Où sont vos parents ?

— Ils sont allés à Berkeley pour tenter de trouver Barbara.

— Et pendant leur absence, une autre disparaît. Super. (Il examina la lettre.) Vous avez sans doute manipulé ce papier dans tous les sens ?

— Heu, oui… Nous n'avons pas pensé aux empreintes digitales.

— Hum. C'est du papier-machine ordinaire.

Duane commençait à s'agiter. Il demanda :

— Il n'y a pas quelque chose que vous pourriez faire, au lieu de rester là à poser des questions ?

— Fiston, si je pouvais trouver quelque chose à faire, je le ferais. Pour l'instant, tout ce que je vois, c'est que la première fille est partie dans une de ces communautés hippies au bord de la rivière, et que l'autre est allée lui tenir compagnie. Je peux faire des vérifications dans ces endroits, et comme je l'ai dit, nous allons diffuser un avis de recherche.

— Tout ça, c'est une perte de temps ! Quelqu'un l'a kidnappée, comme on a kidnappé Barbara !

— Ma foi, c'est possible, et je vais en parler au capitaine Davis. Je vous assure que nous allons faire de notre mieux.

Les policiers s'en allèrent. La maison semblait triste, froide et silencieuse. Ellen se mit à sangloter. Duane la prit dans ses bras pour la réconforter.

— Oh, Duane, qu'est-ce qu'on va faire ? Je ne sais pas comment je vais pouvoir le dire à Papa et Maman !

— Partons à sa recherche, grommela Duane. Ça vaut toujours mieux que de rester ici à ne rien faire. Laisse-leur un mot. Dis-leur qu'on sera de retour dès que nous pourrons.

Ellen griffonna un message qu'elle posa sur la table de la salle à manger, à côté de celui d'Althea. Ils coururent tous les deux vers la porte d'entrée, et la maison redevint silencieuse.

* * *

Ronald détendit le nœud autour du cou d'Althea.

— On peut parler, maintenant, mais à voix basse. Tout d'abord, tu ne dois pas avoir peur, je ne vais pas te mordre. Tout ce que tu as à faire, c'est obéir aux ordres ! Et ça veut dire pas de bruit ! Pas d'agitation ! Pas de cris ! Tu comprends ? (Ronald éleva le ton de façon menaçante.) J'ai dit, est-ce que tu comprends ?

Althea hocha la tête. D'une voix étouffée, elle demanda :

— Où est Barbara ?

Ronald lui fit un sourire suprêmement condescendant.

— Elle est restée ici jusqu'à ce qu'elle s'ennuie. Une nuit où vous dormiez tous, elle s'est enfuie. Elle m'a dit qu'elle allait à Lake Tahoe. Elle voulait s'amuser un peu avant de rentrer à la maison.

— Et moi ? demanda Althea d'une voix chevrotante. Qu'est-ce que vous allez faire de moi ?

— Ne t'inquiète pas pour ça. Dans quelque temps, tu pourras partir – si tu promets de garder mon secret.

— Alors, laissez-moi partir maintenant ! S'il vous plaît !

Ronald secoua la tête en souriant.

— On a des tas de choses à se dire. Barbara n'était pas très forte pour la conversation.

Althea le regarda fixement, médusée, puis elle lâcha :

— Qui êtes-vous ?

Mais alors même qu'elle posait la question, la réponse lui vint à l'esprit en un éclair. C'était Ronald Wilby, Ronald Wilby l'assassin !

Il répondit d'une voix douce, presque flûtée :

— Mon nom n'a aucune importance. Appelle-moi Norbert, tout simplement. (Il fit un large geste vers les murs.) Que penses-tu de l'atmosphère, ici ?

Althea jeta un coup d'œil perplexe aux décorations.

— Pourquoi ne voulez-vous pas me laisser partir ? Je vous en prie ! Je ne veux pas rester ici !

Ronald fronça majestueusement les sourcils. Althea comprit qu'elle n'aurait pas dû dire ça.

— Tu resteras ici jusqu'à ce que j'estime que tu peux t'en aller. Et comprends bien une chose : tu ferais mieux de te tenir à carreau. Je suis facile à vivre, mais je ne peux prendre aucun risque. Si tu fais le moindre bruit quand quelqu'un est dans la maison, je serai forcé de resserrer ce nœud... comme ça !

Ronald tira sur la corde, et le nœud se resserra jusqu'à ce qu'on ne puisse plus y passer le doigt. Althea le regarda d'un air atterré.

Barbara avait été beaucoup plus docile, et avait compris beaucoup plus vite, songea Ronald. Elle s'était également montrée moins têtue, et disons, moins nerveuse, bien qu'elle fût plus jeune. Althea était encore entièrement habillée. Ce serait amusant de lui retirer ses vêtements un à un. Mais d'abord, il fallait qu'il s'assure qu'elle sache parfaitement ce qu'il attendait d'elle. Sur le ton de la conversation, il lui demanda :

— Alors, maintenant, tu comprends ce qui t'arrivera si tu fais le moindre bruit ?

Althea se contenta de le regarder fixement, comme si elle avait perdu la raison.

Ronald se fit plus insistant.

— S'il te plaît, dis-moi que tu comprends ce dont je parle.

Althea réussit à hocher la tête, et Ronald se détendit.

— En fait, je veux que nous soyons amis. Nous allons vivre ensemble ici jusqu'à ce que tu décides de partir...

— Je veux partir maintenant !

— ... et que je décide de te laisser partir.

Althea chuchota :

— Dites-moi où est Barbara...

— Je te l'ai déjà dit. Elle est partie à Lake Tahoe. En tout cas, c'est ce qu'elle m'a dit. Elle m'a promis de ne rien dire sur moi, et j'imagine qu'elle a tenu parole. Tu vas devoir faire pareil.

Althea se mit à pleurer.

— Je promets de ne rien dire. Mais laissez-moi partir maintenant ! Je vous en supplie, soyez bon avec moi ! Je ne veux pas rester ici !

— Dommage, dit Ronald avec une grimace sinistre. Dans quelque temps, tu t'y plairas.

Althea secoua la tête.

— Vous ne comprenez pas que vous aurez de gros ennuis quand la police vous attrapera ?

— Si la police m'attrape… ce qui a peu de chances d'arriver. Je suis ici depuis – ma foi, depuis pas mal de temps. J'ai écrit l'histoire d'Atranta. Ça ne t'intéresse pas ?

— J'ignore complètement ce que c'est.

— C'est un pays magique. Ces hommes, là, ce sont les six ducs, et ça, ce sont leurs châteaux. La fille est Fansetta. Je ne l'ai pas très bien réussie. Tu poseras pour moi, peut-être. Elle est censée te ressembler.

Ronald avait improvisé cette dernière remarque, mais c'était tout à fait vrai. Barbara n'avait jamais bien correspondu à l'image : elle avait le visage trop frais, une expression trop vive. Althea, elle, possédait cette qualité rêveuse qu'on s'attend à trouver chez une fée. Elle était manifestement plus sensible et plus imaginative, et peut-être plus passionnée. Les réactions de Barbara n'avaient pas été si excitantes que ça : elle s'était contentée de rester passivement allongée. Ronald tendit l'oreille.

— Quelqu'un arrive.

Il lui noua la corde autour du cou, une extrémité fixée au piton et l'autre tenue dans la main.

— Souviens-toi ! Pas un bruit ! Ou tu n'aimeras pas beaucoup ce qui se passera…

Althea ferma les yeux et laissa les larmes jaillir de ses paupières. Barbara à Lake Tahoe ? Si seulement c'était vrai ! Elle frissonna, et Ronald lui lança un regard menaçant.

— Silence, siffla-t-il entre ses dents.

* * *

Ben et Marcia Wood entrèrent dans la maison, affamés, hagards, épuisés et découragés. Ils lurent les deux billets et échangèrent un regard désespéré. Ben alla téléphoner à la police, qui l'assura que tout ce qui était possible avait été mis en œuvre. Ben aurait voulu tempêter, menacer, mais il était incapable de trouver quelque chose de raisonnable à dire.

Ellen et Duane finirent par rentrer à leur tour. Ellen était totalement abattue, tandis que Duane bouillonnait d'une rage sourde.

Jusque tard dans la soirée, ils discutèrent autour de la table, échafaudant toutes sortes d'hypothèses. Duane les quitta à onze heures et demie. Ellen l'accompagna jusqu'au perron. Duane l'embrassa et la tint serrée contre lui un instant, et Ellen, qui ne l'avait jamais encouragé à se montrer démonstratif, se détendit et se laissa réconforter. Duane lui chuchota :

— Promets-moi une chose ! Quoi qu'il arrive, ne te lance pas à la recherche de Barbara ou d'Althea sans m'en parler avant.

— Je te le jure, dit Ellen.

— Quoi qu'il arrive ?

— Quoi qu'il arrive.

— Il se passe quelque chose de terriblement bizarre, marmonna Duane. Si j'avais pour deux sous d'intelligence, j'arriverais à trouver ce que c'est. Après tout, c'est moi qui veux devenir criminologue.

— Je ferais mieux de rentrer, dit Ellen en se dégageant. Ou sinon, Papa et Maman vont commencer à s'inquiéter.

Le lendemain était un dimanche. Ben Wood téléphona au bureau du Shérif. Howard Shank prenait son jour de congé, et il lui laissa un message. Une heure plus tard, Shank le rappela et Ben l'informa de la disparition d'Althea.

— Ça nous semble tout bonnement incroyable, déclara Ben. Jamais au grand jamais Althea ne serait partie ainsi toute seule. Encore moins que Barbara.

— Même si Barbara l'avait appelée et lui avait demandé de la rejoindre ?

— Elle nous aurait forcément donné plus de détails.

— Relisez-moi ce billet.

Ben Wood s'exécuta. Shank demanda :

— J'imagine que tout le monde dans la maison a touché à la lettre ?

— J'en ai bien peur.

— Et elle a laissé tout son argent derrière elle ?

— Elle n'a rien pris du tout, à part les vêtements qu'elle portait pour rendre visite à son amie.

— Hum… C'est une situation inhabituelle, je dois le reconnaître… Bon, je ferais mieux de venir vous voir.

Ben Wood eut un petit rire embarrassé.

— Je sais combien vous devez apprécier votre jour de repos, mais nous ne savons plus à quel saint nous vouer.

— Pas de problème, je trouverai le moyen de récupérer mes heures.

* * *

Howard Shank arriva. Il examina la chambre d'Althea, puis il fit le tour de la maison à la recherche de traces et d'indices. Il se rendit ensuite chez les Thurston, où il posa quelques questions à Wallace et Bernice. De là, il rendit visite aux Schumacher et aux Bolton, puis à Kathy Schmidt et Ernestine Long, deux jeunes filles avec qui Althea était amie. Partout, il rencontra une absence totale d'informations. Tous offraient à peu près le même portrait d'Althea : une jeune fille calme et heureuse, peut-être un peu trop imaginative et rêveuse. Personne ne la considérait comme particulièrement aventureuse ou hardie, et personne ne prenait au sérieux l'idée qu'elle ait pu quitter volontairement sa maison, à moins d'y avoir été forcée par des circonstances d'une urgence extrême – ce que ni le contenu de sa lettre ni son ton ne suggéraient.

— Sur ces bases, dit Shank aux Wood, nous devons considérer qu'elle a été enlevée.

— C'est ce que je vous ai dit quand Barbara a disparu ! s'emporta Ben Wood. Il leur est arrivé la même chose à toutes les deux !

Shank resta impassible.

— Vous avez peut-être raison. Nous n'avons jamais vraiment écarté cette possibilité. Mais le fait demeure que nous n'avions aucune piste. Quand on n'a pas de paille, on ne peut pas fabriquer de briques. Je ne peux pas fouiller chaque maison, grange, cabane, église, garage et motel du comté de San Joaquin.

— Et du côté des délinquants sexuels ? demanda Marcia.

— Nous avons vérifié notre liste. Oakmead est une ville paisible. Le seul criminel connu au cours des dernières années était Ronald Wilby, et il habitait dans cette maison.

— Et vous ne l'avez jamais attrapé.

Shank secoua la tête.

— Comme Barbara et Althea, il a disparu sans laisser de traces.

— Je me demande s'il pourrait y avoir un lien…

Shank réfléchit à l'idée.

— Ma foi… rien n'est impossible. C'est une chose qu'on apprend vite, dans notre métier. Cela étant, est-ce raisonnable de penser que Ronald Wilby soit revenu à Oakmead, où il serait pratiquement certain d'être reconnu ? Ça n'a pas beaucoup de sens. Il n'y a plus rien pour lui, ici, maintenant que sa mère est morte.

— Peut-être bien, mais je ne crois pas aux coïncidences.

— Des coïncidences, il s'en produit tous les jours.

Marcia fit une suggestion.

— Et si nous demandions aux journaux de publier la photo de nos filles ? Nous offririons une récompense pour toute information utile.

— Ça ne peut pas faire de mal, dit Shank. Laissez-moi m'en occuper. J'obtiendrai des résultats plus rapidement.

— Je n'arrête pas de revenir à ce Ronald Wilby, dit Ben Wood. A-t-il des amis ou des parents dans la région qui pourraient le cacher ?

— Aucun ami que nous ayons jamais réussi à localiser. Aucun des membres de sa famille n'habite dans la région, et tous l'ont renié.

Marcia poussa un gémissement d'impuissance et se mit à frapper des poings sur la table.

— C'est toujours la même histoire. Personne ne sait rien, personne ne fait rien. Et pendant ce temps, Dieu sait ce qui arrive à nos filles… Il y a vraiment de quoi devenir folle !

— Vous avez toute ma sympathie, Mrs Wood. Croyez-moi, nous allons faire tout notre possible. Permettez-moi de regarder encore une fois ces billets.

Marcia les lui tendit, et Shank les examina un long moment avant de déclarer :

— Ou bien ces messages sont authentiques – ou bien ils ne le sont pas. S'ils le sont, nous devons rechercher deux petites écervelées qui font des caprices.

— Ce ne sont pas des écervelées, et elles ne font pas de caprices.

Shank hocha la tête.

— Si ces billets ne sont pas authentiques, et si, comme vous le soupçonnez, vos filles ont été contraintes de les écrire, alors nous nous trouvons devant une situation très grave. Mais… je veux être franc avec vous : je ne vois vraiment pas par où commencer dans cette affaire. Il ne nous reste plus qu'à espérer qu'un élément nouveau apparaisse. En attendant, nous allons enquêter partout où c'est possible. La police locale a suggéré que nous allions jeter un coup d'œil dans les communautés le long de la rivière. Les chances sont faibles que ça donne un résultat, mais sait-on jamais...

Shank se leva, et examina une dernière fois les deux billets.

— Je vais les emporter, si vous n'y voyez pas d'inconvénient.

Ben Wood fit un geste plein de lassitude.

— Allez-y. Nous les connaissons par cœur.

* * *

Ronald avait écouté attentivement la conversation. Comme toujours, il détestait profondément qu'on utilise à son propos les termes de « délinquant sexuel », « dégénéré » et « criminel ». De tels mots ne s'appliquaient tout simplement pas à son cas. Ils impliquaient une vulgaire criminalité ordinaire que Ronald surpassait et transcendait largement.

Jusqu'ici, ni Barbara ni Althea n'avaient correctement rempli leur rôle. Barbara avait suggéré de partir dans des endroits plus vastes, à Berkeley ou à Lake Tahoe. Naturellement, elle avait essayé de se jouer de lui, et n'avait manifestement pas accepté l'atmosphère magique d'Atranta. Ronald s'était attendu à plus de subtilité et de compréhension de la part d'Althea. Pendant la nuit, il lui avait parlé du pays magique. Il lui en avait raconté l'histoire et décrit les paysages. Il avait tracé la personnalité de chacun des six ducs, et lui avait fait visiter toutes les pièces des six châteaux. Il lui avait parlé de l'ensorcelante Fansetta et de ses merveilleuses aventures, de Mersilde et de Darrue, mi-fée mi-ghowan. Et pendant tout ce temps, il l'avait observée en catimini, espérant discerner une lueur de curiosité, mais Althea restait apathique, et de fait, le seul moment où elle avait manifesté une quelconque émotion avait été lorsqu'il avait proposé de faire l'amour : elle avait grimacé et frissonné, et s'était réfugiée dans une sorte d'engourdissement comme un bernard-l'hermite se retire dans sa coquille. Barbara avait été plus courageuse, plus pragmatique. Althea semblait considérer chaque coït comme un nouvel outrage – une situation qui stimulait chez Ronald un plaisir plus sombre et plus complexe. S'il ne pouvait susciter en elle de la passion, il pouvait au moins la choquer et la révolter, et Ronald commença à échafauder toute une série de variantes qui lui permettraient de maintenir constamment Althea dans cet état d'esprit – à la dure.

Althea n'avait rien à dire. Elle restait simplement allongée, silencieuse, regardant fixement devant elle ou plongée dans une sorte de torpeur. Ronald était exaspéré. Il voulait son attention, il voulait qu'elle s'étonne, qu'elle s'émerveille. Après tout, elle était Althea, qui adorait les histoires fantastiques ! Il avait déployé devant elle les visions merveilleuses d'Atranta, et elle restait étendue comme une simple d'esprit !

À plusieurs occasions, Althea avait trouvé la force nécessaire pour tenter d'amadouer Ronald et de le convaincre de la libérer. Elle jurait de ne jamais révéler son secret, elle promettait de lui donner de l'argent, si seulement il la laissait partir... Il l'écoutait avec un petit sourire évasif. Quand elle lui demandait combien de temps il avait l'intention de la garder, il répondait : « Ah, grands dieux, nous venons à peine de commencer ! ». Et une autre fois : « Il sera toujours temps d'en parler quand nous serons lassés l'un de l'autre. Je te trouve fascinante. Tu ressens beaucoup plus les choses que Barbara. Elle avait un esprit très terre-à-terre. »

— Elle *avait* ? demanda Althea dans un murmure étouffé.

Ronald trouva une réponse facile.

— Quand elle était ici. J'imagine qu'elle n'a pas changé, là où elle est maintenant.

— Mais pourquoi est-elle partie ? insista Althea en essayant de maîtriser le tremblement dans sa voix. Pourquoi n'est-elle pas simplement retournée dans sa famille ?

La réponse de Ronald fut tout aussi facile et indifférente.

— Parce que je lui avais fait promettre de ne rien dire sur moi. Elle a pensé que si elle allait à Lake Tahoe, elle pourrait téléphoner de là-bas et personne ne soupçonnerait qu'elle était restée dans la maison pendant tout ce temps-là.

Althea essaya d'analyser l'argument, et crut y discerner une certaine logique un peu bizarre. Mais n'empêche, pourquoi Barbara attendrait-elle aussi longtemps ? Elle jugea plus prudent de ne pas poser la question.

Quant aux épisodes sexuels, elle voyait bien qu'il prenait plaisir à la dominer, mais contrairement à Barbara, qui avait supporté les ébats de Ronald avec stoïcisme, elle ne pouvait dissimuler sa répugnance. Elle se réfugiait dans la feinte torpeur que Ronald trouvait si agaçante. Pendant ce temps, à travers ses paupières mi-closes, elle examinait chaque détail autour d'elle. Aucun doute que Ronald avait un véritable talent pour créer une atmosphère et des détails grotesques. En d'autres circonstances, elle aurait même pu s'intéresser à ses œuvres, mais pour l'instant, sa seule préoccupation était de s'évader, et elle élaborait une dizaine de plans différents pour y parvenir.

Ronald était vigilant. Lorsqu'il y avait quelqu'un au rez-de-chaussée, il la bâillonnait et serrait le nœud coulant au point qu'elle pouvait à peine respirer, et elle avait bien conscience qu'elle ne pourrait jamais appeler à l'aide – à moins que Ronald ne commette une imprudence.

Elle étudia la disposition de la tanière et vit comment l'ancienne porte avait été recouverte d'une plaque de plâtre. En disposant de cinq secondes, elle pourrait se jeter contre ce panneau et se retrouver dans le couloir – mais il était plus probable qu'elle n'aurait pas la force suffisante pour le faire voler en éclats. Même quand Ronald dormait, il semblait sur le qui-vive. Une ou deux fois, elle avait essayé de se redresser dans le lit, et il s'était aussitôt réveillé, le regard soupçonneux.

Elle avait également remarqué la trappe donnant sur le sous-sol de la maison, mais sans pouvoir l'identifier. Elle n'y voyait donc pas un moyen de s'échapper.

Serait-elle capable de le neutraliser ? En l'empoisonnant, en l'assommant, en le poignardant ?

Pour le poison, elle ne voyait guère que les peintures à l'eau, qui n'étaient probablement pas toxiques. Elle chercha en vain un objet pointu qui pourrait lui servir d'arme. Les deux couteaux de Ronald étaient des couverts tout à fait ordinaires, et les fourchettes étaient tout aussi inutilisables. Globalement, un seul objet pourrait éventuellement convenir : le couvercle en porcelaine du réservoir des W.C. Dans son souvenir, ce genre d'objet était difficile à soulever sans bruit, mais moyennant de grandes précautions, c'était certainement faisable.

Quand elle allait aux toilettes, elle observait soigneusement comment Ronald se comportait. S'il y avait quelqu'un dans la maison, il s'asseyait généralement au bord du lit, en se détournant un peu d'elle.

Quand la maison était vide, ou tard le soir, il restait souvent affalé sur le lit.

Oui, se dit Althea, c'était faisable. Tout à fait faisable. Elle se mit à répéter l'opération mentalement, imaginant la série de gestes. Elle aurait besoin de toute sa force, de tout son courage, de toute sa détermination – parce que ce serait sa seule et unique chance.

Le succès dépendait probablement de deux facteurs. Non, trois. Serait-elle capable de soulever le couvercle sans faire de bruit ? Ronald devinerait-il ses intentions avant qu'elle puisse le frapper ? Et enfin, possédait-elle la force suffisante pour faire correctement le travail ?

La réponse était « oui » à la première et à la troisième question. Elle espérait que ce serait « non » à la deuxième…

* * *

Le mardi, les photos de Barbara et d'Althea parurent dans tous les journaux de l'État, avec comme légende :

> Avez-vous vu l'une de ces deux jeunes filles ? Une récompense de 1000 $ est offerte pour tout renseignement permettant de les localiser. Mr Ben Wood, résident d'Oakmead dans le comté de San Joaquin, pense que ses deux filles ont été enlevées. Elles ont disparu dans des circonstances mystérieuses. Merci de communiquer toute information à la police. Barbara est âgée de 13 ans, cheveux blonds mi-longs et yeux bleus. La dernière fois qu'elle a été vue, elle portait une jupe grise et un chemisier à col officier rouge foncé. Althea a 16 ans, cheveux châtain clair et yeux gris. Juste avant sa disparition, elle portait un blue-jeans et un pull vert.

* * *

Duane Mathews était assis dans le salon avec Ellen. Ils étaient d'accord pour dire que les photos étaient ressemblantes et pourraient bien produire des résultats – à condition que les filles se soient montrées quelque part en public.

Duane était pessimiste.

— Je ne crois pas qu'il y ait la moindre chance. Ça m'ennuie terriblement de le dire, mais…

Il ne put se résoudre à finir sa phrase.

Ellen ne remarqua rien. Ses pensées rejoignaient celles de Duane.

— Nous devrions être capables de trouver quelque chose, poursuivit-il. C'est impossible que des choses comme ça ne laissent pas de traces – mais où sont-elles ?

Ellen secoua la tête.

— Nous avons déjà retourné ça dans tous les sens. Il n'y a rien d'autre que les billets.

— Est-ce qu'ils pourraient recéler une information qui nous aurait échappé ? Un indice caché ?

Ellen eut un petit rire triste.

— Tu te laisses emporter par tes instincts de criminologiste.

— N'empêche, réfléchissons à ces billets et essayons de penser comme Sherlock Holmes.

— Le sergent Shank les a emportés, dit Ellen, mais je les connais par cœur.

Elle alla prendre deux feuilles de papier dans le secrétaire et écrivit :

Chers tous,
Personne ne me fait confiance, et je ne peux plus le supporter. Je suis partie rejoindre les hippies. Je reviendrai dans quelque temps. Ne vous inquiétez pas pour moi, tout ira bien.

Barbara

Chers tous,
Pendant que vous étiez partis, j'ai eu des nouvelles de Barbara, et je vais aller lui parler. J'ai promis de ne pas dire où elle est, et je ne peux donc pas divulguer de détails.
Ne vous inquiétez pas pour moi. Tout ira bien.
Avec tout mon amour,

Althea

Assis côte à côte sur le canapé, Duane et Ellen scrutèrent attentivement les deux messages.

— D'abord, dit Duane, les deux billets sont très courts, et commencent tous les deux par « Chers tous ». Tu t'attendais à ça ?

— Oui, sans doute, Ça semble naturel.

— Le billet de Barbara parle de « confiance » – ce qui fait allusion à vos disputes privées. (Duane regarda fixement le mot en fronçant les sourcils.) Je me rends compte tout à coup que c'est significatif ! Aucun étranger n'aurait pu être au courant de cette affaire.

Ellen hocha lentement la tête.

— Ma foi… oui, peut-être.

— C'est évident ! Est-ce que tu vois quelqu'un d'autre avec qui elle aurait pu discuter de cette querelle, ou de ce malentendu ?

— Non. Mais il y a encore autre chose qui rend certain qu'un étranger est impliqué.

— Ah oui ? Quoi ?

— Le papier.

— Le papier ? Il n'y avait rien d'étrange en ce qui concerne le papier.

— Je sais. C'était un papier-machine bon marché et très ordinaire. C'est seulement maintenant que j'y pense. Tâte ce papier-là. C'est du papier de bonne qualité, qui vient de la compagnie du téléphone. Papa le rapporte de son bureau – c'est un petit chapardeur… Nous n'achetons jamais de papier-machine. Le papier des billets a été apporté dans la maison – par un étranger.

Duane examina le papier avec une attention renouvelée.

— Tu en es absolument sûre ?

— Sûre et certaine. Viens, je vais te montrer. (Ellen l'emmena jusqu'au secrétaire et lui montra le contenu du tiroir.) Quand on a besoin de papier, c'est ici qu'on le prend. Je n'en ai pas dans ma chambre. Allons vérifier dans les autres chambres, – juste histoire d'être sûrs.

Comme Ellen l'avait affirmé, il n'y avait pas de papier semblable à celui des billets dans la maison.

— C'est absolument fascinant, dit Duane. Le message de Barbara garantit presque qu'aucun étranger n'a pu le lui dicter, mais ni elle ni Althea n'aurait pu avoir le papier sur lequel elles ont écrit, à moins qu'un étranger ne le leur ait fourni.

— Mais aucun étranger ne pouvait être au courant de notre dispute avec Barbara, à part toi.

Duane eut un petit rire.

— Ce n'est pas moi qui ai fait ça.

— Je pense que nous devrions le dire au sergent Shank. Je suis sûre qu'il n'y a pas pensé.

— Appelle-le.

Ellen joignit Howard Shank à son bureau, et lui expliqua le paradoxe que Duane et elle avaient découvert. Shank convint que la contradiction avait de quoi rendre perplexe.

— Cela renforce certainement l'idée que vos sœurs ne sont pas parties de leur plein gré. Qui aurait pu être au courant de votre querelle, à part les autres membres de la famille ?

— Eh bien… Duane le savait peut-être, mais quand Althea a disparu, il était avec moi. Je sais bien qu'il n'est pas responsable.

— Je vois. Et il est avec vous en ce moment ?

— Oui. Il a eu d'innombrables occasions de me kidnapper, mais il ne semble pas en avoir l'intention.

— Vous savez ce qu'on dit, tant va la cruche à l'eau… Avez-vous parlé à vos parents de ces lettres ?

— Non, pas encore. Maman fait ses courses, et Papa est à son bureau. Ils devraient rentrer d'un instant à l'autre. Je leur dirai à ce moment-là. Avez-vous eu des résultats, avec les photos ?

— Rien d'intéressant. Je vous tiendrai informés.

* * *

Ronald avait l'œil collé au judas. Maudit soit ce Duane ! Il n'avait jamais haï quelqu'un avec une telle virulence, même pas Jim Neale. Ce type ne pouvait rien laisser tranquille. Il fallait qu'il se mêle de tout. En quoi ces billets le regardaient-ils ? Pour la première fois, Ronald se sentit un peu en danger. Parce que la seule explication possible du paradoxe des messages était la suivante : un étranger, placé là où il pouvait entendre la dispute, avait fourni le papier et enlevé les deux filles. La question suivante était donc : Où cet étranger était-il placé ? Ah, comme ce Duane était détestable !

Ronald s'assit sur le lit. Althea détourna la tête. Il fronça les sourcils. Elle mijotait quelque chose. Elle boudait ? Eh bien, qu'elle boude. Il tendit la main et se mit à la caresser. Elle était un peu plus grande que

Barbara, et juste un peu plus mince et souple. Ses hanches étaient plus étroites, mais elle était beaucoup plus attirante à cause de sa sensibilité. Ronald aimait assez lui faire des choses pour la révulser... Elle avait des yeux magnifiques, non pas bleus comme ceux de Barbara mais gris comme un ciel d'orage, grands et transparents. Elle avait une jolie bouche, et il aimait l'embrasser parce qu'elle s'essuyait toujours les lèvres après, avec le poignet. Une fois, un poil de sa barbe lui était resté coincé entre les dents...

La soirée s'écoula. Ronald écouta la discussion autour de la table et la trouva sans intérêt. Tout ça, il l'avait déjà entendu.

Pour le dîner, les Wood avaient rapporté du poulet rôti avec des frites et du coleslaw, et une tarte à la crème de noix de coco surgelée. Tout cela semblait très appétissant, et Ronald espéra qu'il y aurait des restes. Malheureusement, avec ce goinfre de Duane, le poulet et les frites furent entièrement engloutis, et Ronald sut que ce soir, il avait salivé en pure perte. Cela étant, il resterait une bonne part de la tarte – un dessert pour Althea et lui.

Duane partit vers 22 heures, et une demi-heure plus tard, les trois Wood montèrent se coucher. Ronald resta à côté des W.C., prêt à tirer la chasse dès que quelqu'un le ferait à l'étage. Là, voilà ! Synchronisation parfaite, comme d'habitude.

Il revint auprès du lit. Althea ferma les yeux et se tourna vers le mur. Sans se démonter pour autant, Ronald s'attela à la besogne.

Une fois le premier événement de la soirée accompli, Ronald se rassit. Maintenant, le dîner. Althea était étendue, prostrée et humiliée. Elle retrouverait un peu le moral après une bonne part de tarte et une tasse de café, et tout ce qu'il pourrait trouver d'autre. Ronald s'approcha de la porte secrète d'un pas alerte... puis il se ravisa. Il avait négligé de ligoter et de bâillonner Althea – mais jamais elle n'oserait faire le moindre bruit. Il mourait de faim, et il avait hâte d'aller voir ce qu'il y avait dans le réfrigérateur. Pour une fois, il allait prendre le risque.

Ronald se mit à quatre pattes et allait s'engager dans l'ouverture quand il jeta un dernier coup d'œil par-dessus son épaule : Althea l'observait avec une attention particulière. Il recula et se releva lentement. Non, le risque était trop grand. Dieu sait quel genre de tour elle avait en tête... Althea était implacable et rusée, et elle le haïssait, il s'en rendait bien compte. Tout cela contribuait à l'excitation et à la stimulation, et à toutes sortes d'idées nouvelles, mais il ne pouvait absolument pas lui faire confiance.

— Désolé, dit-il avec un rictus assez onctueux, mais je ferais sans doute mieux de prendre mes précautions avant de partir.

* * *

Althea pâlit sous le coup de la déception. Elle avait un plan tout préparé : si jamais Ronald la laissait seule ne fût-ce que deux minutes, elle se servirait du couvercle des W.C. pour briser le panneau de plâtre qui cachait l'ancienne porte. Et si Ronald tentait de revenir dans la tanière pour s'emparer d'elle, elle lui flanquerait un grand coup sur la tête.

Comme s'il lisait dans ses pensées, Ronald mit un soin tout particulier à l'attacher et la bâillonner, puis il se faufila par l'ouverture secrète et se dépêcha d'aller ouvrir le réfrigérateur. Comme il l'avait craint, il ne restait pas grand-chose à manger, à part la tarte. Il en coupa deux parts en sifflant d'irritation entre ses dents. Du coup, il n'en restait plus beaucoup, mais les Wood ne remarqueraient rien, préoccupés qu'ils étaient par leurs problèmes. Il versa ce qu'il restait de café dans deux tasses, et il retourna dans son repaire.

Une fois ses liens retirés, Althea accepta le café, mais refusa la tarte.

— Je ne me sens pas très bien.

— Ah ? Dommage, dit Ronald. Vraiment désolé.

Il s'assit sur le bord du lit et mangea les deux parts de tarte. C'est à regret qu'il renonça à l'idée d'aller récupérer ce qu'il en restait dans le réfrigérateur. Il regarda Althea d'un air interrogateur.

— Qu'est-ce qui ne va pas ?

— J'ai mal au cœur.

Ronald fronça les sourcils de déplaisir. Cette information contrecarrait ses plans pour la soirée.

— Tu veux un cachet d'aspirine ?

— Non.

Ronald s'allongea à côté d'elle. Cinq minutes s'écoulèrent. Ronald se redressa sur un coude et commença à la caresser. Bon, elle ne se sentait pas bien, mais un peu d'excitation lui changerait les idées…

Althea se mit à avoir des haut-le-cœur. Ronald s'en écarta précipitamment. Elle se leva et s'approcha en titubant des W.C. Là, elle
souleva la lunette et se pencha au-dessus de la cuvette, les deux mains
sur le rebord. Ronald, dégoûté, lui tourna le dos.

Avec le maximum de précautions, Althea inséra ses doigts de
chaque côté du couvercle du réservoir. Elle fit encore des bruits de
vomissement et jeta prudemment un coup d'œil vers Ronald. Celui-ci
était allongé sur le lit, toujours le dos tourné. Elle souleva le couvercle
d'un coup sec et fit deux grandes enjambées vers le lit. Surpris, Ronald
se tourna vers elle juste à temps pour voir le couvercle de porcelaine
s'abattre sur lui, et le visage crispé d'Althea. Il poussa un cri rauque
et écarta brusquement la tête. Le couvercle lui porta un coup terrible
à l'épaule avant de rebondir sur son cou et sur sa nuque. Il n'avait
jamais ressenti une telle douleur de sa vie ! Et le sang ! Regardez-moi
tout ce sang ! Et voyez donc cette diablesse meurtrière qui lui avait
fait aussi terriblement mal, et qui se tenait maintenant devant lui,
épouvantée de n'avoir pas réussi à le tuer. Ronald se leva et se rua sur
elle. Althea ouvrit la bouche pour crier, mais il la fit basculer en arrière
et la précipita à terre. Le souffle coupé, elle n'émettait plus qu'un faible
gémissement. Elle se débattit, elle lui tira les cheveux, elle tenta encore
une fois de crier, mais Ronald connaissait une méthode très efficace
pour empêcher une telle trahison.

Chapitre XVII

Le mercredi matin, Ben et Marcia insistèrent pour qu'Ellen retourne au lycée.

— Je sais que tu es embarrassée par ces photos dans les journaux, dit Marcia, mais il faut bien s'y faire.

— Oui, tu as raison, dit tristement Ellen. Mais n'empêche, ça ne me plaît pas. Tout le monde va me regarder comme une bête curieuse et chuchoter derrière mon dos, et se demander ce qui se passe chez nous. J'aurai l'impression d'être une lépreuse.

— Je suis désolée, ma chérie. Nous devons vivre avec.

— Ça te permettra de voir qui sont tes vrais amis, ajouta Ben avec un demi-sourire.

Ellen haussa les épaules.

— Je tiendrai le coup. Mais il faudrait que quelqu'un reste à la maison, au cas où il y aurait un appel.

— Je reste ici, dit Marcia. Je ne vais pas retourner travailler avant quelque temps. Pas avant que nous ayons eu des nouvelles.

C'est ainsi qu'Ellen retourna au lycée et endura les regards furtifs avec toute la dignité dont elle était capable.

Duane Mathews la retrouva à la sortie des classes, et ils allèrent chez Curly pour manger une glace à la fraise. Duane, qui n'était jamais particulièrement volubile, était encore plus taciturne que d'habitude. Ellen, plongée dans ses propres réflexions, finit par le remarquer.

— Tu as l'air bien morose, aujourd'hui !

Duane réfléchit.

— Oui, sans doute. (Au bout d'un moment, il s'expliqua.) Je ne sais pas si cela t'a déjà frappée, mais la vie semble se dérouler par étapes.

Une nouvelle étape arrive, et la précédente disparaît, et ne revient jamais.

— Oui, fit Ellen, j'y ai déjà pensé.

— J'ai reçu une lettre ce matin. L'université de San Jose me prend en janvier. Ils ont le meilleur département de criminologie de tout l'État.

Elle remua sa cuillère dans sa coupe.

Duane poursuivit.

— J'aimerais que tu viennes avec moi. Je veux t'épouser. En fait, je t'aime, et je ne peux pas imaginer vivre le reste de ma vie sans toi.

Ellen sourit et inclina légèrement la tête.

— Je ne veux pas me marier, Duane. Pas tout de suite. Peut-être pas avant des années.

— Je sais que le moment est mal choisi pour faire une demande en mariage, dit précipitamment Duane, avec toute cette horrible situation... En fait, je ne voulais rien dire, mais je n'ai pas pu m'en empêcher. Quand je partirai d'ici, cette phase de ma vie sera terminée, j'entrerai dans une nouvelle phase, et je voudrais que tu en fasses partie.

Ellen se leva.

— Rentrons à la maison, Duane.

Ils marchèrent dans la rue en silence. Il dit enfin :

— Alors, ta réponse est non ?

— Je ne sais pas ce que j'essaie de te dire. Mon esprit est tout embrouillé. Babs et Althea occupent mes pensées. Si elles ont disparu pour toujours, je ne peux pas laisser Papa et Maman seuls. Pas encore... Et je ne suis pas sûre de vouloir jamais me marier.

— Tu ne peux pas rester toute ta vie chez tes parents.

— Je sais... Ce que je veux dire, c'est... Eh bien, voilà : j'aime mes parents, et ils m'ont donné un foyer merveilleux. Depuis que Papa a quitté l'armée, il a travaillé pour la compagnie du téléphone. Nous n'avons jamais eu faim, et nous n'avons jamais manqué de rien. Chaque année, il a trois semaines de congés payés et nous allons dans l'Arizona, ou au Canada, ou dans l'Idaho. Nous avons toujours eu une existence agréable, mais je ne crois pas que je veuille de ce genre de vie pour moi. Je ne veux pas d'une petite maison coquette, deux ou trois enfants à élever, un mari avec une bonne situation, trois semaines de congés payés par an et des tas d'avantages en nature.

— Tu voudrais mener ta propre carrière, c'est ça ?

— Non, même pas. Je veux juste faire des choses passionnantes. En tout cas, je n'ai absolument pas envie de me marier et de vivre dans un appartement à San Jose pendant que tu feras tes études… Et je t'aime beaucoup, Duane. C'est ça qui est terrible.

— Mais tu as peur que je t'offre une maison confortable avec une pelouse et un patio pour les barbecues du dimanche, et peut-être une piscine.

Ellen éclata de rire.

— C'est exactement ça !

— Imagine que je parte travailler pour Interpol, ou que je m'engage dans le Corps de la Paix, ou que j'émigre dans un ranch en Australie pour élever des moutons ?

— Je serais très impressionnée. Mais en ce moment, je ne pourrais épouser personne. Pas tant que la situation sera telle qu'elle est chez nous.

— Je ne suis sans doute qu'un imbécile, dit Duane entre ses dents. Je ferais un piètre agent secret. Je ne veux pas apprendre aux Hindous comment construire des latrines. Je ne supporte pas les moutons. Je suis un bon à rien.

Ellen le prit par le bras.

— Tu n'es pas aussi nul que ça. Tu es mon meilleur ami. Et j'ai beaucoup d'affection pour toi.

Duane l'accompagna jusqu'au perron de la maison.

— Il faut que je récupère ma voiture, dit-il. Est-ce que tu aimerais faire quelque chose ce soir – aller au cinéma, par exemple ?

— Pas ce soir, Duane. Je ne veux pas laisser mes parents seuls. Les pauvres… Ils sont perdus, sans Babs et Althea.

Duane hésita un instant, puis il dit précipitamment :

— Je suis désolé de t'avoir embêtée dans un moment pareil, avec tous mes projets et mes propositions.

— Ça n'a pas vraiment grande importance. (Elle l'embrassa sur la joue.) Après tout, tu es un être humain, toi aussi.

Elle prit la clé dans sa cachette, ouvrit la porte et se retourna vers Duane, qui restait là en fronçant les sourcils.

— Qu'est-ce qu'il y a ?

— Il y a quelqu'un chez toi ?

— Je crois que Maman est sortie faire des courses.

— Si ça ne t'ennuie pas, je vais rester un moment avec toi jusqu'à ce que quelqu'un rentre. Je ne voudrais pas que tu te lances à la recherche d'Althea en laissant un billet.

— Bon, d'accord. Entre. Tu vas pouvoir m'aider à faire mes maths.

* * *

Comme toujours, Ronald avait l'œil collé au judas. Ce détestable Duane était assis sur le canapé à côté d'Ellen, qui avait une jambe repliée sous elle et un livre ouvert sur les genoux. Ronald l'examinait avec tout le soin attentif d'un expert, essayant de jauger ses caractéristiques spécifiques. Aucun doute qu'elle serait globalement comme Barbara et Althea, mais très différente dans les détails. Un peu comme une glace napolitaine : trois parfums. Aujourd'hui, son intérêt était purement théorique. Il était terriblement fatigué, et sa tête et son épaule lui faisaient un mal de chien… Il détestait la douleur plus que tout. Autrefois, la moindre écorchure le faisait trépigner et palpiter, mais en général, sa mère était là pour le consoler. Aujourd'hui, la douleur n'arrivait tout simplement pas à s'effacer. Chaque mouvement un peu brusque lui provoquait des élancements affreux dans la tête.

Duane et Ellen discutaient à voix basse, et Ronald n'arrivait pas à distinguer ce qu'ils disaient. Il les observa un moment, puis il poussa un grognement résigné et retourna s'allonger sur son lit avec toutes les précautions possibles.

Marcia Wood rentra, puis ce fut Ben, et Duane s'en alla.

Ronald était d'une humeur tellement grincheuse qu'il ne se leva même pas pour voir en quoi consistait le dîner de la famille. Leurs voix étaient plus basses que d'habitude. À un moment, Mrs Wood dit quelque chose qui dérangea Ellen, et celle-ci réagit avec une certaine emphase.

— … il n'a rien fait de la sorte ! déclara-t-elle. J'en ai pris une petite part, et Duane aussi. D'ailleurs, il n'aime pas tant que ça les desserts.

— Hum, fit Mrs Wood d'un air sceptique. Il ne restait pas grand-chose ce matin.

— Eh bien, ne lui mets pas ça sur le dos. Il serait horrifié d'entendre ce que tu as dit.

— Il y a peu de chances qu'il l'entende, parce que jamais je ne le lui dirais en face. De toute façon, j'aime bien Duane. C'est un garçon solide, qui a bon cœur, et tu pourrais trouver bien pire.

— Oui, sans doute, répondit Ellen. Et j'ai bien peur que c'est ce qui va m'arriver un jour.

— Je ne te comprends pas, dit Marcia.

— Aujourd'hui, il m'a demandée en mariage.

— Ah, ma parole, dit Ben. Te marier, à ton âge ? Tu n'as même pas encore terminé le lycée !

— Je lui ai dit non, mais j'ai peur de l'avoir blessé.

— Cette idée est ridicule, dit sèchement Marcia. Bien sûr, Duane est un gentil garçon, et très responsable pour son âge…

— Beaucoup trop responsable, marmonna Ellen.

— … mais tu as encore l'université devant toi.

Ellen changea de sujet.

— J'imagine qu'il n'y a eu aucun résultat, pour les photos ?

— Rien que la police puisse vraiment prendre au sérieux.

Ben s'était exprimé d'une voix profondément découragée. Ellen eut le cœur gros en notant les changements que les événements du mois écoulé avaient opérés en lui. Il semblait amaigri, les traits anguleux, et son teint était grisâtre. Ah, pourquoi avaient-ils quitté Los Gatos, où ils étaient si heureux et la vie si facile ?

Ben semblait suivre le même fil de réflexions.

— Il va y avoir un poste à pourvoir à Santa Rosa correspondant à ma classification. Je suis sur la liste pour le job, si je le veux. Nous serions encore obligés de déménager, ajouta-t-il en s'excusant, ce qui est dur pour nous tous.

— Moi, je serais d'accord, dit Ellen. Les travaux que nous avons faits ici ont augmenté la valeur de la maison.

— Ça, c'est vrai, dit Ben.

Mais sa voix était terne et manquait d'enthousiasme.

Marcia crispa la mâchoire, et ses yeux lancèrent des éclairs.

— Je n'aime pas particulièrement Oakmead, et cette maison n'a jamais été réellement un foyer pour nous, mais je refuse de la laisser nous vaincre. Je ne veux pas abandonner et prendre la fuite.

Ellen la regarda, stupéfaite. Elle n'avait jamais soupçonné un tourbillon d'émotions aussi complexes chez sa mère, si douce et joyeuse.

— Oui, je vois ce que tu veux dire – enfin, je pense. Mais est-ce que ça en vaut vraiment la peine ?

— Je ne sais pas, dit Marcia. Mais quelquefois, quand je pense à ce qui nous est arrivé, sans aucune raison, ça me met dans une colère noire. (Elle eut un rire amer.) C'est sans doute idiot d'en vouloir à la maison, mais je ne peux pas m'en empêcher. C'est instinctif.

Ben dit d'une voix hésitante :

— Ma foi, ce départ reste toujours envisageable. Bien sûr, nous ne pouvons pas faire grand-chose tant que les filles ne seront pas revenues, ou bien…

Il n'alla pas plus loin.

— La police n'a vraiment aucune idée ?

— Apparemment pas.

* * *

Une semaine s'écoula. Les journées étaient trop longues, et elle se sentait trop seule : Marcia décida finalement de reprendre son travail. Le mardi, Ellen rentra dans une maison silencieuse. Il y avait une odeur particulière, une odeur rance, qu'elle trouva répugnante. Elle laissa la porte d'entrée entrebâillée et ouvrit les fenêtres du salon pour aérer. Elle s'apprêtait à aller dans la cuisine pour prendre une pomme et un verre de lait quand le téléphone sonna. C'était Mary Maginnis, sa meilleure amie au lycée, et les deux jeunes filles bavardèrent pendant une demi-heure. Ellen finit par raccrocher et s'assit sur le canapé, où elle se plongea dans ses réflexions. Elle n'aimait pas être seule dans la maison, qui semblait remplie de craquements, de soupirs et autres bruits des plus sinistres. Elle se souvint qu'Althea émettait très sérieusement l'hypothèse qu'il y avait des fantômes. Après tout, c'était bien possible.

* * *

Ronald observait à travers le judas. Ses douleurs étaient à présent calmées, mais il avait vécu plusieurs jours très pénibles. Lui aussi trouvait la maison trop calme, maintenant que les deux plus jeunes des filles n'étaient plus là. Néanmoins, il avait été heureux que Marcia retourne à son travail et lui laisse toute liberté d'errer dans la maison.

Ellen était devenue le centre de son intérêt. Il s'était toujours émerveillé de sa beauté limpide. Elle n'avait pas l'exubérance de Barbara ni le charme éthéré d'Althea, mais sa luminosité particulière n'appartenait qu'à elle. Elle avait fortement grimpé dans son estime en refusant d'épouser Duane Mathews. Ronald se serait senti mortellement blessé si Ellen avait agi autrement. Il était également assez agacé d'entendre la famille discuter de cette mutation possible à Santa Rosa. Ainsi, ils l'abandonneraient, triste et solitaire dans sa tanière... Mais inutile de se voiler la face : cette association qu'il avait tant appréciée avec les Wood touchait à sa fin. Comme ce serait merveilleux si, par un coup de baguette magique, il pouvait tout recommencer ! En un sens, la situation présente était entièrement la faute de Barbara et d'Althea. Si seulement elles l'avaient accepté tel qu'il était, si elles l'avaient aimé avec la ferveur qu'il attendait d'elles ! Au lieu de ça, Barbara avait essayé de le tromper et Althea lui avait infligé des souffrances atroces, et les événements qui avaient suivi n'étaient que simple justice... Il observait Ellen très attentivement, en se souvenant comment Barbara avait téléphoné il n'y avait pas si longtemps, assise sur le canapé et portant beaucoup moins de vêtements... Il imagina Ellen dans la même tenue, et trouva le tableau fascinant. Il réfléchit un instant. Pourrait-il prendre le risque d'une autre opération ? ... Tant qu'Ellen était au téléphone, le projet n'était pas réalisable. Et puis il était également un peu tard : d'ici quelques minutes, l'un des parents allait rentrer, et Ronald avait besoin d'au moins une demi-heure, malgré toute son efficacité.

* * *

Le lendemain, Duane retrouva à nouveau Ellen à la sortie du lycée, et il l'emmena en voiture jusqu'à la Crèmerie de Burnham, le glacier le plus renommé de la ville. Aujourd'hui, Duane semblait avoir l'esprit plus léger. Il avait longuement médité sur sa relation avec Ellen, et il en était venu à comprendre en quoi consistait sa principale lacune : il était insuffisamment romantique et flamboyant. Il n'était que le brave Duane, bourru, consciencieux et responsable, qui finirait par faire un bon mari pour quelqu'un d'autre.

Ellen avait des pensées similaires. Si seulement Duane pouvait se montrer un peu moins terre-à-terre. Si seulement il voulait l'emmener sur un voilier à Tahiti, ou en Inde dans une Land Rover… Même ainsi, elle n'était pas vraiment sûre. Duane ne la faisait jamais vraiment vibrer d'enthousiasme. Il n'éveillait jamais en elle ce délicieux frisson de sensualité féminine. Il était trop chevaleresque, trop respectueux. Quel dommage qu'il soit pénalisé pour ses vertus ! Et Ellen, presque avec cruauté, se mit à recourir à certaines des techniques de flirt de Barbara. Et Duane se dit que, après tout, le monde n'était peut-être pas si moche que ça…

— Papa parle d'une mutation à Santa Rosa, dit Ellen, et nous allons donc peut-être quitter Oakmead. Pas tout de suite, bien sûr. Nous resterions jusqu'à ce que nous ayons des nouvelles de Babs et d'Althea, quelles qu'elles soient.

Duane secoua la tête avec pessimisme.

— Ça pourrait prendre longtemps.

Ellen réfléchit un instant.

— Je me fais du souci pour Papa. Il a très mauvaise mine, il est tout maigre et tout gris, comme s'il était malade. Il se fait du mauvais sang en permanence, mais il garde tout ça pour lui à l'intérieur. Maman… elle change aussi, mais c'est difficile à expliquer. Elle a dit quelque chose de bizarre, l'autre soir. Elle a dit qu'elle ne voulait pas déménager et laisser la maison la vaincre.

Duane hocha la tête pour signifier qu'il comprenait.

— Elle hait cette maison.

— Moi aussi, mais je veux m'en aller. On ne peut pas vaincre une maison, et rien ne nous ramènera les temps anciens.

— Tu te souviens comme la maison était sinistre, quand vous avez emménagé ? Ensuite, pendant un certain temps, tout a semblé joyeux – mais maintenant, elle est redevenue sinistre, et de l'avoir repeinte n'y change rien.

— L'été dernier, on s'est bien amusés, mais même à l'époque, nous avons commencé à avoir de drôles d'idées. Tu te souviens quand Althea parlait de fantômes et de malédictions ?

— Je m'en souviens très bien. Tu ne l'as jamais prise au sérieux.

— Maintenant, si. C'est comme s'il y avait une forme obscure, une ombre qui sort juste de ton champ de vision quand tu tournes la tête :

une goule ou un vampire qui joue des tours diaboliques, qui vole de la nourriture et qui laisse une odeur horrible dans la maison quand personne n'est là.

Duane haussa les sourcils.

— Qui vole de la nourriture, tu dis ?

Ellen réfléchit un instant.

— Tu sais, ça ne m'a jamais vraiment inquiétée. Je me suis toujours dit que Maman était distraite, ou que Papa avait grignoté quelque chose tard le soir, ou que Barbara avait nourri un de ses amoureux voraces… Mais tu te souviens de l'autre soir, quand Maman a rapporté cette tarte à la noix de coco ?

Duane hocha la tête.

— Eh bien, on en a tous pris une part, et il en restait la moitié. Mais le lendemain, il n'en restait plus qu'un quart. Maman a pensé que c'était toi qui étais passé par là.

— Quoi ? s'écria Duane avec indignation. Moi ? Je n'ai jamais rien fait de tel !

— C'est ce que je lui ai dit. Je ne crois pas que mes parents m'aient entendue. Ils sont tellement préoccupés par… tu sais quoi.

— Et ils croient toujours que je suis un voleur de tartes ?

— Oh, non ! C'est juste que quand il manque quelque chose, Maman pense que c'est toi qui l'a mangé. Mais ça ne l'embête pas du tout.

Duane se frotta le menton.

— Ça fait combien de temps que des choses disparaissent ?

— Attends, laisse-moi réfléchir… Pratiquement depuis le début. Par exemple, Maman dit toujours qu'elle n'arrive jamais à avoir assez de lait dans la maison.

— Hum… D'autres choses encore ?

— Non, pas à ma connaissance. Mon parfum a été renversé. Et le journal intime d'Althea a été forcé. Ah, bon sang, Duane, il y a peut-être vraiment quelque chose derrière tout ça !

— Est-ce que vous avez essayé de tendre un piège ?

— Non, personne n'a jamais pris l'affaire au sérieux.

— Est-ce qu'il vous arrive d'entendre des bruits ? Comme des coups, des pas, des frottements ?

— Toutes les vieilles maisons font des bruits. Je n'ai jamais entendu des pas. (Ellen fronça les sourcils.) À moins que… Non, je n'arrive pas à me souvenir. L'autre jour, peut-être… mais je n'en suis pas sûre. Les poutres craquent. Une nuit, mes parents ont entendu un cri – en fait, ils ont pensé que c'était Babs.

— Ah, vraiment. D'où venait ce cri ?

— Je ne crois pas qu'ils l'aient repéré. Ils ont regardé dans la rue, ils sont allés vérifier dans la chambre d'Althea et la mienne. C'était peut-être un chat. Mais ils jurent qu'on aurait dit Babs.

— C'était après sa disparition ?

— Oui, deux ou trois jours après, quelque chose comme ça.

— Étrange ! Ils l'ont entendu tous les deux ?

— Oui, tous les deux.

— En ont-ils parlé à la police ?

Ellen secoua la tête.

— Non, il n'y avait vraiment rien à dire.

— C'est très bizarre, marmonna Duane. N'oublie pas le papier sur lequel ont été écrits ces billets.

— Mais Duane – qu'est-ce que ça peut bien vouloir dire ?

— Ça veut dire quelque chose d'épouvantable, voilà mon opinion. Tentons une expérience.

— Quoi ? dit Ellen d'une voix étouffée. Oh, Duane, maintenant, j'ai très peur.

— Pour une excellente raison. Bon, écoute-moi bien. Ne dis rien à tes parents, mais ce soir, une fois qu'ils seront montés se coucher, répands du talc par terre dans la cuisine – non, plutôt de la farine, qui ne laissera pas d'odeur. Et puis demain matin, lève-toi tôt, avant tes parents. Ce serait vers quelle heure ?

— Sept heures et demie. Mais demain, c'est dimanche. Ça pourrait être un peu plus tard, huit heures ou huit heures et demie.

— Alors, lève-toi à sept. Descends dans la cuisine, jette un coup d'œil, et appelle-moi aussitôt. Je vais me lever à la même heure et je resterai à côté du téléphone. Bien compris ?

Ellen fit nerveusement la grimace.

— C'est d'accord. Mais qu'est-ce que tu crois qu'on va trouver ?

— Je ne sais pas, mais s'il y a *vraiment* quelque chose, nous le découvrirons.

— Duane, j'ai peur !

— Moi aussi. Surtout, ne reste pas seule dans la maison. C'est à ce moment-là que Barbara et Althea ont disparu – quand elles étaient seules.

— Oh, Duane, c'est épouvantable !

— Oui, absolument.

— Tu ne crois pas qu'on devrait dire à Papa ce qu'on compte faire ?

— Non, dit Duane. J'aime bien ton père, mais quelquefois, il n'a pas tout à fait les pieds sur terre.

— Je sais, dit simplement Ellen. Il a du mal à se décider. Il n'est pas très agressif. Moi non plus… Je suis une peureuse.

— Mais tu vas répandre la farine par terre ? Et tu m'appelleras demain très tôt ?

— Oui, je vais faire tout ça.

* * *

Duane se réveilla à 6 heures. Il s'habilla, se fit du café et des toasts, et il alla s'asseoir à côté du téléphone. Les minutes s'étirèrent, interminables. Duane regardait fixement le combiné, prêt à décrocher à la première vibration.

Quatre minutes avant 7 heures, le téléphone sonna. Duane colla le combiné à son oreille.

— Allô ?

— Duane, c'est moi.

— Qu'as-tu trouvé ?

— Viens tout de suite. Aussi vite que tu pourras.

— Je serai chez toi dans trois minutes. Peut-être moins.

Duane s'arrêta devant la maison, coupa le contact et sauta à terre. Sur le perron se tenait Ellen, vêtue d'un pyjama blanc et d'une robe de chambre bleue. Son visage était pâle, ses yeux écarquillés et brillants. Elle s'avança à sa rencontre. Il la rejoignit.

— Alors, tu as trouvé quelque chose ?

— Oui, des traces de pas ! Des grands pieds ! (Elle chuchota :) J'avais peur de te le dire au téléphone. Elles vont de l'office à la cuisine, puis elles retournent à l'office. Elles ne mènent à aucune des portes ! C'est surnaturel !

— Tu as regardé dans l'office ?

— Non, mais il n'y a rien, là-dedans – aucun endroit où se cacher : c'est juste l'office ! Comment quelqu'un pourrait-il entrer dans la cuisine sans laisser de traces ?

— Je ne sais pas. Allons voir.

Ils entrèrent dans la maison, traversèrent la salle à manger et s'arrêtèrent sur le seuil de la cuisine. Ellen pointa du doigt et allait dire quelque chose quand Duane lui fit signe de se taire. Une fine couche blanche couvrait le sol, et les traces étaient nettement visibles. Elles avaient apparemment été faites par de grands pieds chaussés de pantoufles ou de savates, et menaient de l'office jusqu'au réfrigérateur. Là, les traces étaient mêlées, puis elles repartaient vers l'office.

— Fais-nous un peu de café, dit Duane d'une voix tout à fait normale.

Mais il fit à nouveau signe de garder le silence en montrant le sol, puis il alla chercher un balai sur la terrasse arrière et revint pour balayer le tout.

Ellen fit du café. Elle demanda d'un ton hésitant :

— Est-ce que tu as faim ? Tu aimerais des œufs brouillés ?

— Non, merci, dit Duane.

Il resta un moment à contempler la salle à manger et son buffet intégré. Il se rendit ensuite dans le salon, où il examina le mur qui faisait face à la porte.

Ellen lui apporta une tasse de café.

— Qu'est-ce que tu regardes ?

Duane lui fit un signe qui signifiait la prudence. En s'efforçant de conserver une voix normale, il lui dit :

— Monte vite t'habiller. Je t'attendrai dans la voiture. Si tes parents sont réveillés et s'ils veulent savoir pourquoi je suis ici – eh bien, dis-leur que tu m'as invité à venir prendre le petit déjeuner. Mais rejoins-moi dans la voiture le plus vite possible.

Ellen hocha simplement la tête pour indiquer qu'elle avait compris. Duane se dit qu'elle n'avait jamais été aussi belle avec son teint pâle et ses grands yeux, dans sa robe de chambre bleue. Il l'attira à lui et l'embrassa.

— Duane, pas maintenant, dit-elle tout essoufflée.

Et elle monta l'escalier quatre à quatre. Mais alors qu'elle s'habillait, elle continua de ressentir des picotements sur tout le corps.

Pratiquement pour la première fois, elle avait réagi au baiser de Duane. Duane avait beau être sérieux et prosaïque, c'était un homme, et quand il l'avait embrassée, elle avait senti sa force et sa virilité. Il était tout sauf falot… Elle s'arrêta un instant devant la porte de ses parents pour tendre l'oreille, mais ils n'étaient pas encore réveillés. Elle descendit l'escalier et sortit en courant pour rejoindre Duane qui l'attendait, adossé à la voiture. Un changement s'était opéré en lui. Il semblait tendu vers un but, habité par une étrange exultation. C'était comme si elle rencontrait une nouvelle personne.

— Je sais maintenant ce qui s'est passé, dit-il. (Il jeta un coup d'œil vers la maison, les yeux brillants, puis il se tourna de nouveau vers Ellen.) Tu comprends, toi aussi ?

— Eh bien… oui, je crois. Il doit y avoir une trappe dans l'office, et quelqu'un s'en sert pour pénétrer dans la maison.

Duane secoua la tête.

— Non, c'est mieux que ça – ou pire, je devrais dire. Qu'y a-t-il de l'autre côté de l'office ?

Ellen fronça les sourcils.

— La terrasse arrière.

— Je veux dire de l'autre côté du mur.

— Le salon ? L'escalier ?

— Oui, l'escalier, et l'espace sous les marches.

Ellen réfléchit.

— C'est complètement fermé, dit-elle d'un ton hésitant.

— Mais il y a quelqu'un là-dedans, qui habite au cœur de la maison, comme un ver dans une pomme. Et je sais qui c'est.

— Qui donc ? demanda Ellen d'une voix faible.

— Ronald Wilby, qui veux-tu que ce soit d'autre ? Après avoir assassiné Carol, il s'est volatilisé. La police n'en a jamais retrouvé la moindre trace. Et pour cause : sa mère l'a emmuré. Il devait y avoir un espace sous l'escalier, une penderie.

— Ou une salle de bain.

— Mais oui, bien sûr ! La salle de bain du rez-de-chaussée ! C'est là que Ronald s'est caché pendant tout ce temps. Et il doit avoir un moyen de ramper dans l'office.

Ellen regarda la maison avec horreur. L'émotion lui brouillait la vue, et la maison semblait miroiter et palpiter comme une méduse échouée sur le sable.

— C'est épouvantable... mais je sens bien que c'est vrai ! Et Babs, et Althea... Oh, mon Dieu, Duane, c'est tellement horrible... Qu'est-ce qui a pu leur arriver ?

Duane la prit par les épaules.

— Il n'y a pas vraiment beaucoup de doute à avoir.

— Elles sont mortes... Oh, Duane... (Ellen vacilla et se mit à sangloter contre sa poitrine.) Mes pauvres petites sœurs...

Mrs Schumacher sortit à ce moment-là pour démarrer son arrosage quotidien. Elle leur lança un coup d'œil réprobateur et regarda ostensiblement ailleurs. Duane et Ellen l'ignorèrent.

Ellen finit par se calmer.

— Comment allons-nous le dire à mes parents ? Ils espèrent encore que mes sœurs sont parties à Berkeley.

— On va devoir leur dire comme ça, tout simplement. Je ne vois pas d'autre moyen... Je préférerais presque m'occuper moi-même de la situation.

Ellen s'écarta légèrement de lui.

— Que veux-tu dire ?

— Je veux dire que la police va venir et emmener Ronald loin d'ici, et on le mettra dans une institution agréable et confortable. D'ici trois ou quatre ans, on décidera qu'il s'est amendé et on le remettra en liberté. (Duane se tourna vers la maison, le regard brillant.) Moi, j'aimerais le tuer.

Ellen fut stupéfaite par la férocité dans la voix de Duane. Elle frissonna.

— Je ne pourrais pas supporter de le toucher, ni même simplement de le voir.

— Tu étais probablement la suivante sur sa liste.

— Oh, Duane... (La respiration d'Ellen se précipita.) Je crois que je vais me trouver mal...

— Pendant tout ce temps... bougonna Duane. Juste sous notre nez...

Ils contemplèrent la maison. Ellen demanda à voix basse :

— Tu crois qu'il y a des chances que Babs ou Althea soient encore en vie ?

— Ça semble terriblement improbable. Il y a une chose que je vais devoir faire. Retourne dans la maison, prépare le petit déjeuner, fais un peu de vaisselle. D'une façon générale, affaire-toi dans la cuisine. Et allume la radio.

— Et toi, qu'est-ce que tu comptes faire ?

— D'abord, je vais jeter un coup d'œil sous la maison. Et ensuite, je vais m'assurer qu'il ne peut pas s'échapper.

— Duane, sois prudent ! Il pourrait te faire du mal !

— Il n'y a pas beaucoup de risque. En fait, aucun.

Ellen regarda la maison d'un air hésitant.

— Je me sens toute tremblante…

— Efforce-toi simplement d'être naturelle, et ne fais pas attention à la pièce secrète. Si tes parents descendent, fais comme si de rien n'était.

— D'accord, Duane, je vais essayer… Et je t'en prie, fais bien attention, parce que je t'aime, moi aussi.

Ellen retourna à l'intérieur. Duane prit une lampe torche dans sa boîte à gants et se rendit à l'arrière de la maison. Il entendit les rythmes d'un orchestre de cow-boys : Ellen avait allumé la radio dans la cuisine.

Duane s'approcha de la porte grillagée qui permettait d'accéder au vide sanitaire. Il l'ouvrit délicatement et s'agenouilla. Une forte odeur âcre flotta jusqu'à ses narines. Il braqua sa torche ici et là, mais avec la lumière du jour derrière son dos, le faisceau était trop faible pour révéler quoi que ce soit.

Duane respira profondément et commença à ramper dans l'obscurité.

Au bout de trois mètres, il s'arrêta et braqua de nouveau sa lampe : cette fois, les détails de l'infrastructure étaient visibles. Il estima qu'il se trouvait sous la cuisine. Sur sa droite, une série de piliers soutenaient une poutre centrale sur laquelle reposaient les planchers. À une trentaine de centimètres au-dessus de sa tête brillaient des conduites d'eau en cuivre et une grosse canalisation d'évacuation des eaux usées. Duane vit qu'elle rejoignait un peu plus loin une colonne centrale provenant du premier étage. Duane rampa jusque-là, et vit un autre branchement venant du rez-de-chaussée. Cela confirmait bien que le repaire de Ronald était la salle de bain du bas. Si Ben Wood avait eu l'occasion de s'aventurer sous la maison, il ne s'était en tout cas pas intéressé à la plomberie…

Duane braqua sa torche vers le haut et repéra aussitôt la trappe. Il hocha sombrement la tête : c'était plus ou moins ce à quoi il s'attendait.

Sa vue s'était accoutumée à l'obscurité. Il rampa jusqu'à la rangée de piliers et éclaira le fond de la zone. Contre le mur étaient entreposés une rangée de sacs en papier marron. L'un d'eux s'était renversé et avait répandu une demi-douzaine de boîtes de conserve soigneusement aplaties. C'était le dépôt d'ordures de Ronald, d'où émanait une vilaine odeur douceâtre. Duane balaya méthodiquement le sol avec le faisceau de sa lampe. Là : une zone oblongue dont la texture était différente, et juste un peu plus loin, un autre rectangle de terre qui avait été remuée elle aussi. Duane recula, puis il se ravisa et les regarda fixement. Il fallait bien que quelqu'un les explore... Il s'avança en rampant et se mit à gratter la terre meuble avec l'une des boîtes métalliques aplaties. Il n'eut pas besoin de creuser profondément. À une quinzaine de centimètres sous la surface, son outil improvisé rencontra un obstacle légèrement mou. Duane y braqua sa lampe, bien que l'odeur rendît inutile une vérification visuelle – mais il tenait à être absolument sûr.

Il reboucha le trou qu'il avait creusé, et inspecta l'autre zone ovale, avec le même résultat. Le cœur au bord des lèvres, il recouvrit le trou et retourna à l'entrée.

Il fit le tour de la maison pour s'assurer que la porte grillagée était le seul accès au vide sanitaire. Il finit par trouver une solide planche de bois qu'il cala entre le bord de l'allée en béton et la porte grillagée : Ronald ne pourrait plus s'échapper par là.

Duane remit sa lampe dans la boîte à gants et se dirigea lentement vers la maison. Ellen se tenait sur le pas de la porte. Voyant son regard interrogateur, Duane hocha la tête.

— Elles sont là. Toutes les deux mortes, toutes les deux enterrées.

Ellen se contenta de pousser un long soupir. À présent, plus rien ne pouvait la choquer. Barbara et Althea... Sa vision se brouilla. Elle sentit les bras de Duane qui l'enlaçaient, et sa voix à son oreille :

— J'ai fait le nécessaire pour qu'il ne puisse pas s'échapper. Il avait installé une trappe sous la maison.

Ellen s'assit au bas des marches, et Duane s'assit à côté d'elle.

— Mes chères petites sœurs, murmura Ellen. Je les aimais tant... Et maintenant, elles sont parties, et je ne les reverrai plus jamais.

Duane lui passa un bras autour des épaules, et ils restèrent ainsi en silence un long moment. Marcia apparut sur le seuil, suivie de Ben Wood, plus gris et hagard que jamais.

Duane et Ellen se levèrent.

— Bonjour, dit Duane.

— Bonjour, Duane, répondit Ben Wood.

Marcia se tenait très raide, et regardait tour à tour Duane et Ellen.

— Que se passe-t-il ? demanda-t-elle.

— Si vous voulez bien sortir un instant avec Mr Wood ? dit Duane.

Ben et Marcia descendirent lentement les marches.

— Vous avez eu de mauvaises nouvelles ?

Duane hocha la tête d'un air sombre.

— Elles ne sont pas bonnes.

— Ah, s'écria Marcia d'une voix douce et mélodieuse.

Le teint de Ben Wood devint encore plus grisâtre.

— Vas-y, dit-il.

— Bon, je crois qu'il est inutile de prendre des gants, marmonna Duane. Ça ne sert à rien de tourner autour du pot. Vous devez vous préparer à un choc.

— Continue, dit Ben d'une voix creuse.

— Barbara et Althea sont mortes. Ronald Wilby les a tuées.

— Comment le sais-tu ? demanda Marcia.

Sa voix avait pris un ton incisif et tranchant.

— Hier, Ellen m'a parlé de la nourriture qui disparaissait. Je lui ai dit de répandre de la farine sur le sol de la cuisine. Ce matin, nous y avons trouvé des traces de pas.

— Continue.

Duane réfléchit un instant.

— Vous savez ce que Ronald Wilby a fait à ma sœur. Ensuite, il a disparu. Vous le savez aussi. Eh bien, sa mère l'a caché dans ce qui était alors la salle de bain du bas, et c'est là qu'il est resté depuis.

— Il n'y a pas de salle de bain en bas ! déclara Marcia d'une voix métallique.

— Elle se trouve dans l'espace sous l'escalier. Les traces que nous avons trouvées menaient à l'office, et nulle part ailleurs. J'ai regardé, et sous l'étagère du bas, j'ai vu l'endroit qu'il s'est aménagé pour aller et venir.

Ben secoua lentement la tête,

— C'est absolument incroyable, dit-il d'une voix étouffée.

— J'ai aussi regardé sous la maison. (Duane se passa la langue sur les lèvres.) J'ai trouvé la trappe de Ronald, et aussi deux tombes. C'est là qu'elles sont.

Ben était immobile comme une statue taillée dans le chêne. Marcia respirait bruyamment.

Ben sortit de son silence.

— Est-ce qu'il peut s'enfuir ?

— Pas par cette trappe. J'ai bloqué la porte grillagée.

— Bon, très bien, dit Ben. Retournons dans la maison. Je veux faire soigneusement le point de la situation, et ensuite, j'appellerai la police. Tu es bien sûr de tout ça ?

— Oui, Mr Wood, absolument certain.

Marcia dit à Duane :

— Tu as vu les tombes ?

— Oui.

— Tu es certain que les filles y sont ?

— J'en suis certain. J'ai creusé jusqu'à ce que je les trouve.

Le dos voûté, Ben se dirigea d'un pas lourd vers la maison. Marcia le suivit d'une démarche de somnambule. Ben s'arrêta dans le couloir et regarda fixement le mur. De son côté, Marcia traversa la salle à manger et la cuisine pour se rendre sur la terrasse de derrière.

Ben se tourna vers Ellen et Duane.

— Ça dépasse l'entendement, marmonna-t-il. Pendant tout ce temps…

Duane lui fit signe d'être prudent. Ben soupira et hocha la tête.

— Ellen, va me chercher ce numéro, s'il te plaît.

Sur la terrasse derrière la maison, Marcia versa quelques litres de pétrole lampant dans une grande bassine, qu'elle transporta jusque dans l'office. Elle la déposa sur une étagère, puis elle retourna dans la cuisine pour y prendre une serviette en papier. De retour dans l'office, elle trempa la serviette dans la bassine et la posa sur le côté. Là, elle donna un coup de pied dans la porte secrète, et un autre, et un autre encore. La charnière céda et la porte s'ouvrit brusquement. Marcia projeta le contenu de la bassine à travers l'ouverture, puis elle craqua une allumette et mit le feu à la serviette imbibée d'essence, qu'elle jeta dans la tanière secrète, dans le pays d'Atranta – et tout ce monde magique, avec ses merveilleux châteaux et ses ducs maléfiques, sa carte extraordinaire et ses légendes immémoriales, tout cela devint un enfer de flammes. On entendit un cri épouvantable, qui fit sursauter Ben, Duane et Ellen, qui étaient déjà en train d'appeler la police. Marcia se tenait dans la cuisine, le visage calme et sévère. Dans le couloir, le mur vola en éclat et Ronald apparut dans l'ouverture, entouré de flammes tel un démon sorti des entrailles de la terre. Ils eurent juste le temps de distinguer une forme corpulente vêtue de haillons, les cheveux et la barbe en feu, puis Ronald s'élança d'un bond vers la porte et sortit en courant. Il dévala les marches et courut en tous sens à travers le jardin, en battant des bras et en effectuant les cabrioles les plus grotesques qu'on puisse imaginer. Il se jeta à terre et roula sur lui-même pour tenter d'étouffer les flammes, tout en hurlant et en gémissant. Marcia et Ben se tenaient à présent sur le perron : Marcia impassible et Ben bouche bée devant cette miraculeuse créature qu'ils avaient exorcisée hors de la maison. Ellen prit le téléphone pour appeler les pompiers.

Ronald s'élança à travers la pelouse des Schumacher pour s'aplatir sous l'appareil d'arrosage, dégageant aussitôt une vapeur rance. Et puis, comme saisi d'une idée soudaine, il se releva d'un bond et se mit à courir. Duane le plaqua aux jambes et le précipita sur le gazon. Il lui donna un grand coup de pied dans le ventre, mais Ronald saisit le tuyau d'arrosage et le lui passa autour des chevilles. Duane bascula en arrière dans la haie des Schumacher. Ronald se releva et repartit en courant le long d'Orchard Street et tourna au coin d'Honeysuckle Lane.

Des sirènes hurlantes approchèrent : une voiture de police apparut, suivie d'un camion de pompiers. Duane fit signe aux policiers de s'arrêter et pointa du doigt vers Honeysuckle Lane, où ils eurent juste le temps de voir Ronald enjamber la clôture de l'ancienne propriété des Hastings.

La police envahit le vieux jardin abandonné. Ils fouillèrent les fourrés, les cabanes et la remise, ils examinèrent les hautes branches des chênes, des cyprès, des saules, des ormes, des cèdres et des pins, sans trouver la moindre trace de Ronald.

Cinq hommes supplémentaires, l'effectif complet de la police d'Oakmead, arrivèrent sur les lieux en renfort. Ils allèrent poser des questions dans les maisons du voisinage et interrogèrent les passants. Parmi ces derniers se trouvait Laurel Hansen qui promenait Ignatz, son nouveau petit caniche. Laurel se dépêcha de retourner chez elle pour faire part de la nouvelle à sa mère, qui rentrait à l'instant de ses courses.

— C'est juste au coin de la rue ! s'écria Mrs Hansen.

Elle déposa deux grands sacs dans les bras de Laurel, prit les deux autres, donna un coup de pied à Ignatz qui persistait à traîner dans ses jambes, et entra précipitamment dans la maison.

— Verrouille bien la porte du patio, et aussi celle de la cuisine ! dit-elle à Laurel. Vérifie les fenêtres ! Nous ne sortirons pas de cette maison tant que ton père ne sera pas rentré.

Laurel obéit, puis elle rejoignit sa mère dans la cuisine. Mrs Hansen était au téléphone et insistait pour que son mari rentre tout de suite.

— ... là, dans le voisinage, à deux pas de chez nous ! Oui, Ronald Wilby ! ... Bien sûr que j'ai verrouillé les portes... Non, Ralph, je veux que tu rentres maintenant. Laurel et moi, nous sommes toutes seules... Qu'est-ce qu'il pourrait faire ? Il pourrait rentrer dans la maison et nous assassiner toutes les deux, voilà ce qu'il pourrait faire ! ... Je trouve que c'est absolument indigne de ta part ! ... Pas dès que tu pourras. Je veux que tu rentres immédiatement ! ... Je parle très sérieusement, Ralph ! ... Bon, très bien, si c'est comme ça...

Très agitée, Mrs Hansen alla jeter un coup d'œil par la fenêtre de la cuisine en se mordant la lèvre. D'ordinaire très calme, Mrs Hansen, dans sa frayeur et sa rage, semblait dégager une fumée bleue et âcre, comme du métal surchauffé.

Laurel lui demanda prudemment :

— Est-ce que Papa rentre à la maison ?

— Il compte prendre son temps. Quel manque de considération ! Voilà bien les hommes. Ça lui ferait les pieds si nous allions chez Edith en le laissant se débrouiller tout seul ! Qu'il se prépare lui-même son fichu dîner ! Et toi, occupe-toi de ton chien, il n'arrête pas de gémir pour sortir.

Laurel demanda d'un ton hésitant :

— Tu crois que je devrais ? Il faudrait que je déverrouille la porte...

— Bon, en tout cas, empêche-le de geindre comme ça.

— Ici, Ignatz ! Ignatz ! Viens ici et tiens-toi bien. Et ne va pas faire pipi sur le tapis !

— Je n'arrive toujours pas à comprendre, marmonna Mrs Hansen. Le fils Wilby est revenu en ville, ou quoi ?

— D'après ce qu'ils disent, il se cachait quelque part, et maintenant il est dans la nature…

Mrs Hansen secoua la tête.

— Et dire que le jour où il a tué cette petite fille, il était ici, dans cette maison… C'est incroyable.

Laurel s'excusa pour aller dans la salle de bain. Mrs Hansen téléphona à sa sœur Edith afin de l'informer des événements sensationnels du jour.

— Oui, juste au bout de la rue ! Cette petite ruelle derrière la propriété des Hastings. Il s'est échappé de sa cachette et… Non, Laurel ne l'a pas vu, mais il s'en est fallu de peu. Naturellement, ce maudit Ralph prend la chose à la légère. Il m'a dit de verrouiller les portes et de prendre un calmant. Un de ces jours… Laurel ! Excuse-moi, Edith, ce satané chien n'arrête pas de gémir. Je crois qu'il veut sortir. Reste en ligne. Ignatz ! Ignatz !

Mrs Hansen posa le combiné et jeta un coup d'œil dans le salon. Elle tendit l'oreille, et repéra que le bruit venait de la chambre de Laurel. Alors là, se demanda-t-elle, pourquoi Laurel enfermerait-elle son chien dans sa chambre ?

Elle s'y rendit aussitôt et regarda de chaque côté du lit. Le chien était dans le placard, elle l'entendait geindre. Pourquoi diable Laurel ferait-elle une chose pareille ? Elle fit coulisser la porte, et là se tenait Ronald, empestant la fumée et la chair brûlée, et sanglotant de douleur.

Mrs Hansen se figea.

— Attendez deux secondes, dit Ronald d'une voix sifflante. Pas de problème, vraiment… Il se trouve juste que je passais par là… Je ne me sens pas très bien…

Les genoux tremblants, Mrs Hansen recula, incapable de prononcer un mot. Elle fit demi-tour et s'enfuit dans le couloir. Ronald la suivit en titubant.

— Attendez ! dit-il d'une voix croassante. Juste deux secondes ! Est-ce que vous auriez de la pommade, ou un peu d'aspirine ?

Mrs Hansen ouvrit tout grand la porte d'entrée et dévala les marches du perron. Laurel sortit de la salle de bain.

— Hello, Laurel, dit Ronald.

— Ronald Wilby… dit Laurel dans un souffle.

Dans la rue, Mrs Hansen croisa son mari qui avait finalement décidé de rentrer. Elle se lança dans des explications affolées.

Ronald jugea préférable de s'en aller. Il traversa le salon en chancelant pour se rendre sur le patio. Ralph Hansen se lança à sa poursuite. Incapable de déverrouiller la porte, Ronald se jeta contre la panneau vitré qu'il fit voler en éclats. Ralph Hansen poussa un rugissement de rage. Il rattrapa Ronald au bord de la piscine et lui asséna un coup de poing sur la tempe. Ronald bascula dans l'eau. Gémissant et pleurant, il s'agrippa au rebord. Pour la deuxième fois de sa vie, il se trouvait l'hôte indésirable dans la piscine des Hansen, et c'est là qu'il resta jusqu'à ce que la police vienne l'y cueillir pour l'emmener bien loin d'ici.

Chapitre XVIII

La maison du 572 Orchard Street était vide. Sur la pelouse à l'abandon, un panneau avait été planté :

À VENDRE
Agence Immobilière d'Oakmead
890 Valley Boulevard
Calvin Roscoe • Bill Winger
Téléphone : 477-5102

Les pluies d'hiver ruisselèrent sur la maison. Quelques jours de soleil au début du printemps firent pousser des mauvaises herbes dans le jardin. De temps en temps, Mr Roscoe amenait des clients : des gens jeunes, des gens âgés, des couples avec enfants et des couples sans. Enfin, un beau jour, Mr Roscoe punaisa une affiche « VENDU » sur le panneau.

Une semaine plus tard, les nouveaux propriétaires arrivèrent, suivis de près par une camionnette contenant leurs possessions. Par le plus grand des hasards, il se trouva que Duane et Ellen passaient justement devant la maison à ce moment-là. Ils s'arrêtèrent pour regarder les nouveaux occupants emménager : le mari, la femme et leurs trois enfants – deux filles et un garçon.

— La maison a l'air différente, dit Duane. Avec chaque nouveau propriétaire, elle change.

— Non, fit Ellen. Elle est toujours la même. C'est nous qui avons changé.

— Il y a une belle salle de bain au rez-de-chaussée, maintenant. Bien sûr, on ne peut pas la voir depuis la rue.

— J'ai presque l'impression que je devrais les prévenir, dit Ellen à voix basse.

Duane eut un petit rire amer.

— Les prévenir de quoi ?

— Je ne sais pas. C'est sans doute une idée idiote. Allons-nous-en, Duane.

— Les gamins se demandent pourquoi nous regardons. (Duane passa la tête par la portière.) Alors, qu'est-ce que vous pensez de votre nouvelle maison ?

— Elle est bien, dit l'aînée.

— Notre école n'est qu'à deux cents mètres, dit sa sœur. On n'aura pas besoin de prendre le car de ramassage.

— Et on a chacun sa chambre ! déclara le garçon. Et on va construire une grande terrasse devant où on pourra avoir un portique et des balançoires, et il y aura peut-être aussi un nouveau balcon à l'étage !

— On va repeindre l'extérieur en vert, dit la grande. Ça ira bien avec les eucalyptus.

— Ça devrait être très joli, dit Ellen. Nous reviendrons peut-être quand ce sera terminé.

— Vous pouvez entrer pour jeter un coup d'œil si vous voulez, proposa la cadette. C'est vraiment bien, à l'intérieur.

— Non, merci, dit Duane. Nous devons y aller. Au revoir.

— Au revoir, dit Ellen.

— Au revoir ! firent les enfants en chœur.

À propos de l'auteur

Jack Vance est né en 1916 en Californie, dans une famille aisée qui a connu des revers de fortune alors que Jack était encore enfant. Jeune homme, il est donc obligé d'occuper une série d'emplois ingrats avant de pouvoir suivre des cours à l'université de Californie, à Berkeley : génie minier, physique, journalisme et littérature anglaise. À la fin de ses études, alors que l'Amérique entre en guerre, il s'engage comme simple matelot dans la marine marchande. Plus tard, il travaille comme mécanicien de chantier, arpenteur, céramiste et charpentier avant que sa production de romans et de nouvelles dans les domaines de la science-fiction, de la fantasy et du policier ne lui permette de vivre de son écriture et de s'y consacrer à plein temps.

En plus de soixante ans de carrière, sa production a été prodigieuse et lui a valu de nombreux honneurs : trois prix Hugo, un prix Nebula, un prix World Fantasy pour l'ensemble de son œuvre ainsi qu'un prix Edgar-Allan-Poe décerné par l'Association américaine des auteurs de romans policiers. L'Association des écrivains de SF et de Fantasy lui a décerné le titre de Grand Maître, et il a été admis dans le Science Fiction Hall of Fame en 2001.

Il a su explorer une variété de genres en en repoussant les limites, que ce soit de la fantasy sombre (en particulier le cycle de la Terre mourante, qui a influencé de nombreux auteurs), des space opéras interstellaires, de la fantasy héroïque (la trilogie Lyonesse), ou encore des romans policiers dont le personnage principal est shériff d'un comté rural de Californie (la série Joe Bain). Une histoire vancienne est souvent centrée sur un protagoniste extrêmement compétent plongé dans des situations périlleuses sur une planète où l'aventure est son lot quotidien, ou encore sur une jeune personne qui s'embarque pour une odyssée semée d'embûches dans des régions peuplées d'ennemis redoutables...

Vers la fin de sa carrière, un groupe de fans à travers le monde s'est constitué pour rétablir ses œuvres sous leur forme originelle, en restaurant des textes malmenés ou amputés par des éditeurs surtout préoccupés par le nombre de pages qu'ils pouvaient caser dans un magazine « pulp ». Le résultat a été la Vance Integral Edition, version définitive de l'œuvre vancienne en 44 volumes magnifiquement reliés. Spatterlight publie à présent les textes du projet VIE sous la forme d'ebooks et de livres imprimés à la demande.

Ce livre a été imprimé en utilisant Adobe Arno Pro comme police de caractères principale, avec NeutraFace pour la couverture.

Cet ouvrage a été créé à partir des archives numériques de la Vance Integral Edition, une série de 44 volumes produits sous l'égide de l'auteur par un groupe de ses lecteurs répartis à travers le monde. Le projet VIE exprime sa reconnaissance à l'aide éditoriale que lui a apportée Norma Vance, ainsi qu'à la collaboration du Département des collections spéciales de l'université de Boston, dont la collection consacrée à John Holbrook Vance a été une source importante de matériau textuel.

Remerciements particuliers à R.C. Lacovara, Patrick Dusoulier, Koen Vyverman, Paul Rhoads, Chuck King, Gregory Hansen, Suan Yong et Josh Geller pour leur aide précieuse dans la préparation des versions finales des fichiers sources.

Composition et mise en page : Joel Anderson

Direction artistique et dessin de couverture : Howard Kistler

Correction et quatrième de couverture : Patrick Dusoulier

Direction : John Vance, Koen Vyverman